無自覚な天才少女は気付かない 4

mujikakuna tensaisyoujoha kidukanai

～あらゆる分野で努力しても家族が全く褒めてくれないので、家出して冒険者になりました～

まきぶろ
illustration
狂zip

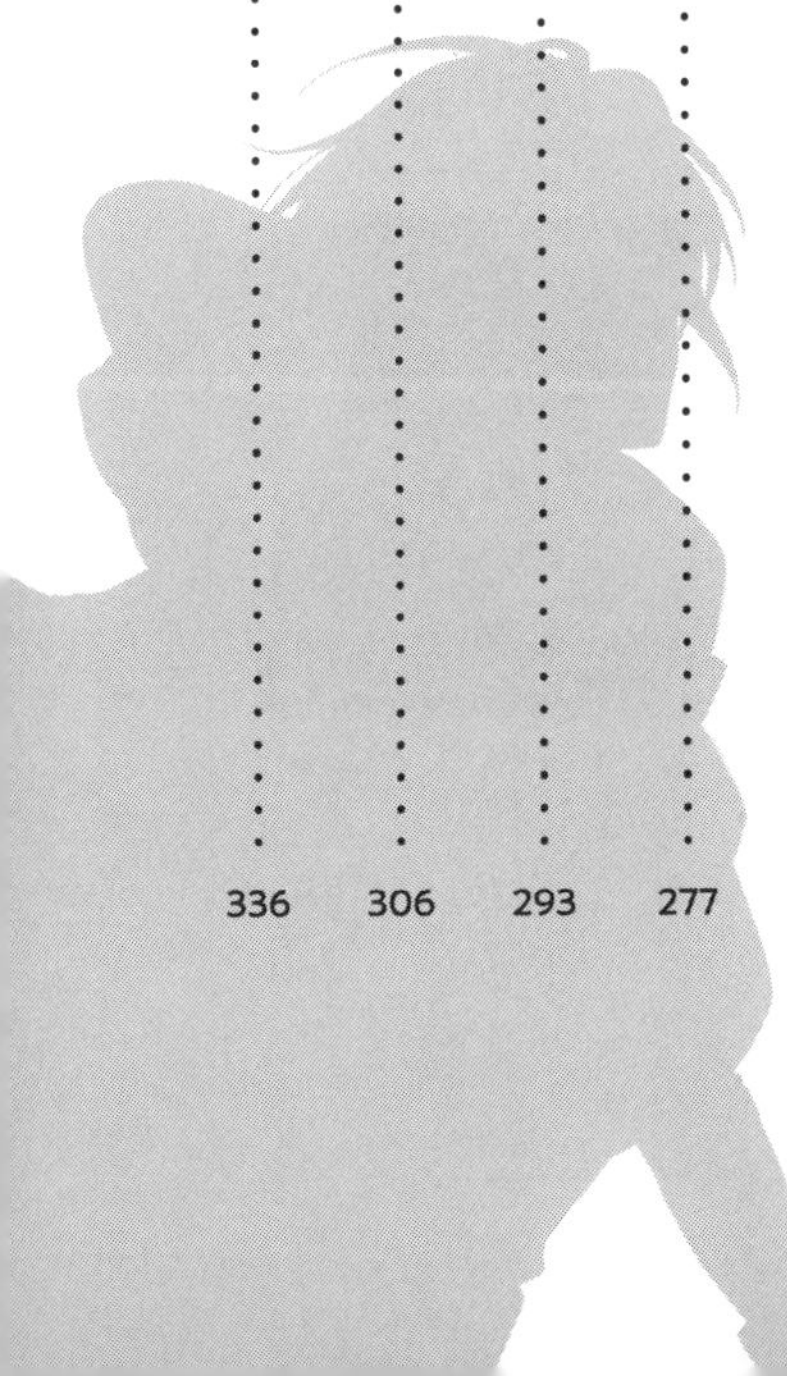

キャラクター紹介

リアナ／リリアーヌ・カーク・アジェット

アジェット公爵家の三女リリアーヌとして魔術、剣術、錬金術、内政、音楽、絵画、小説―各分野にて優秀で有名だった。リアナと名を変え冒険者になる。

フレド

銀級冒険者。色々と無自覚なリアナを放っておけなくなり、行動を共にするうちに彼女に特別な感情を抱くが隠している。なぜか異様にモテる。

アンナ

リアナの元専属侍女。家族からの評価に苦しんでいた彼女を第一に考えていた。リアナと一緒に住み、身の回りのサポートをする。

琥珀

皇《スメラギ》からやってきた物の怪の子供。トラブルメーカーだが戦闘能力は高い。「真の強き者」を目指しリアナに弟子入りした。

アジェット公爵家

コーネリアス

当主。王国一の魔導士にして国軍元帥。

ジョセフィーヌ

夫人。歌姫としても有名な社交界のボス。

アンジェリカ

長女。著名な画家であり王太子妃。

ジェルマン

長男。内政で敏腕をふるう王太子の側近。

コーネリア

次女。魔道具の発明家として有名な錬金術師。

ウィルフレッド

次男。国内最強の武人で近衛騎士。

アルフォンス

三男。稀代の小説家で語学にも堪能。

ニナ

養子。貴重な光魔法の才能がある。リリアーヌが家出するきっかけの事件を起こす。

あらすじ

ライノルドとこれまでの経緯や実家の現状を話しあったリアナは、さらなる功績を挙げ貴族の後ろ盾を得てから、家族に正面から決別を告げようと気持ちを新たにした。

しかし、立ち上げたばかりの人工魔石事業は、従業員の育成がうまくいかず供給が需要に追い付かないという大きな課題に直面する。

解決の糸口も見えてきて事業も軌道に乗り始めた矢先、今度は魔石の作り方を盗もうとデュークらに狙われてしまうが、フレドや琥珀と協力して彼らを捕らえることに成功した。

芋づる式に汚職が明るみになり、リアナはリンデメンに貢献したとして琥珀と共に名誉市民の表彰を受ける。

そして二人とも金級冒険者に昇格した。

ある日、人工魔石の開発者として掲載された新聞記事を目にしたリアナの家族から面会を要求する手紙が届く。

周りから心配される中、リアナは自分の気持ちに決着をつけようとこれを承諾する。しかしやって来た兄たちは悪びれる様子もなく、リアナを実家に連れ戻そうとするばかり。

フレドの助けもあって帰るつもりはないときっぱり宣言した。

兄たちが帰って少しホッとしたのも束の間、今度はフレドの乳兄弟から手紙が届く。

その内容はフレドの家族もまた、彼の居場所を突き止めたという趣旨だった。

第三十八話　待ち人……

乳兄弟だという方から手紙が届いて、フレドさんは様子がおかしかったな。

とても焦って、破るように封を開けて中を見ていたけど、何が書いてあったかまだ聞いていない。

そのフレドさんは、「考えを整理する時間が欲しい」と言って、一人で部屋を出て行ってしまっている。すぐ戻るよ、といつものように明るく言ってたから無理について行くのはやめたけど、やっぱり強引にでも一緒に行っておけば良かった。

フレドさんは「六の鐘が鳴る頃にこのホテルの一階のレストランで」と言っていたのだけど。現在六の鐘がそろそろ迫っている時刻になったが、フレドさんがまだ戻ってこないのだ。

少し前からアンナと「どうしようか」と話し合っているのだが。もう少しで戻って来るかもしれないから、今レストランに行くとフレドさんと行き違いになってしまうだろう……そう話していたらもうこんな時間になってしまっている。

「うーん……やはり行き違いが怖いので、私は六の鐘まで部屋で待っていたいと思います。リアナ様はもうレストランに向かっていただいて……時間を指定しているという事は、お相手は多分レストランを予約してると思うんですよね。お顔が分からなくても、会って事情を伝えて話をする事は出来ると思うんです」

「そっか……五人で予約をしてる男性客について尋ねればいいのね」

いや、相手の人が一人で来てるとは限らない訳だから、五人以上の予約……かな？

こうした格式のあるホテルやレストランの従業員は普通とても口が堅いが、私達がその「席に呼ばれている客人」なので多分尋ねれば教えてくれるだろう。

初対面の男の人に話しかけて、ちゃんと事情を説明出来るかな……とそれだけが心配だが。

「五人？　フレドさんを呼び出したんですから、予約は二人、でしているのではないのですか？」

「フレドさんがよくここに来てるのを分かってて、ここにわざと手紙を送った人なら当然私達の事は把握してると思うの」

把握してて私達を蚊帳の外には、さすがにしない……と思うし。

「なるほど。さすがリアナ様、名推理です。確かに、フレドさんの住んでるアパルトマンと違ってここなら絶対人の手で直接渡す事になりますし、フレドさんが見なかった事には出来ませんからね」

ふむふむ、と納得して頷《うなず》くアンナ。アンナに「実家からの手紙を見なかった事にしそう」と思われてるフレドさんにちょっぴり同情してしまう。

「アンナ、琥珀《こはく》は?!　琥珀はどっちにいればいいのじゃ」

「琥珀は……私と一緒にレストランに来て欲しいな。フレドさんは、逃げるとか……それは絶対にしない人だと思うの。でも考え込んで時間に気付いてない……とかはあり得そうで」

「そうじゃな、あいつボンヤリしてる所があるからのぉ」

琥珀の評価も辛辣《しんらつ》で、私はつい笑ってしまいそうになる。いけないいけない、真面目な話をしているのに。琥珀があまりに真剣な顔でそんな事を言うものだから、変に反応してしまう所だった。

「もし六の鐘が鳴っても姿が見えなかったら、周りを探して欲しくて。その時は琥珀に手伝ってもらっていい？」

「しょうがないな、その時は頼まれてやるのじゃ」

匂いと魔力を辿《たど》る琥珀の追跡はとても頼もしいが、「人や匂いの多いとこは難しいの〜。それに飯前はあまり鼻が働かないのじゃ」と言っていたので、これはもしもの手段だけど。

一応目星はついている。居そうな場所を知っているのではなくて……。フレドさんがちゃんと手紙の送り主であるエドワルドさんとは会う気だったと考えると、一人で考え事をするにしてもこのホテルかその近辺にいるはず、という推理だ。

顔見知りになった従業員に尋ねて目撃情報を探せばすぐフレドさんの居場所に辿り着くだろう、と考えていた。

「ご、ごめんリアナちゃん……！　アンナさんと琥珀も……！　ほんと、逃げるつもりとかは全くなかったんだけど、考え事していて気付いたらこんな時間になってて……！」

では行き違いを避けるために二手に分かれようか、と話をしていつもリビングとして使っている部屋を出る所だった私達の目の前に、物凄《ものすご》く焦ったフレドさんが飛び込んできた。

びっくりして、思わず肩が跳ねてしまった。

「よ、良かったです……間に合ったみたいで」

「ごめんね、心配かけて。あああ、それに今入る時ノックも忘れてたし……ほんと色々残念なとこを見せちゃって……」

「フレドが色々残念な奴なのは今に始まった事ではないんじゃから、今の今になって改めてクヨクヨするんでない！」

「痛ぇ！」

バシン、と背中……いや琥珀との身長差のせいで、腰を叩《たた》かれたフレドさんが涙目で振り返る。

でも琥珀なりの激励だったのは分かる。気に病んでいるのを少し軽くしてあげたいとか、そんな気持ちだったのだろう。音はしたけど本当に怪我《けが》するようなものではなかったし。琥珀が本気で攻撃してたら向こうの壁まで吹き飛んでるもの。

「残念な奴って、本当の事なだけに酷《ひど》いなぁ……でも、琥珀の言う通り、下手にクヨクヨするのはやめるよ」

「ふん。分かったのならいいのじゃ」

「うん、ありがとう」

「じゃあ、あの……フレドさん、下に行きましょうか。多分まだ待ち合わせ時間の前にレストランに入れると思います」

「……そうだね。リアナちゃんも、俺が戻って来るって信じて待っててくれて……ありがとう」

考え込んでるだけと言っても、悪い方に何か思い詰めてたらどうしよう……と思っていたけど、部屋を出ていく時よりもフレドさんはすがすがしい顔をしていたので良かった。

フレドさんなりに自分の中で何か決着がついたんだろう。何も事前情報なしでいきなりご家族の話を聞く事になってしまったのはちょっと不安だけど。それでもきっと、何か力になれる事があるはずだ、と思えた。……私、少しだけど……前向きに考えられるようになってる、よね。

「いらっしゃいませ、ご予約の席にご案内しますね」

顔見知りになっているレストランの従業員がにこやかに私達を個室に案内してくれる。フレドさんはいつもと比べると大分ぎこちない笑顔を浮かべながらお礼を伝えていた。

……あ。待ち合わせの時間の前に、最初に一対一で少し話をするか私達が最初から同席するかを聞こうと思っていたのに。

私がフレドさんに問いかける前に、個室の扉は開かれてしまった。

「……フレデリック様、お久しぶりです」

「あ、ああ……久しぶり、エディ」

中には、少し茶色味がかった金髪の男の人が一人。瞳の色は青。大陸の貴族によく見る色合いだ。有名な商店の支店長、と思えるくらいの……よく見ると生地も仕立ても良い上等なものだと分かる服を着ている。

マナーの教本のように美しい姿勢で、着席せず待っていたその人はフレドさんに深々と頭を下げた。

「皆様方も、本日はお越しいただきありがとうございます」

母国語は違うのだろうなと分かるが、しかし美しい発音だった。どの言語でも敬語を習得するのは難しいはずなのに、と場違いな感想を抱いてしまう。

ファーストドリンクを聞き取った接客係が退室してから私が「自己紹介をして良いのかな？ いや、フレドさんからの紹介を待つべきかな……」と少し悩んでいると、フレドさんがエディ、と呼んだ男の人がまとう雰囲気が変わった。

「ほら、フレデリック様。家出が見つかって決まりが悪いのは分かりますが、私を皆様に紹介してくださいませんか」

「ちが……ああ、いや、その通りだな。ごめん、昔から迷惑ばっかかけて。心配も……たくさんさせたよな。ありがとう」

仕方がない、と言うように少し笑った相手に釣られて、ガチガチに緊張しているように見えたフレドさんが肩の力を抜いた。

思ったよりも気安い仲を感じさせる二人のやり取りに、不安に思っていたような事にはならなそうで一安心する。

どうやら、話も聞かずに無理矢理連れ戻しに来たような感じではないみたい。

琥珀も警戒を解いたようだ。ピンと力が入っていた尻尾が、重力に従ってふわりと落ち着く。

来る途中、「フレドの事を無理やり連れて帰ろうとするようだったら琥珀が追い返してやるからな」と言っていた通り、しっかり警戒していたのが頼もしくて可愛《かわい》いかった。

先日の私の話し合いの時も、アンナに「ステイ、ステイですよ琥珀ちゃん」と後ろで止められつつも自分の事のように怒ってくれたしな、と思い出して温かい気持ちになる。

「……おや、しばらくお会いしないうちに、とても素直になりましたね」

「そうだな……良くも悪くも、大分時間が経《た》ったから」

そう答えたフレドさんの言葉に、彼は少し目を見張ると寂しそうに笑ったように見えた。

「改めて……じゃあ、えっと……紹介させてもらうけど、この人はエドワルド・モルガン。俺の乳兄弟で……血は繋《つな》がってないけど、本当の兄弟みたいに育った、家族みたいな人……かな」

フレドさんがエドワルドさんに向けていた手の平を、私達の方に向ける。それに合わせてよろしくお願いします、と軽くお辞儀をされた。

「それでこちらの……じゃあ手前から、パーティーメンバーのリアナちゃん。パーティー組んでると言ってもリアナちゃんは金級で、俺よりずっと強い。他にも魔術師や錬金術師やあらゆる分野で一流の才能があって……なんか俺がパーティー組んでもらってるのが不思議になっちゃうくらいすごい人、だな」

当然だが、私も家出してるとかのややこしい話はない。たぶん内緒にするとかではなく、単純に全部話すととても長い話になるから一旦置いているのだろう。

しかし、褒め過ぎだというくらいの紹介をされて、顔が熱くなってしまう。私の事をどう思ってるのかこうしてはっきり聞く事になるなんて。なんだか変に耳にフレドさんの言葉が残ってしまって心臓に悪い。

「そのリアナちゃんのご実家から一緒に来てる、リアナちゃんのほんとのお姉さんみたいなアンナさん。ありとあらゆる家事のプロフェッショナルでもある、こちらもすごい人で」

フレドさんの紹介が隣のアンナに移る。アンナは「リアナ様の姉だなんて、畏れ多い……けど。嬉《うれ》しいですね……」と小声で喜んでいる。私の姉のようだと言われて喜ぶアンナを見て、私も嬉しくなってしまう。さらに顔が熱くなった。

「その向こうが、琥珀。パーティーメンバーで、この子も金級冒険者。一応、リアナちゃんの弟子で色々勉強中だけど……当然、俺よりずっと強い。三人についてはそんな感じで……」

「……おい、フレド。他にはないのか?!」

では席に着いてドリンクを待とうか、という流れを口にしそうだったフレドさんを琥珀が止めた。

「え?!　ほ……他に？」

「リアナやアンナみたいに、もっとあるじゃろう。琥珀の褒める所が」

私より小さい背中がぴんと伸びて、胸を張っている。頭の上の狐耳《きつねみみ》は「さぁ褒めろ」と言わんばかりにピコピコ動いていた。

思わず、可愛すぎて吹き出しそうになるのをぐっと堪《こら》える。

アンナも同じような表情をしていた。ダメよ……ダメ。琥珀はとても真剣に言ってるんだから、師匠という事になってる私が笑うなんて、そんな信頼を失うような真似は出来ない。

私は頰の内側をそっと嚙《か》んでなんとか堪えた。

「う、うーん………あー、エディ。この金級冒険者の琥珀はだな、とても戦闘能力に長《た》けていて……とにかく強いんだ。俺がとても敵《かな》わないような魔物をものともしないし、戦闘面以外は……とても成長の余地がある、良い冒険者なんだよ」

「むふー」

フレドさんの称賛を聞いた琥珀が満足げな顔をした。「冒険者として強い、でも他の事はちょっと勉強中です」と同じ事だがさっきと言い回しを変えつつ、琥珀の良い所を褒めてるフレドさんの努力を感じてまた笑ってしまいそうになる。

「そうなのですね。えー……リアナさんもアンナさんも、琥珀さんも。よろしくお願いします」

「こちらこそ、よろしくお願いします」

「ふむ。フレドの家族じゃからな。仲良くしてやっても良いぞ」

「こら、琥珀ちゃん。よろしくお願いします、でしょう」

改めて挨拶を口にするアンナに促されて軽くお辞儀をした琥珀だったが、マナーで怒られたにしては機嫌がいい。顔がニヤけている。

……エドワルドさん、ちょっと口の端が不自然に歪《ゆが》んでいた。多分笑うのを我慢してるんだろうな、と思うと一気に親しみを感じた。

多分この後フレドさんのご実家に関わる重い話をすると思うんだけど、琥珀のおかげで空気が少し柔らかくなっている。本人は自覚してないだろうけど、ちょっと感謝してしまった。

第三十九話　置いてきた過去は……

「エディ、あの時逃げてしまって、本当に申し訳ない！」

飲み物が揃《そろ》った所でフレドさんが勢い良く頭を下げた。

道理で、ドリンクを持った給仕の人が入って来た時からそわそわしていると思った。とは言っても「何か様子が変だな」と感じていただけで、突然の謝罪にちょっとびっくりしてしまったが。

「突然行方をくらませて、エディを含めて大勢に迷惑をかけて、本当にごめん。捜索もしただろうし……騒ぎにもなったよな」

「いいえ。フレデリック様が身を置かれていたあの状況では、選択の余地はございませんでした。むしろ、当時は私も家族も監視されていたとはいえお力になれず……申し訳ありません」

「エディ、そんな謝罪なんて……」

「でも、数年経ったら無事を知らせる連絡の一つくらいは欲しかったなとは思っています」

「うっ……そう、だな。心配かけてごめん」

うぅっ……。横で聞いていた私の胸にも罪悪感が走る。実際私も置手紙一つで家出をして、アンナにとても心配をかけてしまったから。あと一応、家族にも迷惑をかけた事は私も反省している。

でもエドワルドさんはやっぱり、「迷惑をかけた」じゃなくて「心配した」って事だけを強調する辺り、それが本心なんだろうな。

「無事だとは知っていましたが、お元気そうで良かった。信頼出来るご友人もいるようで、安心しました」

「エディも、無事で良かった。ペトラとエルカ達は……」

「母も妹も、元気にしていますよ。二人とも私より心配しておりました」

……二人の会話に不穏な背景を感じる。フレドさんの安否を心配するような状況とは……？

フレドさんは周りの期待に応えられず優秀な弟に立場を押し付けて出奔した、とだけ言っていたけど、身の危険もあるような状態だったという事はそれ関係だろうか。

高貴な生まれ育ちだったんだろうなぁ、というのはなんとなく察していたけど。お家騒動が起こって命からがら逃げだす必要が生まれるような身分だなんて。そこまでは想像してなかった。

「れ、連絡はしようと思ってたけど、そっちが安全かどうか分からなくて……そ、それより。あの新聞記事だけでよく俺だって分かったな」

「……雑にはぐらかされたので、この点については後ほど追及させていただきましょう。先ほどから皆様全員怪訝《けげん》な顔をされていますから、確認と説明を先にしたいと思います。まず、フレデリック様からどの程度お聞きになってますか？」

そこで初めてまったく話について行けてなかった私達に気付いたフレドさんが「あ」と小さく声を上げて反応した。

「ええと……優秀な弟さんに立場を譲るために家から出てきた話はふんわり聞いてるんですけど……今初めてフレドさんの本名？　を聞いたくらいなので、何も知らないと思います。最初から聞かせていただけますか？」

ここまで聞いてます、と言えるほどの情報もない私は正直に伝えた。アンナも頷いてるので、私と同じ程度の事しか聞いてなかったのだろう。「フレドは家出してきてたのか？　仲間じゃなぁ」と感想を述べている琥珀も、何も聞いてないみたいだし。

しかしそこで、ちょっと重い雰囲気で目配せをし合ったエドワルドさんとフレドさんを見て、「やっぱり聞いちゃダメだったかな」と焦って付け加える。

「も、もちろん話せる範囲で構いません！　ご実家の名前とか、伏せていただいて……」

「え？　フレデリック様はそんな事も話してなかったんですか？　……まったく……」

「い、いや違うんだよ！　内緒にしようとしてたとかじゃなくて。教えたらむしろ危険に巻き込んでしまうかもと考えたりしてたら、伝えるタイミングを逃しちゃって……」

弁明をするフレドさんの言葉には嘘《うそ》はないように感じる。わざと隠していたのではなく、教えるのを控えるような事情があるのなら仕方ないと思う。「私だって、まだフレドさんに話してない事だってありますから」とフォローしたい気持ちが湧いたけど、話が進んでしまい口を挟めなかった。

「とりあえず、一度大まかに説明させていただきます。複雑で話が長くなる所は、後から詳細をお話ししますので」

そう前置きをした上で、エドワルドさんが話を始める。そうして聞かされた話は、私達だけではなくフレドさんにとっても驚く内容だったようだ。

「まず……フレデリック様、皆様がフレドと呼ばれているこちらの方ですが、実家に少々複雑な事情がありまして。後ほど説明させていただきますが、その身と周囲の人間に迫った危険から逃れるために、やむなく身分と名を捨てて生きていかれる事を選びました」

「……はい」

ここまでの話を理解したと示すために頷いてみせる。きっと、フレドさんが好きで偽ってたんじゃないというフォローの意味もあるんだろう。

なので、「そんな大げさに言われると恥ずかしいから……」と言っているフレドさんにはあえて触れないで話を進めていく。

「今回フレデリック様に連絡を取りましたのは、弟君のクロヴィス、様が新聞記事をご覧になって気付かれたのがきっかけですが」

今一瞬だけど敬称を付ける前に不自然な間があったな。母国語じゃないから、と考える事も出来るけど「違う敬称で呼びそうになったからかもしれない」と考えてしまう。

もしかして私が考えていたよりもフレドさんって……。そう考えて一旦呑《の》み込む。いや、それをこれから話してもらうのだから今は置いておこう。

「きっかけは事実そうですし、そう手紙にも書きましたが、実はフレデリック様の居場所はかなり早い段階で摑《つか》んでおりました」

「ええ?!」

「もちろん、本当に……フレデリック様が行方不明となられてすぐは我々も身動きが取れませんでしたので、フレデリック様と思われる人物を見つけ出すまでに半年はかかりましたが」

「半年しかかからなかったのか……」

フレドさんは「そんなにすぐ見つかっていたなんて」と恥ずかしそうに頭を抱えた。

「ただそれで、……多少のトラブルはありながらも冒険者としてきちんと生活出来ているようでしたので、あえて接触はしませんでした。敵陣営に知られるリスクを極力減らしたくて」

なるほど、その時はフレドさんが身分を捨てて逃げる程の環境が改善されておらず、居場所を知られたらまた危険が及ぶ可能性があったのだろう。

「あと……フレデリック様が、次は巧妙に身を隠してしまう恐れがありましたので。フレデリック様にも敵陣営にも気付かれていないまま、こちらは把握しているという状況が一番理想的でした」

ああ……確かに。

エドワルドさんのさっきの言葉から察するに、弟さんに跡を継がせたい人達から、フレドさんだけじゃなく周囲の人にも圧力があったんだろう。きっと当時のフレドさんだったら、居場所が知られたと分かった時点でその人達も守るために……今度は冒険者すら辞めて身を隠してしまっていたと思う。

私がぼんやり想像していたものよりも、フレドさんの抱えていた過去は相当複雑で、どんな反応をしたらいいのか全然分からない。

困ったような笑みを浮かべるフレドさんが視界に入った。

「今回連絡を取りましたのは、クロヴィス様がフレデリック様の事を見つけてしまったからです」

「見つけてしまった、とは……？」

その口ぶりだと、弟さんはフレドさんの居場所を把握していた人の中には入っていなかったのだろう。ただ、フレドさんから前に聞いた話からしても、後継者争いを仕掛けてくるような人には思えないので単純に「どうして仲間外れにされてたのだろう」と疑問は感じた。

それに、その言い方では……まるで「見つけない方が良かった」と言っているようにしか思えない。

何か理由があるのか。私とアンナはエドワルドさんの言葉を緊張した面持ちで待った。

琥珀は……話が難しかったのか、全然理解してなさそうな顔をしている。うん、後で琥珀にも分かるように説明するから、ちょっと待っててね。

「クロヴィス様はあらゆる分野の才能を持った天才であり、それに傲《おご》る事のない人格者でもある、とても優秀な方なのですが……」

私は相づちを打って続く言葉を待った。

「あの方はちょっと……いや、かなり強めのブラコンでして」

「……つよめのブラコン」

私は嚙み締めるようにゆっくり復唱する。エドワルドさんが恭《うやうや》しく頷いて肯定してみせた。

「はい……それでですね。クロヴィス様にフレデリック様の居場所が知られてしまうと、すぐに連れ戻してまた問題が再発しかねないので……黙っていたのです」

中々衝撃的な単語が飛び出してきて面食らっていた私は、続いた言葉を何とか咀嚼《そしゃく》して理解した。

……なるほど、新聞記事のそこまで鮮明でない写真の、背景に写っていたフレドさんをよく見つけたなと不思議だったのだが、何だかそういった特別な事情？　があったらしい。なるほど。


その後始まった食事も和やかな空気で進んでいった。でも会話はどうしても手探りになってしまう。正直な事を言うと、私だってフレドさんの事を根掘り葉掘り聞きたい。でももしフレドさんが聞かれたくない話題だったら、とか思うと迂闊《うかつ》な事は聞けなくて。

まぁ、今までもそう思ってフレドさんの過去に触れてなかった訳なのだが。

「ええと……フレドさんの弟さんが、フレドさんの事が大好きで……フレドさんの行方を知ったら問題が起きかねなかったという事情があった事は分かりました」

「ご理解いただけて幸いです」

どう反応すれば良いのか分からず、なんだか不自然な言い回しになってしまったな。でもこの場合の正解のやり取りなんて私には思いつかないし。

「いや、親世代のせいで複雑な家庭環境の割には仲良くしてたとは思うけど、そんな……異常ってほどじゃなかったでしょ」

「まぁ、フレデリック様がそう思うならそうなのでしょうね。フレデリック様の中では」

エドワルドさんはフレドさんの反応を軽く流して話を進める。二人の認識の違いは確かに気になる所だが、私はどうしても聞きたい事が出来てしまったので口を挟んでしまった。

「それで、今フレドさんに弟さんがこうして接触して、フレドさんや……フレドさんが守ろうとした人達は大丈夫なんですか……?」

「ええ、そこはご安心ください。そのフレデリック様を大層慕われていたクロヴィス様が、フレデリック様が自分から離れてしまう原因はしっかり解決しましたので」

私はそれを聞いてほっと安心した。良かった、フレドさんが命を狙われるような事態にはならないらしくて。

「しかし、そこをまず気にしていただけるとは……フレデリック様の事を一番に案じていただいて、とても嬉しく思います」

「あ、ありがとうございます……?」

エドワルドさんの様子になんだか既視感を覚える。どこかで見たような……。

ああそうだ、本で読んだ話に似てるんだ。状況は違うけど、主人公が遊びに行った友人の家で、友人の母親から「いつも世話になってるみたいで、ありがとう」とお礼を言われるシーンが……。

私は二人の男性の顔をちらりと窺《うかが》う。今頭に浮かんだ例え話は封印して、私は話の続きに意識を集中させた。

「安全は確保出来たのですけど、フレデリック様が望まない良からぬ考えを抱く者がまた出かねないので……」

「そうだな、俺の居場所が分かってるってなったら無駄に周囲がざわついてたと思う。ほんとに、俺が望んでないいんだからほっといて欲しいよね。まぁそれが嫌で飛び出したんだから、戻れって言われても絶対戻らなかったし、隠してくれて助かったよ。ありがとう」

まるで笑い話みたいにしながら言外に「それが正解だった」と強調するフレドさんに、エドワルドさんは少し寂しそうな顔をする。

「フレデリック様の捜索については私が一任されておりまして。クロヴィス様の周囲とも相談して『探しているがまだ見つからない』という事にしていたのですが……」

「偶然弟さんが見つけたんですね」

「ええ。それで……フレデリック様にお手紙を預かって参りました。ご安心ください、すぐ戻れという話ではありませんので。こうして居場所が知れてしまいましたし、とりあえずフレデリック様……返事をお願いします」

エドワルドさんが鞄《かばん》から封筒を取り出す。しかし手紙、と呼ぶには厚すぎる。その封筒の中に専門書か何かが入ってるんじゃないか？　と思うくらいの厚みだったのでちょっとびっくりしかけて、私がフレドさんに託したアンナへの手紙もちょっとした本くらいの厚さがあるようなものだったな……と思い出した。

うん……五年も会ってなかったのだから、書きたい事も募るよね。私もアンナと五年会えてなかったらあのくらいの量の手紙を書いてたかもしれないな、と親近感を抱いてしまった。

「手紙……うーん、あんまり得意じゃないけど、とりあえず書くよ」

「あまり遅くなるとしびれを切らしてクロヴィス様が来てしまいますから、出来るだけ急ぎでお願いします。出来たら明日か明後日には」

「ええ?!」

弟さん、本当にフレドさんの事を慕ってるんだな。話が一段落した二人を見ながら私はそんな事を考えていた。

「そういえばエドワルドさん。もう結構遅い時間ですけど、宿はとってますか？　リンデメンは最近どこも宿がいっぱいですが……」

「そのようですね。今晩は雑魚寝の部屋しか空いてる所がありませんでした」

琥珀は食事が終わって満腹になったのと話が長くなったのとでテーブルでうとうと寝てしまって

いる。明日私が大まかに説明しておこう。

アンナはそんな琥珀の前から食べ終わったデザートのお皿をさっとどかしながらエドワルドさんに尋ねていた。

「あら、大丈夫ですか？　雑魚寝の部屋はよそから来た冒険者も多くて、その……治安が悪いと聞いてますが」

「はい。なので、フレデリック様のお住まいにお邪魔しようと思っております」

「え、俺の家来るの?!」

「フレデリック様。見ず知らずの荒くれものの跋扈《ばっこ》するリンデメンの安宿に、私を追いやるのですか？　なんて酷い……それとも何か私を部屋に入れたらまずい事情でも？」

「いや、それはないけど……ない、よな？　うん、ないはず……」

「なら問題はないですね。今夜からしばらくよろしくお願いします」

「うん……？」

エドワルドさんはフレドさんの住んでる部屋も把握していた。自分が数日泊まる程度の余裕のある広さの部屋だという事も分かっていたそうで、したたかなのにフレドさんととぼけたやり取りをしてたのが面白くて聞いてて笑ってしまった。

「……リアナちゃん。俺の家、無駄に歴史だけあって面倒なとこだって、前に話したじゃない？」

「はい」

その言葉に、私はフレドさんの方を向いて椅子に座り直した。

ここまでのエドワルドさんの説明で、不自然な程にその「フレドさんの実家」について触れられてこなかった。多分その話なんだろうなって。

エドワルドさんは最初私達全員に教えようと思ってたんだろうけど、琥珀に伝えるのを見送るのは私も賛成かな。誰かに漏らさないかちょっと不安だ。それに、フレドさんの家の名前を知らなくても、フレドさんにどんな事があったかを正しく理解する事は出来るし。

「ほんとに、俺……親ともずっと折り合い悪くて。特に……弟とは母親が違うんだけど、その俺の母親がまたすごい強烈な個性を持ってて。その代わりエディもそうだけど周りの人にはすごく恵まれてたな。弟とも仲は良かったけど……前にも話した通りクロヴィスは優秀だったから。すごくね。だから俺は喜んで後継者の立場を譲りたかったんだけどねぇ、周りが俺達の事無視して騒いで……大変な事になっちゃってさ」

「……悩んでおられたのは知ってました」

「ああ、ごめんな。最終的に相談せずにあんな事しちゃって。あはは……なんかもっと、穏やかに丸く収める方法思いついてたら良かったのにな～」

フレドさんのその言葉を聞いて、エドワルドさんがテーブルの上に出していた手をぐっと握ったのが見えた。

それを見ただけで、「多分その過去のフレドさんには、それ以外選択肢なんてなかったんじゃないか」って想像が出来てしまう。こんな軽い感じに言ってるけど、そのくらい危ない状況だったんだ。

「ミドガラントって知ってる？」

「……はい」

「うん……俺の生まれたのは、その国の……王家だったんだ」

決定的な言葉を聞いて「ああやっぱり」と思った。弟さんの名前とフレドさんの本名を聞いて、恐らく、とは推測が付いていたけど。第一皇子は病を患って皇位継承権を放棄して、四年前に第二皇子が立太子したと学んだ事があったから。

その二人の皇子の名前と、同じだった。

アンナはここで初めて知ったみたいで、寝てる琥珀を起こさないように静かに、しかしとても驚いているようだった。

自分の出自を語ったフレドさんは、そのまま困ったように笑った顔で言葉に詰まっているように見えた。

「あの……！　元々、フレドさんって平民じゃないだろうなとは思ってましたし……フレドさんがフレドさんだって事は、私の中では変わらないので……！　だから、その……」

「あはは、ありがとう。……俺が頼む前に、そう言ってくれて嬉しいよ」

新事実はあったけど、それはそれとして。

　フレドさんは望んで家を出てきて、エドワルドさんも弟さんもフレドさんの意思に反してまで連れ戻すような様子はない。

　だから私は……これからも、今までと同じように過ごせるんだと思っていた。いや、それ以外の可能性を考えたくなかったせいかもしれない。

　まだまだ聞きたい事、話したい事はあったが。ちょうど琥珀も眠そうだし、私達は部屋に戻る事にした。二人はもう少しレストランで軽食を摘《つ》まみながら話をするそうだ。今日はもう遅いから、明日また集まり直そうと約束してフレドさん達と別れる。

　部屋に戻るために琥珀も起こしたけど、今日はもうお風呂に入れて歯を磨かせたらすぐまた寝てしまいそうだな。

第四十話　懐旧

ぎこちなかった会話が、大分円滑に進むようになった頃には夕食が終わった。三人がいてくれたおかげで、久しぶりに会ったエディと思ってたより自然に話せて良かった。

それで、リアナちゃんとアンナさんは寝ちゃってる琥珀を連れて部屋に戻って行ったけど、俺達はもう少しここで話をしていく事にした。別に、聞かせられない話をする訳じゃない。俺の部屋に戻ってもほんとに何も無いからね。それだけ。

「フレデリック様」

「なに？」

「……良かったです、お幸せそうにしていて」

「え?!　……そんな幸せそうに見える？」

「そうですね、少なくとも……マリエラ様の元に居た時には見た事がない、安心しきった……平穏に幸せを感じているお顔をなさってますね」

リアナちゃんの横にいる自分は、見て分かるくらいそんなに幸せそうな顔をしているのかと若干焦ったそのすぐ後。

久しぶりに、自分の母親の名前を聞いて息が詰まりそうになった。未《いま》だに、苦手意識しかない。育ててもらった事実は元々ないけど……いつか産んでもらった感謝とか出来るようになるのかなぁ。

俺は過去を思い出しながら一度天井を仰いだ。

でも……こうして、また向かい合ってお酒が飲めると思ってなかったな。五年ぶりだ、と思いながら改めて正面を見る。当然だけど、俺の記憶の中の、まだ十八だったエディとはちょっと顔つきが違った。

多分俺のせいで苦労したのもあるんだろうな。

「……私はフレデリック様は良き王になっていたと今でも思っています。クロヴィス様も、そう望まれていた」

「エディ……違う。選んだのは俺だよ。自分で選んで、投げ出して逃げたんだ」

もう夜は暖房なしで過ごせないくらい寒いな。そんな事を思うくらい、俺の手は夜道を歩いて来たように冷え切っていた。エディは酒精の低い酒で口を湿らせて、そんな事をぽつりと口にする。

「そうですね、フレデリック様は王になる事を望まなかった。私はそれを見ていて……いえ、完全に私の個人的な考えで。貴方《あなた》を見つけた後も、フレデリック様を縛る存在がない場所で、平穏で、命を脅かされる心配をせずに生きる……そちらの方が幸せなんじゃないかと、勝手に思ってしまった」

「実際、俺が望んだ事だよ」

「ずっと……後悔してました。フレデリック様があのまま……あの場所で、何の憂いもなく生きる道があったのでは。もっと私には出来る事があったんじゃないかと今でも考えてしまいます」

そんな事あり得ない、あそこに居て殺されずに済む方法なんて存在しなかった。それに俺は身分を捨てて出てきて良かったと思ってる。

と、口に出そうとした俺は、その言葉を呑み込むしかなかった。今、エディにこの言葉をかけない方が良い気がして。きっとそれは、俺が逃げて、残してきてしまった大切な幼馴染《おさななじみ》をもっと追い詰める事になってしまう予感がする。

「なのに、この街でフレデリック様が幸せに過ごしているのを見て、良かった、あの時の選択は間違ってなかったと……そう考えて……私は胸の中の罪悪感を慰めてしまった」

「…………」

俺は何も答えなかった。エディは謝罪を口にしなかったから。謝罪をして、俺が許したらまた苦しむだろう。こいつはそういう奴だから。

気まずい沈黙が続く。

でもこの五年で、自分の事でこんなに重い空気で真面目な話をする機会なんてなかったから。つい、いつもみたいに振舞ってしまう。

「……なぁ、エディ。お前の言うように、本当にミドガラントで命の危険がなく過ごせたとしてもさ。俺、絶対あの家を出てたよ。何を言われても王家に残る事は無かったたって断言出来る」

「！　申し訳ありません。フレデリック様にそのような事を言わせるつもりは……」

「いや、エディを気遣ってるんじゃなくて。俺の母親見てたら分かるでしょ？　無理無理。俺ストレスで倒れちゃうよ。命の危険がなくてもあそこには残らなかったよ」

「は……」

一瞬言葉に詰まった後、エディはじわじわと理解をしたのか随分間抜けな表情を浮かべていた。

実際、俺の母親を知ってるからこそ、この言葉はとてもよく伝わるだろう。俺の横でずっと見てたんだから。

ほんと今思うと……血が繋がってるからって、よくあの人の相手をしてたよ。毎日毎日、呪いのような言葉を吹き込まれて。「フレデリック、あなたが王様になるのよ。あんな女の子供になんて絶対負けちゃダメ」ちょっとでもお気に召さない所があると「どうしてあの女の子供に勝てないの？　何で私に恥をかかせるの？　お母さんが嫌いなの？　私が嫌いだからわざと恥をかかせようとするの？」と始まる。ちなみにこの詰問に正解はない。何を答えても余計にお説教は酷くなる。

あぁ……子供の頃の俺を労《いたわ》ってやりたい。でも大人になったから分かるけど、当時子供だった俺を「これ」から守る……とかのまともな対応をやろうと思えば出来るのに全然してくれなかった父親とか、周りも周りだよな。

エディとか、エディの母親で俺の乳母だったペトラ、そういった他の人に恵まれてなければまともに育ってなかっただろう。

ちなみに、こうして俺に「誰にも文句を言われないくらい優秀になれ」と言う割にあの人本人は出来ていなかった。子供だった俺の目から見てもね。

二言目には自分は身分の低い出身だから、と言い訳するけど、そもそも覚えようとしない。着飾ってパーティーや茶会を開くのは好きだったようだけど、社交をしていた訳ではなく取り巻き達にチヤホヤされるのを楽しんでた所しか見た事ない。

浪費は酷いし、使途不明金は山ほど。義務は果たさないし、愛人だと噂《うわさ》される男も何人もいた。賄賂を寄越す自分の身内をいつも依怙贔屓《えこひいき》してて、取り巻きの犯罪や脱税を揉《も》み消した形跡もたくさん発見した。公共事業の情報を漏らして、取り巻きに旨《うま》い汁を吸わせる代わりに見返りを受け取ったりもしていて……何故《なぜ》蟄居《ちっきょ》や幽閉を命じられてないのか不思議なほど。

こんな事をたくさんやってきたからあの人を嫌う貴族は当然たくさんいたけど、何故か変に支持者が居て。本人に真面目な話は通じないのもあってしわ寄せは大体俺に来ていた。

思い出してたらお腹《なか》が痛くなってきちゃったな。

「いや、ほんと、離れて分かったんだけどさ。自分の親だけど俺、あの人の事すごい苦手だったみたいで。連絡も取れない今の状況がとても快適なんだ。むしろ、『離れたら命の危険が増す』って状況だったとしても、絶対いつか出ていってたと思う」

俺は熱を込めて語る。

「はは……確かに……フレデリック様はいつも……憂鬱そうにされてましたからね」

「でしょ？」

エディの口の端に笑みが浮かんだ。俺もそれを見て笑う。嫌な話じゃなくて、他の大切な人達の話をしよう。

「ペトラもエルカも、エディ自身も変わりはなかった？　俺がいなくなってから何か問題は……」

「ご心配ありがとうございます……クロヴィス殿下にもお気遣いいただいて、家族皆問題なく過ごしております。そうそう、エルカは一昨年結婚しましたよ」

「へえ?!　相手は？　俺の知ってる人かな」

「ええ。護衛のセドリックです」

当然覚えている。クロヴィスの母親の実家であるハルモニア公爵家の工作が続いてる中もずっと残ってくれてた忠義の厚い男だ。

エルカの事は小さい頃から知っていて、親戚の子供のように思っていたが、もう結婚する年になってたんだなと思うとびっくりしてしまった。

セドリックはエルカと少々年齢が離れてるが、エディの表情を見るに良い夫婦になってるのだろう。

エディ達の母、ペトラは俺がいなくなってから城を出て、商家等裕福な平民向けの礼儀作法の私塾を開いていているそうだ。中々に繁盛しているらしい。表立ってではないが、クロヴィスの援助もあったとか。まぁ当たり前か。仕えていた俺がいなくなったのだから、あのまま城に勤めるのは難しかっただろう。

ピンと背筋の伸びた姿、柔らかな笑顔を思い出す。

人の目のない所ではまるで本当の母親みたいに、エディと一緒に育ててもらったな。途中からはエルカも加わって。懐かしい。

……今日改めて安否を知れた。良かった。ずっと気になってはいたけど、調べたことがきっかけで俺の居場所が知れてしまったらと怖くて出来なかったから。

もちろん自分の命が一番の理由だけど、あの時一緒に俺が守りたかった人達も全員無事で、元気にやってると聞いて心の底から安心した。

「クロヴィスは……立太子したんだろう？　外国の新聞に載った話くらいは把握してるけど」

「そうですね、大変優秀な皇太子として評判ですが……あー。そちらについては、殿下からのお手紙を。先に私の口で説明してしまっては感動と驚きが薄れてしまいますので」

「……？　そうするよ」

ずっしりと厚みのある封筒を取り出して考える。今夜は徹夜になりそうだな。久しぶり過ぎて、酒の力を借りたいなんて思いがちょっとよぎったが……俺はやめておこう。

「……そうだ、イザベラ嬢ってどうしてるか知ってる？」

「フレデリック様が気になさる必要はございませんよ」

ふと思い出した事を何も考えずに尋ねると、エディは冷たく吐き捨てるようにそう言った。本人を前に態度や顔に出してはなかったけど、エディはほんとにあの人の事嫌いだよなぁ。

母親の身分が低い、俺の立場を補強するために結ばれた政略的な婚約の相手は、当時ミドガラントで二番目に大きな派閥を築いていたマリスティーン侯爵家の令嬢だった。

彼女にとっては大変不本意な婚約だったのは知っている。実際初対面の時からずっと、事あるごとに「平民の血が混じった男に嫁がなくてはならないなんて」と嘆かれていたから。当然、エディもいつも横で俺がけなされるのを聞いていた訳で。

仲良くなろうと努力するのは……かなり早い段階で心が折れてしまった。彼女は俺の母親とその周りから無理を言われて巻き込まれた被害者だって分かってたけど……うん。

「でもほら、最初から『マリスティーン侯爵の後ろ盾を得て穏便に継承権を破棄出来るかも』なんて希望的観測を抱かずに済んだし、向こうも解消を望んでくれてて良かったよ」

イザベラ嬢が、政略なりに歩み寄ろうとしてくれる人だったら、いくら自分が死にたくないからと言っても、俺は逃げる事にもっと罪悪感を抱いて押し潰されていただろう。

解消の仕方が乱暴になってしまったのは申し訳ないけど、「薄汚れた平民の血」って言う程の相手と結婚しなくて済んだんだから大目に見てくれないかな。ダメかな～。まぁ俺すごい嫌われてたし、何しても怒りに触れるだろうな。

俺が取りなすようにそう言うと、エディは一瞬視線を斜め上に動かして、何かを考えるようなそぶりを見せた。

「……マリスティーン侯爵令嬢が、フレデリック様の最後の誕生日パーティーのエスコートを断った言葉は覚えておいでですか？」

「こんな半分平民の男の腕をとって夜会に出るなんて死んでも嫌、だったっけ？」

あと何だっけか。そうそう、「そうね、地べたに這《は》いつくばってわたくしのつま先にキスをして懇願するならちょっとは考えてやってもいいわ」だ。そこまで嫌か、と内心苦笑した記憶がある強烈な断り文句だった。

いつもならイザベラ嬢を宥《なだ》めてたんだけど。その時はもう国外逃亡する事を決めていたので速攻で諦めて一人で入場した。

他にも色々印象に残ってる台詞《せりふ》は多いが、あれは中でも十本の指に入ったね。

「そうですねぇ、フレデリック様は昔から……よりによって、と思うような厄介なご令嬢の執着を惹《ひ》き寄せますからね……」

「え？　……ああ、そう考えるとイザベラ嬢が俺に関わって『おかしくなる人』じゃなくて良かったなぁ」

冒険者になってからは、宿屋の主人に金を握らせて部屋に夜這いに来る人とかいたし、薬を盛られたり、監禁されそうになった事もあった。マリスティーン侯爵家の力と金でそういった事をされてたら逃げられなかったかもしれない。

「……彼女はフレデリック様をそうして散々けなしながらも『何をしても許すほど愛されてる』と公言していたのはご存じですか？」

「知ってはいたよ。政略の仲が良好だって示すパフォーマンスだけど……さすがにちょっと苦しすぎるよね」

俺が嫌われてたのはみんな知ってたと思う。俺がそう答えると、エディは愉快そうに笑い出した。

「どうした？　急に笑い出して」

「ふふ……改めて通じてないのを見ると面白くなってしまって。あぁ、ちなみにそのマリスティーン侯爵令嬢ですが。例の不貞相手と結婚したとは聞きました。彼女が口に出して望んでいた通りになりましたね」

「そっか、本当に好きな人と結婚して幸せになってるなら良かった」

卑怯《ひきょう》な俺はそう聞いて、罪悪感を一つ手放してしまった。

「幸せに、なれますかねぇ……彼女が本当に好きだった方は今幸せみたいですけど……」

エディは俺に意味深な視線を向けて来る。

「ええ？　どういう意味だよ」

「いえいえ、ただの独り言ですよ。それよりも建設的な話をしましょう」

エディは、部屋に帰ったらクロヴィスからの手紙を早く読んで返事を用意するように急《せ》かしてきた。まぁそれは、俺もそのつもりだったから否やは無いが、作為的に話題を変えられた気がする。

レストランで話し込んでいたらすっかり遅くなってしまったな。

「ご馳走様でした。今日の食事もとても美味《おい》しかったです」

「ありがとうございます。シェフにお伝えしておきますね……あれ、リアナさんはまだ中ですか？」

「リアナちゃん達なら先に部屋に戻ったと思うけど……」

「……なら、私の勘違いですね。失礼しました」

顔見知りになったレストランの従業員と少し気になるやり取りをして、俺達は食事をしたホテルを後にした。

人工魔石需要で活気づいてる街は、まだ夜が終わりそうになかった。酒をメインで提供する飲食店は煌々《こうこう》と明かりを照らし、最近街への出入りが増えた冒険者達を積極的に招いている。

俺が今暮らしている家に着くまで、二人で何となく黙ったまま、道を歩いた。

町の中心はまだ明るいけど、もう結構遅い時間で、周辺の住宅は明かりが落ちてる家も多い。最近外から入って来る人が増えて治安が悪くなってるから、まだ道が見えても暗くなったら灯りを持った方が良いって言ってた人がいたなぁ……と思い出した俺は拡張鞄の中から魔光カンテラを取り出した。

視界の端で、自分が持つと言いかけたエディを小さく手で制する。良い商会の若頭みたいな身なりの男にカンテラ持たせて歩いてたら、あまりにも不自然すぎるからね。

エディにとっては生まれた時から染みついた行動だ。思い出した、慣れ親しんだこの距離感が懐かしくて、つい笑みが浮かぶ。

薄明かりを手に入れた俺達は歩みを再開させた。なんとなく無言のまま、最近は寝に帰ってるだけのアパルトマンの部屋に招き入れると「失礼します」とエディが軽く頭を下げた。

ああそうだ、周りの人に紹介する設定を考えておかないと。大きく事実と異なる情報は間違えやすいから言い方は考える。複雑な所は隠して……役所的な所で働いてる幼馴染、がいいかな。

いや、今だけだと言ってもエディは絶対に俺に敬称を付ける事も敬語を使う事も止《や》めないだろうからそれでは不自然だ。……なら、実際そうだし「ぽんこつで家を追い出された元良いとこの坊ちゃんのフレドと、その幼馴染兼使用人のエディ」にしておこう。

エドワルドではあまりにも貴族っぽいし。俺の名前も呼び方を変えるよう頼まないとだな。

しかし、やっぱりリアナちゃん達と過ごした後にこの部屋に帰ってくると寂しさがすごい。

外気温とほとんど変わらない、冷たい空気の部屋の中に先に入る。

今日は一人じゃないから大分マシだけどね。今夜はエディと積もる話もあるし……明日も冒険者業はお休みかな。幸い、ここんとこお金には余裕があるからいいか。

適当に椅子をすすめて、恐縮するエディに笑いながら飲み物を用意した。夜道ですっかり体が冷えてしまった。暖房が部屋を暖めるまでお茶でも飲もう。

今回エディは人工魔石産業についてクロヴィスの命を受けて調査しに来た事になっていて、その名目で商業ギルドの魔導通信機を借りられるので、明日無事会えたと報告に行くらしい。国境を越える通信は傍受が怖いから返事を実際に渡すのはエディが国に帰った時になるが、それまでにちゃんと返事を用意しないと。

まずは明日、レターセットなんて持ってないので、買いに行かないとだな。俺は翌日の予定を頭の中で思い浮かべながら手紙を開封した。

■□■□

「リアナ様。なんだか随分時間がかかりましたね。何かあったんですか？」

「何でもな……くはないんだけど。……あのね？　わざとじゃないの。でも部屋に入ろうとしたら二人が真剣に話をしてて。躊躇《ちゅうちょ》してるうちにそのまま話が進んで……立ち聞きしちゃって……」

確認しておきたい事を思い出して別れてすぐ個室に戻った私は、意図せず扉の前で会話を聞いてしまったのだ。私達が出た時に扉をちゃんと閉めてなかったせいで、漏れ聞こえてしまったのだ。所々良く聞こえない所もあったけど……。

だから明日、まず謝るつもりだと、私はそこまで心の内を話した。アンナは人差し指をあごに当てて「うーん」と少し目をつむる。

「別に、リアナ様なら聞いてたとしても怒らないとは思いますけど。それにフレドさんなら、本当に聞かれてはまずい話だったら、おうちに着いてからしてますよ」

でも、きっかけは偶然だったけど、すぐ立ち去らずに盗み聞きを続けてしまった自覚はある。フレドさんの過去、そう思ったら知りたくなってしまって……あのまま足を止めてしばらく話を聞いてしまったのは、そんな気持ちがあったせいだろう。

こっそり盗み聞きなんて、なんてマナー違反をしてしまったのか……明日しっかり謝らなければ。

第四十一話　しがらみ

フレドさんは弟さんあてに手紙を書いたそうで、「久しぶりに書き物をしたよ」と自分の肩を揉んでいた。

「エディさんはどちらに？」

「返事を確保した事をクロヴィスに伝えて来るって商業ギルドの通信魔道具を使いにいったよ」

エドワルド、だとどうしても名前の響きだけでも平民にしては不自然だと思われてしまうので私達も「エディさん」と呼ぶ事になった。周りに対して話す予定の「ちょっと裕福な実家の跡継ぎ争いから逃げ出してきたフレドと、その実家に居た時から仲の良かった元従者で幼馴染のエディ」という設定も説明されている。琥珀は隠し事が出来なそうなので、わざわざ真実を伝えずにこの情報だけ話しておく事になった。実際嘘は何一つ含まれてないし。

ちなみに今の時間は琥珀は、孤児院で読み書きや計算を勉強していて不在のため、この話が出来る訳である。

朝の挨拶も済んだ私は、朝一番でフレドさんに話そうと思っていた通り、昨日二人の話をレストランの個室の外で立ち聞きしてしまった事を謝罪した。

「……え？　そんな重い話してたっけかなぁ」

「あの……お母様に対するフレドさんの考えとか、エディさんのご家族の話とかを聞いてしまって……」

「話そうと思ってた事だから、別に謝らなくても……いや、でもわざわざ自分から話してくれてありがとう。でもほんとに気にしなくて良いよ」

アンナが予想した通りの反応だった。しかし、フレドさんが許してくれたからと言って、無かった事にしていい訳ではない。かなりプライベートな事を聞いてしまった自覚はあった。フレドさんは気にしてないと言ったけど、しっかり反省しないと。

「…………」

「あれ、リアナちゃんどうかした？」

「いえ……何でも」

あと……本当は気になっている事が一つ。けれど、尋ねる勇気は出なかった。フレドさんに昔、婚約者がいた事について。びっくりして前後をよく聞いてなかったんだけど、「幸せになってるなら良かった」って……優しい声で言っていた。

周りの状況のせいで離れざるを得なかった……フレドさんにそんな人が居たんだ、と思うと……何故か胸の奥が苦しくなってしまって。

どうしてだろう、と考えるも今の私には答えが分からなかった。

……しかし奇遇な事に、私達全員家を出てる者達のパーティーになるのか。琥珀は修行のために追い出されたと言っているけど、あれから詳しい話を聞く限り「行動を改めないと、強き者になるまで帰ってこられない厳しい修行の旅に行かせるよ」という脅しを琥珀が暴走して受け取った……ようにも感じていた。

それとも本当に修行が必要だと感じたその伯母さまが、荒療治で琥珀を家の外に出したのか。

琥珀本人に聞くと感情が強めに混じった主観の話しかしないので、私の推測が多分に含まれているが……なのでいつか琥珀の故郷にも行けたらなぁとも思っている。

「お返事をいただきましたよ、とそれだけを連絡しにいったのですか？」

「俺についての話はそうだと思うよ。エディはこの街に『人工魔石産業の視察』って名目で来てて、クロヴィスも実際興味持ってるって言ってたし、その業務連絡も一緒にしてると思うけど」

「……お手紙の内容、手紙で持ち帰らずに通信魔道具でそのまま伝えてしまえば早いのではと思ったのですが、それは出来ないのでしょうか」

アンナも疑問に思ったようだ。

「うーん、俺表向きは行方不明になってるんで……国境を越える公共通信は絶対国を介さなきゃならないのを考えると、もしかしたらそれがきっかけでバレるかもしれないなぁってちょっと怖いし避けたいですね」

「あ、確かにそうですね。フレドさんの事情に思い至らず……とんだ浅慮を」

「いやいや。普通はこんな事警戒しないから思いつかなくて当然だよ」

確かに、全ての通信の監視が常に行われているかも……なんて、戦時下でもあるまいし考えすぎではあるけど、じゃあ絶対あり得ないのかというとそれこそ「あり得ない」。せっかく弟さんの周囲も落ち着いてきた今、大丈夫だろう、でリスクを負うわけにはいかないのだ。

軍や国同士が使うような通信魔道具ならきっと安全だろうけど……そんなものを使う伝手《つて》はないし。

公共通信以外だと各商店が独自の連絡手段を使っていたりするが、こちらはより情報漏洩《ろうえい》の危険が高くなってしまう。

やっとご家族の安否が分かって連絡が取れる、と待っている弟さんには申し訳ないが、もう少し待っててもらわなければならない。

フレドさんとアンナの会話を聞きながら、私もフレドさんの事情について色々思い浮かべていたら、つい聞いてしまっていた。

「フレドさん、本当に故郷に一度も帰らなくていいんですか？」

「うん。こうしてこっそり連絡は取れるようになったし。一応俺もそのうち帰郷しようとは思ってたんだよ。けど……それは弟に跡継ぎが出来て王位についてから……くらい後の話だと思ってたんだよね。それに俺が今姿見せたら絶対また問題起きるから」

「それは確かに……」

「でしょ？」

なるほど。フレドさんはそれだけ、弟さんの元にトラブルを持ち帰りたくないのだな。確かに、フレドさんが国を出る原因を作った人達……弟さんが対処したとエディさんは言っていたが、全員いなくなった訳ではないだろうし、中には同じ事を企む人も出るだろう。本人同士はこんなに仲が良くてお互いの事を案じてるのに、なんとも迷惑な話だ。

当人同士で解決してるものを第三者がわざわざ大問題にしてしまってる。

本当は仲が良いのに、連絡も表立って取れないって不自由だな。もどかしく思っていると、ボソリと「俺の母親って人を消したら問題全部解決するんだけどね」と呟《つぶや》くフレドさんに、私とアンナは思わずギョッとしてしまった。

「フ、フレドさん?!」

「ああ、いや、そんな物騒な話じゃなくて……幽閉とかしちゃえばいいのに、って思ってね。実際王妃として仕事してるのはクロヴィスの母親のエリザベス様だし……いや、ごめん、二人に聞かせる話じゃなかった」

言い直したけど十分物騒な話だった……。

フレドさんが敵意をむき出しにして、はっきりと人の事を悪く言うなんて。あの逮捕されたデュークとか、その父親に対しては怒ってる所は見た事あるけど、でもここまでの嫌悪感は滲《にじ》ませてなかった。「その人達よりも嫌いなのか」と思うと、ちょっと安易に踏み込んで聞けないと感じてしまって。

……聞いて欲しい話なら。私が話を聞く事で少しでもフレドさんの気が楽になるなら聞きたいんだけど。アンナ以外まともな友達がいなかった私にはちょっとそこの判断がつかなくて。……エディさんなら知ってるだろうが、フレドさんに隠して聞くのは不誠実なのでそれはしたくない。いつか私が勇気を出してフレドさん本人に聞けると良いんだけど。

「リアナ!!」

「あ、琥珀、お帰り」

アンナとフレドさんもそれぞれ「お帰り」と声をかける。しかし余程気が急いている事があったのか、琥珀が次に口にしたのは「ただいま」ではなかった。

「リアナ、明日孤児院の奴らを森に連れて行きたいのじゃ！」

挨拶や「ありがとう」「ごめんなさい」はきちんと言おうねと教えて、それがちゃんと守れるようになってたと思っていたのだが。

どうやらまだまだ琥珀が一人前になるのは遠いらしい。一応猶予を与えようと私からもう一度「琥珀、お帰りなさい」と挨拶を促す。

「あのな、今日孤児院に冒険者だって卒業生が来ておってな」

「琥珀ちゃん、挨拶が先でしょう?」

「あ、え、……ただいまなのじゃ……」

だがそれに気付かず自分の話したい事を話し始めてしまった琥珀に、アンナのストップがかかった。

しまった、という顔をしたのが見えたが今更挨拶をやり直してももう遅い。アンナのお説教は回避出来ないようだった。

でもアンナに任せきりには出来ない。私の弟子の礼儀の話なので、私も自分の言葉で琥珀にちゃんと注意しないとだな。

「何か大事なお話があったようですけど、挨拶を含めた礼儀をおろそかにしてはいけませんよ」

「うぬぅ、今後気を付けるのじゃ……」

「それで琥珀、何を言おうとしてたの？　孤児院の子供達を森に連れて行くとか……詳しい話を聞きたいんだけど」

アンナに「めっ」とされた琥珀は頭の上の狐耳を一度ペションとさせていたが、私が尋ねるとハッとしたような顔になって慌てて今日あった事を楽しそうに喋《しゃべ》り出した。

卒業生、とは孤児院を出て行った、元施設利用者の事だろう。そう呼ぶと聞いた事がある。孤児院を出て成人して冒険者になった……という人から何やら影響を受けたらしい事くらいは何となく分かるけど。

詳細を話すよう促すと、琥珀が一生懸命説明をしてくれる。話がぽんぽん飛んだり、情報が前後したりして、「それはこういう事？」と所々確認する必要はあったけど、概《おおむ》ね理解する事は出来た。

この話のメインは、その孤児院の卒業生のトネロさんという男性だった。そのトネロさんが、今度パーティーを組んでる仲間と一緒に孤児院に在籍している子供を連れて森に行くのだそうだ。ちなみに連れていく子供は全員で三人。その子達は卒業後冒険者になる事を考えているらしくて、つまり職業見学……のような事を卒業生が請け負っているらしい。

そこに琥珀も一緒にと誘われたので私の許可が欲しい、という事だった。

うん、許可を取ろうと考えられるようになったのは成長した。そこは偉いと思う。

「な？　いいじゃろ？　トネロって奴は、森の中でもネッカの花がないとこまでしか行かんと言っていたから、琥珀なら大丈夫だろうけど……」

「それは、琥珀なら余裕なのじゃ」

ネッカの花、とは人里では咲かない植物の名前だ。よく目立つ黄色い花を一年中咲かせる背の低い植物で、日陰でもよく育ち街中の空き地や農地の隅にもいつのまにか根付いているけど、人の生活圏の近くだと花がつかない。退化しているが実はネッカの花の起源は魔植物なので、このような特徴を待っている。

地図でここまで、と示せるものではない。けど魔物が出る場所では少し分け入ると生えているので、この花が咲いてる所より奥に行くのは金属札以上じゃないと推奨されませんよ、という良い目安になるのだ。

一番下の木札、次の革札から普通は半年くらいで金属札……銅級に上がれるので、ネッカの花を目安に活動する時期は短いけれど……これは冒険者以外の人達の方がよく使う。

ネッカの花が咲いてない所なら、魔物がほとんど出ないから。ゼロではないけど、子供でも脅威にならないような……それこそ私が買い取ってるクズ魔石の取れるような弱くて小さい魔物くらいしか出ないのでネッカの花を頼りに森の恵みを採りに入る地元の人はそこそこいる。

琥珀が最初に助けた孤児院の子供達は、ネッカの花の事は分かっていながらも「すぐそこにマロの実が落ちてる」「またその向こうにも」と繰り返して思ったより奥に入り込んでしまって起きた事故だった。

他にもはぐれた魔物が奥から出て来る事も稀《まれ》にあるけど、確かに琥珀なら同行してても余裕で対応出来るだろう。むしろそういった場合とても大きな戦力になる。

しかし冒険者の活動内容を教える、にはちょっと都合が悪くないだろうか。危険な仕事でもある、と教えるその場に琥珀がいたら子供達が正しく学べない。勉強の時は机を並べている友達だが、琥珀は金級冒険者なのだ。一般の冒険者志望の子供が参考に出来る事は何もない。

「そのトネロさんは琥珀が金級だって知らないの?」

「うんにゃ！　琥珀が表彰されたのもバッチリ知っておったぞ！」

誇らしげにそう言う琥珀に、私は予想がちょっとはずれておや、と内心首を傾《かし》げた。

てっきり琥珀が「孤児院に遊びに来てる普通の子供」と思われて他の子のついでに誘われたのかと思ったのだが、そうではないらしい。冒険者の仕事を学ぶ、なんて初めての体験に金級冒険者なんて連れて行ってしまったら絶対その子達に悪い影響が残ると思うのだが。

ただでさえ琥珀は「こんなの簡単じゃ！」なんて言って孤児院の年下の子供に良い格好をしたがる事が多いのに。それでは危険を学べない。

冒険者は、華々しい話ばかりが有名になりやすいが、危険も多くて大変な仕事だ。リンデメンでも毎年何人かは命を落としているし、その多くは新人になる。職業を決める前に、本当に冒険者になるのか、と怖がらせないといけないくらいなのに。

普段仲良くしている、でもちょっと抜けた所のある琥珀が気軽に森を進んで簡単に魔物を倒す所を見たら、慢心が生まれてしまわないだろうか。

実力がかなり離れてる強い冒険者が加わるのは、確かにメリットもある。強い人から学べる知識や技術も多いし、もしもの時にも初心者達の安全を確保出来る。

でもその場合は私が初心者講習で教わった『暁の牙』の人達くらい、徹底的に引率役が出来ないとダメだろう。周りを警戒し、基本見守り、森を歩きながら冒険者として必要な知識を教え、必要な時は前に出るような判断が出来る人。

……他の子に良い所を見せようと、真っ先に飛び出して自分で魔物を倒してしまう琥珀しか思い浮かばないなぁ。

それに琥珀は彼らと実力が違いすぎる。普通の人に参考に出来る所はないのに。天才肌なので人に教えるのも得意じゃないし……。

実際「なんとなく」で冒険者に必要な戦闘技術や索敵、琥珀の言う「妖術」も使いこなしているのはすごいんだけどね。

……教師役には向いてない琥珀を、あえて連れて行きたい理由は何なのだろう。

向き不向きを考えずに「金級冒険者だから」と声をかけたのだろうか？

「このトネロって男はな、最初は琥珀の事をその辺の子供じゃと甘く見て、他の子供達と一緒に『武器の使い方を教えてやるよ』なんて言いおったんじゃ。それをな、琥珀が手合わせじゃと言うその男を素手でぽーんと投げてやって、実力の差を分からせてやったんじゃ。周りで見てたチカやマット達は大歓声じゃったぞ」

「え？　相手の人怪我させてないよね？」

「当たり前じゃ～。そこはこう、琥珀も手加減してやったぞ。弱いものいじめはしないってリアナと約束したからな。ちゃんと、落ちてきたとこを頭を打たないように受け止めてやったのじゃ」

琥珀の言葉にホッと胸を撫《な》でおろした。良かった、怪我人は出なかったみたいで。でも、自分の後輩にあたる子供達の前で、獣人の子供にしか見えない琥珀に負けてしまったそのトネロさんにはちょっぴり同情する。

「それでな、こんなに強い冒険者にはぜひ、週末に森に行く時についてきて欲しいと頼まれてな。

どうしても、というから仕方なく頼まれてやったのじゃ」

「……それは、依頼で？」

「？　孤児院のチビ達の兄貴分にちょっとお願いされたのを聞いてやるだけじゃぞ？　このくらい手を貸してやるのは普通だってその男も言っておったし」

「分かった。冒険者ギルドは通してないのね」

金級冒険者に頼み事をするのに、知り合いなのを利用してタダで通すとは……。

私もお世話になってる孤児院だし、ミエルさんから依頼が来たなら冒険者ギルドを挟んで奉仕活動の一環として無償で仕事を受けても良いのだけどこれはちょっと。

知り合いに頼まれて買い物に行くのとは訳が違う、きちんとした冒険者活動なのに。

それに聞いた感じ、琥珀をあおって協力させてる印象があったので、それも気になる。

琥珀本人は煽《おだ》てられて乗せられてる自覚はないのだろうけど、説明を聞いていた私はそのトネロさんの事をちょっと警戒した。

少し気になる話になりそうなので、孤児院のミエルさんに内容を確認しにいかないと。

これが私の考えすぎで、「冒険者志望の子供達に、普通は見られない金級冒険者の実力の一端を見せたい」とかだけなら良いんだけど……。

第四十二話　出せない許可

「やっぱり、ミエルさんも事後報告で知ったんですね」

「そうなのです。トネロが勝手に琥珀ちゃんに約束を取り付けてしまったようで申し訳ありません」

「いえいえ、正式な依頼になってなかったので大丈夫ですよ」

　ほとんど冒険者の経験がない子が琥珀の仕事ぶりを見てしまったら、卒業予定の子達が冒険者に対して楽観的なイメージを持ちかねない。そう私が心配した事はミエルさんも同じように考えていた。

「琥珀ちゃんの持つ金級冒険者の評価は本人の才能ですから。あの子達が見て真似でもしたらと思うと怖くて」

「確かに、普通の人が学んで取り入れられる事はないでしょうね……」

　琥珀はとても強い。勘も良い。単純な戦闘では琥珀に勝てる人はこの街にいないだろう。でも逆に言うと琥珀くらいの隔絶した実力がないと、同じ事が出来ない。種族的な優れた嗅覚と魔力察知をかけあわせた魔力の追跡など、感覚的にやっている高等技術が琥珀は多すぎる。

採取素材の見分け方や、魔物の解体は最近は上手《うま》くなってきたけど、人に教えられるレベルではないし。教えられる事がない上に、悪影響がありそう……となると琥珀の師匠としても許可は出来なかった。

「リアナさんは何事にもとても慎重で、どんな依頼にも気を抜かないですよね。人工魔石で忙しくなければ是非その冒険者としての姿勢を学べるように指導をお願いしたいくらいなんですけど」

「そうですね、慎重な方が冒険者は長続きしますからね」

孤児院の子供達への指導だと、冒険者ギルドを通して奉仕任務にしてもらえれば、正式に受ける道はあった。奉仕任務は誰かがやらないといけない仕事だが通常の依頼では応募が見込めないものが設定される。例えばリンデメンだと下水道のネズミ退治が常設の奉仕任務にされていたっけ。

今回の場合は、子供達三人の引率と指導、街の近くとはいえもしもの場合には護衛も。金級冒険者に正規に依頼を出してしまったらそこそこの大金がかかる内容だ。身寄りのない子供の就業支援は大事な事である故に、孤児院では相場の報酬が用意出来ないので申請すれば奉仕任務に適用出来たと思う。

しかし奉仕任務では冒険者ギルドからの評価が上乗せされるが、どんな理由があっても受けた後反故《ほご》にしてしまうと通常の任務よりも大きなペナルティが発生してしまう。私がここまで忙しくなければ、お世話になってるミエルさんの頼みなので受けたかったのだけど。

「でも良かった、今年は冒険者になる子が少なくて」

ミエルさんのその言葉に、深い愛情を感じてしまう。危険が多い職業だからなるべくなら街の中で働ける職業に就いて欲しいといつも口癖のように言っているから。

冒険者になった卒業生が、こうして指導に来るのは毎年の事だが、いつもなら冒険者志望の子供が倍以上になるらしい。

琥珀を預けるために行った教材の寄付で他の子達の学習が進み、人工魔石製造のために依頼した下請け作業の報酬でこの施設の経営が楽になった事。そして人工魔石によって街に好景気が訪れ、就職先が増えたおかげだとミエルさんにお礼を言われた。

本当はその三人にも危険のない職業を選んで欲しいが、この子達は昔から冒険者になって活躍するのに憧れているので、意見を変えさせるのは無理だったのだそうだ。

それでも、例年は「他に働き口がないから」と消極的に冒険者になる事を選ばざるを得ない子もどうしてもいた。そういった子達が学を身に付けて、自分がなりたい職業に就けるのだと思うととても嬉しい。

それが、私がした事のおかげだなんて言われると余計に。もちろん、全部真に受けてはいないけど、少しは役に立てたのだと思うと誇らしくなる。

「リアナ、ミエルとの話は終わったのか？」

「終わったよ。琥珀も、一緒に森に行けないってお話し出来た？」

その後人工魔石について委託してる作業について話をした後、院長室から出てきた私を待っていたらしい琥珀が声をかけてきた。珍しく、何か心配事があるような困り顔をしている。

「……なぁ、リアナ、琥珀も森についてってやるの、本当にダメなのか？　ほんとのほんとにダメか？」

「琥珀。昨日話したでしょ？　初めて街の外に出る子の前で、いつも琥珀がしてるみたいに簡単に森を進んだり魔物を倒したりする所を見せるのは良くないって」

昨日は、友達になった子達が将来油断して怪我したりするのは嫌だ、と納得してくれたのに。視線を感じて庭の方を見ると、私と同い年くらいの男の子が一人と、冒険者志望だとミエルさんが言っていた男の子三人が離れた所から見ていた。何か言われてまた琥珀の中で意見が変わってしまったらしい。

うーん……改めて本人達が見てる前で、「実力が離れすぎてて琥珀がついていくメリットがない」って話をするのはちょっとはばかられるな。

それに、身内……施設の卒業生というトネロさん本人が手を貸すという形ならともかく、金級冒険者の琥珀が冒険者ギルドを挟まず頼まれて無償で仕事を受けていたら少々問題になってしまうというのもある。内容的に目こぼしはしてもらえるだろうけど……。

この事も昨日話したんだけど……ここは覚えてなさそうだな。

「琥珀も、お友達の力になってあげたいのは分かるけど。戦闘に入ると周りが見えなくなっちゃいがちなのと、私やフレドさん以外の人の指示もちゃんと聞けるようにならないと、他の人と一緒に街の外に行くのは危ないからダメって言ったよね？」

「なら……リアナは忙しいから、フレドにも頼むのじゃ！　一緒になら琥珀もトッド達についてってもいいじゃろう」

「そういう問題じゃなくて、あの子達には危険と緊張感を学ぶ目的が……ねぇ琥珀、どうしてそんなに一緒に行きたいの？　トッド君達に何か言われたの？」

琥珀は目を泳がせて頭の上の狐耳を伏せた。やっぱり何か心変わりの原因が彼らにあるんだな、と確信した所でバタバタバタバタッと走り寄る足音が聞こえてくる。離れた所から様子を窺っていた四人だな、と見なくても分かった。

「あの……俺、トネロって言います！　ここの卒業生で、赤札の冒険者やってて」

「え、あ、はい。初めまして……こちらに弟子の琥珀がお世話になってる、冒険者のリアナです」

一瞬面食らってしまったが、自分も自己紹介をする。魔石の粉末については、人工魔石事業に誰がどう関わっているか広めたくない。ミエルさんは多分卒業生といえども深く話してないだろうから私も自分からは話さないでおこう。

どうしてわざわざ琥珀をそこまでして連れて行きたがるのだろう、と既に警戒していた私はかなり距離感を与える挨拶をしてしまった。でもこれは仕方ないと思う。

「お願いします、一回……いや少しの間でいいので！　琥珀さんを俺達のパーティーに入れさせてください！」

「え？」

「琥珀さん本人からは良いって言ってもらってるんですけど、アンタの許しがないとダメだって……頼みます、どうしても……俺達、今すぐランクを上げたいんです！」

「お願いします！」

「リアナさんお願いします！　トネロ兄ちゃんを助けてください！」

一緒にいた、この孤児院の子供達も揃って頭を下げる。

その様子で理解した。冒険者志望の子達を引率する役を望んでいたんじゃないって。本当の目的は、こちらか。

厄介な事になりそうだ、と私の隣で狐耳を伏せたままの琥珀を見下ろす。何がどういけないのかちゃんと分かってはいないそうだが、私の態度からまずい事をしたようだ、と察する事は出来たみたいだ。

さて琥珀に何がどういけないのか教えつつ、しっかりこの話をお断りしないと。私は内心ため息を吐きながら、四人と向かい合った。

「琥珀を一時的にパーティーに入れる……それで、ランクを上げるのに何をさせるつもりなんですか？」

「危ない事なんてさせないって！　その子にとってはほんとに簡単な事をやってもらうだけで

……」

「内容の問題ではありません！　冒険者の階級を上げるために他人に頼るなんて、そんな事に絶対琥珀を協力させません」

「いやいやいや、鉄札になるのに必要な、マルウサギをちょっと探してもらうだけだって！　他の項目はもうクリアしてるんだよ。それに見つけてもらった後はちゃんと、自分達で仕留めるし。お願いだよ、鉄札になったら割の良い依頼がたくさん受けられる。そしたらここにももっと食いモン持ってこられる」

「何が理由でも許可出来ません」

「そんな事言わないで頼むよ！　迷惑はかけないから。ほんとに、全然見つからないんだよ。見つけてもすぐ逃げられちまうし……」

これは迷惑どうこうの問題ではない。

マルウサギは、この辺りだと草原の方か森の全域に分布してる、警戒心の強い、ウサギに似た魔物だ。魔物に分類されるが戦闘力はほとんどなく、魔術素材としての需要はないが食肉と毛皮として一定の需要がある。

耳がとても良くて危機察知能力が高く、敵を察知するとマルウサギ達が長年かけて作った、地中に張り巡らされた巣穴を使ってあっという間に逃げてしまう。その逃げ足も早い。

確かに琥珀ならすぐ見つけられるし、地中のマルウサギの気配も追えるだろう。でも鉄札になる試験では、この警戒心が強くなかなか見つけられもしないマルウサギをどう見つけるか、どうやって仕留めるかを実力の判断材料にして、他いくつかの項目と合わせて昇級試験にしている。鉄札になれるくらいの冒険者なら、痕跡を辿ったり、罠を学んで仕掛けるとか、巣穴の出口を探したりが出来てないといけない。

警戒心の強い、しかし脅威にならないこの魔物で索敵の練習をさせて、動きが早くすぐ逃げるマルウサギを仕留める「鉄札に相応《ふさわ》しい腕がある」と証明する、そのための項目だ。

琥珀が見つけてお膳立てしたら彼らの昇級試験にならない。

そのマルウサギを探し当てる術《すべ》がまったくないなら、鉄札はまだ早いというだけだ。

それに……実際この子達では、琥珀にマルウサギの場所を的確に教えてもらっても無理じゃないかなと思う。いざ仕留める……となっても、あのすばしこいマルウサギをちゃんと捉える攻撃が出来るのか。

仲間もこの人と同じくらいの実力だと考えると……ちょっと難しいんじゃないかな。

私はこのトネロという青年の佇《たたず》まいからは、そのように感じた。

「何を言われても、協力出来ません。それ、『寄生』ですよね？　昇級は自分達の実力で行うべきです」

「は？　何でだよ、別に禁止されてないだろ?!」

「そんな事言わないでリアナさん、お願いします！」

「トネロ兄さん、鉄札になれたら、今より割の良い依頼がたくさんあるんです」

禁止されていないからやってもいいだろう、と言われると困る。確かに、実際禁止されていないのだ。強い人が手を貸して、結果冒険者ランクが上がる事、それ自体は。

何故かと言うと、珍しいが普通にある事だから。将来有望な、けど経験の浅い冒険者をパーティーやクランに勧誘して、冒険者としての技術や知識を教えながら育てる、とか。それと区別するのが難しいのもある。

あとこの手は……貴族が使うからな。貴族の他にも裕福な平民の家の人にもいるけど。軍に入る前に箔《はく》を付けたい貴族等が高ランクの冒険者に依頼を出して……というやつ。銀級に上がるには冒険者ギルドの指定する相手と対人の模擬戦闘が絶対に必要なので、この形で冒険者ランクを上げるには実質上限が存在するが。

大きな声では話題にされないが、私も聞いた事があるな。それも最近。よその領の貴族の息子が地元を避けて……ああもしかして、この話を聞いたからこんな事を言い出したのだろうか。

この方法を使って冒険者ランクを上げる事は「寄生」と呼ばれており、一般冒険者からはとても嫌われている。

ただ、良く思われておらず、やらないようにとアナウンスされているだけで規則で禁止されていないのだ。明確な罰則もないけど、普通はこの抜け道は使われない。何と言うか、持ち掛けられた側の冒険者が断るからだ。今の私のように。

もし受けて、実力に見合わない冒険者ランクになったせいで問題が起きたら、冒険者ギルドが調べ上げてこの「寄生」に協力した冒険者にペナルティが発生する。かと言って、貴族等から依頼される時のように、その「起こるかもしれない」ペナルティを上回る報酬があるわけでもない。

この件で頼られるようなある程度ランクが上の冒険者だったら、当然断るよね。もちろん、本人達の身を案じての判断でもある。特に……ミエルさんが面倒を見ていた、この孤児院の卒業生にこんな危険な行為をさせるつもりはない。

この「危険な事」である「寄生」が貴族からの依頼で成立してしまうのは……冒険者には貴族にあまり良い感情を持っていない人が多く、「貴族が本当の腕前以上の級で見栄張って死んだとしても本人の自業自得」くらいの消極的な悪意がうっすらあるから……だろう。

とにかく、こんな危険な事に手を貸すつもりはない。琥珀も協力させないし、この人達が他の冒険者を頼って……もしもそれが悪い人だったらと思うと、二度とこんな事を考えないようにしておきたい。

「……琥珀、院長室に行ってミエルさん呼んできてくれる？」

「わ、分かったのじゃ……」

「は?!　何だよ院長に言いつける気か?!」

願いを聞いてあげたい、と言っていた琥珀だが、私が怒っている上に「あ、やっぱりまずい事だったんだな」と察したようで、狐耳をぺたんと寝かせておずおずと後ずさった。足音が院長室の方に向かったのを確認してから顔を上げる。

「言いつけられたら困る事をしてるって自覚はあるんだ?」

「なっ……」

「だって『寄生』しようとしたなんて、他の冒険者に知られたら嫌な顔されちゃうもんね」

だから琥珀に声をかけたのだろう。実力はあるけど言いくるめられそうな琥珀を。

言い当てられて図星を突かれたトネロは、顔を赤くして唇を噛んだ。

「……あんたなんかに分からねぇよ！　錬金術も出来て、ガッポリ稼いでて、俺みたいに金に苦労した事ないような奴に！」

「それは、確かに……ないけど……」

実際それは事実だったので、思わずひるんでしまった。いやいや、ここで引っ込む訳にはいかない。

「ならこのぐらいしてくれてもいいだろ！」

「そうね。あなた達が鉄級に上がるお手伝いなんて、言う通り、私や琥珀にとっては簡単な事だけど」

「だったら！」

「ねえ、どうして『寄生』がダメなのか分かる?」

「へ?」

私の問答に、トネロを含めた四人はポカンとした顔を見せた。予想外の事を聞かれたからだろう。

「そりゃあ……ズルだから……」

「違う。それでランクだけ上げた人が、死んでしまうから」

「は？　そんな……俺達は鉄級になっても死ぬような危ない依頼は……」

「例えば。鉄級になって受けられる『割の良い依頼』だけど……急いでたみたいだし、この時期だけの……針晶《しんしょう》水仙の球根採取とか？　当たり？」

「な……知ってるなら、分かるだろ？　あれがどんなに稼げる依頼か……森の中で誰でも分かるようなあの花を見つけて、掘り返して根っこごと持ってくれば……一個でも、俺達の今までの一日の稼ぎになるんだよ」

やっぱりか。私は自分の推理が当たって、ここで彼らを止められる事に安堵《あんど》した。

確かに針晶水仙は、どういう花かさえ知っていればすぐ見つけられるし、この時期は鉄級の上の黒鉄級の冒険者さえも針晶水仙の球根採取をするくらいには割が良い依頼だ。

たまに森の浅い位置に針晶水仙がぽつんと咲いている事もあるので、鉄級に満たない冒険者が球根を持ち込む事はあるけど。この依頼は鉄級からしか受けられないようになっている。

「針晶水仙の生えてる所は、ディロへラジカもいるのに？」

「え？」

目論見《もくろみ》通り、私に食ってかかるような勢いが止まった。

本当は、「生息地が重なってるので、いる事もある」くらいだが、ここはあえて不安をあおる言い方をしておく。

「マルウサギを仕留められる術を持った冒険者なら、ディロへラジカと出会う前に迂回《うかい》したり、安全に逃げたり出来るだろうけど。マルウサギすら倒せないのに、出来るの？」

「それは……でも」

「見つけさえすれば誰でも採って来られるようなものが高ランク限定依頼になってたら、『その付近に強い魔物がいる』って考えられないと」

トネロやその仲間達は「鉄級になれさえすれば今より割の良い依頼を受けられて、悩みが全部解決するのに」と思ってるようだが、それは違う。逆だ。鉄級になれる実力があるからこそ、危険な魔物も生息する森の中から針晶水仙を採って来る依頼を「割が良い」と言えるようになってるのに。

だからこの間違いは絶対にここで正さないとならない。

「だからあなた達、マルウサギも倒せないんだよ」

「う、うるせぇ!!」

わざと、見下した表情を作って、嫌な言葉を選ぶ。

弟分達の前でバカにされたトネロは、私の言葉に激昂《げきこう》した。そこに丁度ミエルさんがやってきて、今にも飛びかかりそうだったトネロを制止する。

……人を怒らせて、怒鳴られた。自分でやった事で予測していたとはいえ、私の心臓はバクバクしっぱなしだった。ビクリ、と怯《おび》えを出しそうになる自分を奥に押し込める。今の私は、「嫌味でムカツク高ランク冒険者」じゃないといけない。

呆《あき》れました、という演技をしながら、ミエルさんにもきっちり、トネロ達がしようとしていた危険行為を伝える。

私がわざとキツイ言葉を使って彼らがやろうとしていた事を非難しているのに気付いたようで、ミエルさんは私に申し訳ない、とトネロの頭を摑んで謝罪させた。

……うん、大丈夫。これで、ミエルさんがしっかり説得してくれるだろう。卒業生が冒険者になる事が多いから、ミエルさんはこれがどんなに危険な行為か知ってるから。

……どうせ、初対面の人で、これから関わる事もないだろう。私がこうして嫌われ役になれば、身内のミエルさんが丁寧に説く正論がスムーズに聞けるはず。

「私……ミエルさんとのお話も終わってますし、帰りますね」

「ああ、リアナさん。本当に……ありがとうございました。お世話になってるのにご迷惑もおかけして、申し訳ありません」

「いいえ。ミエルさんや、他の子達にはいつも私の方こそ助けていただいてますから。じゃあ琥珀、帰るよ」

私はオロオロしている琥珀の手を取って、歩き出した。

トネロと、他の冒険者志望の子達が何か言いたそうに琥珀を見ているのに気付いていたけど、無視して敷地を出る。

私の態度に戸惑っていた琥珀だが、手を繋いでからは大人しくついてきてくれている。良かった。目の前で琥珀の友達をわざと傷付けたから、反抗されるかも、なんて思ってたから。

「……リアナ、琥珀があいつらに頼まれて助けてやりたいって思ったの……そんなにダメな事だったのか？　リアナがこうして……悪者にならなきゃいけないくらいダメな事だったか？」

琥珀のその言葉に私は結構驚いて、思わず立ち止まっていた。

正直、琥珀の友達にわざと酷い事を言った自覚はあるので、「すぐ誤解を解かないと琥珀に嫌われちゃうかも」なんて焦っていたのだが……説明する前に気付くと思ってなかったので、驚いてしまったのだ。

「リアナ、ずっと手が震えておったから……」

琥珀と繋いでいた手を、上から私より小さい手の平が握る。両手で手を包まれる格好になった私は、「だから気が付いたのか」と納得していた。

虚勢を張っていたけど、私は怒鳴られて内心随分怯えていたみたいだ。

琥珀は会話も全部聞こえていたらしい。

当然か……森の中で、かなり離れた所にいた子供の小さな悲鳴が聞こえて、助けに駆けつけられるくらいなのだから。孤児院の敷地内の院長室から、私達のやり取りは十分聞こえていたのだろう。

「……琥珀、昨日話したでしょ？　実力に見合わない冒険者ランクになったら、あの子達が危ないんだよ」

「でも。あいつらも多少の危険は分かっとると言ってたぞ。マルウサギとは相性が悪いだけで他は鉄級になれる実力があるし、それに無理はしないって……」

多分、そう言って説得されたんだろうな。でも危険でいけない事だ、とぼんやり知ってはいただけで彼らは十分に理解してなかった。

だって、ディロヘラジカの具体的な危険について説明したら、明らかにうろたえていたから。名前を出して、自分達に起こり得る「危険」についてリアルに想像した所に、ミエルさんの説教を聞いたから……あの様子なら立ち止まってくれると思うけど。

「今回のは本当の『悪い人』じゃなかったけど。ダメって言われている事を琥珀にさせようとする人がいたら、ちゃんと相談してね。今回みたいに」

「琥珀は……また失敗しちゃったんじゃな。……また誰かの助けになって、喜んでくれるかなって思っただけだったんじゃ……」

「琥珀……」

手を繋いだまま、琥珀が俯《うつむ》く。

頼られて、力になってあげたいと思った……その思い自体はとても良い事なのだけどね。

「リアナが、あんな風に……あいつらのために、悪者になってまで止めなきゃいけないような、いけない事だなんて……思ってなかったのじゃぁ……」

琥珀は私の手を両手で掴んだまま、ポロポロ泣き出してしまった。

ああ……良かれと思ってやろうとした事だったので、余計にショックだったのだろうな。

「琥珀が愚かものだったから、リアナが嫌な思いをしてまであいつらを叱る事になって……うう……」

「ちが……違うよ、琥珀」

琥珀が初めて泣いた事に、私は動揺していた。

私は……家族との話し合いの時とか、感情が昂《たかぶ》るとどうしても涙を抑える事が出来なくて琥珀に泣き顔を見せた事はあるけど。

琥珀が私の前で涙を流すのは初めてで。何かしないと、と変に焦って「違うよ」なんて口走っていた。ダメだ。こんな、気休めの言葉じゃなくて。

「琥珀、私はね。琥珀が『助けてあげたい』って思って自分から手を貸せるようになれたの、すごく嬉しいよ」

「ぅう～～……」

「それに、嫌な思いは……わざとだし。全然、たいした事ないよ。大きな声にびっくりしただけ。私はね……琥珀。琥珀のお友達があのまま人の力を借りてランクを上げた先で、怪我をしたりするのを防げたから、良かったなって思ってるよ。話を持ち掛けられたのが琥珀だったから、こうして

私に……仲間に相談してくれる琥珀だったから。あの人達が危ない事をするのを防げたでしょ？」

琥珀、自分の失敗をこうして泣くほど反省するようになったなんて、成長したなぁと感じてしまう。

「う……ごべんなざいぃ……」

「あぁ、鼻水出てる……ハンカチは？」

「忘れたのじゃ……」

「もう」

成長したな、と思っていた所にこれだ。私は琥珀に自分のハンカチを渡して顔を拭かせてから、予定のない冒険者ギルドに向かう事にした。

「リアナ、ギルドに何をしに行くのじゃ？」

「トネロさん達、どうやって冒険者ランクが上げられるか……実際悩んでるみたいだったでしょう。ズルして手を借りるんじゃなくて、本当に技術が身に付けられるようにしたいと思って」

彼らは冒険者ランクを上げたいと思ってる。彼らなりに頑張ってるのに、目に見える形で成長が実感出来なくて焦ってしまったのだろう。でも琥珀に聞いた限り、自己流の鍛錬をしたり、魔物とひたすら戦っているようだが、このままそれらを続けても多分解決はしないだろうなと思う。

それで、「冒険者ギルドで初心者講習ってあるけど、銅級や鉄級の研修ってそういえばないいな」と思ったのだ。解体や、採取素材の取り扱い方とか、冒険者ギルドの職員や面倒見のいいベテラン冒険者が教えてくれる事もあるけど、学校みたいに希望者が揃って聞けるものではないし。

尋ねる相手もある程度選ぶ必要があるし、初心者を脱した後誰かに教えてもらうのは難しいのだ。

なので、人に話しかけるのが苦手な私みたいな人とかはきついと思う。

そこで、「初心者を抜けた低ランク向けの研修を行えたら色々解決するのでは」と思いついたのだ。初心者以外への教育、絶対に効果があると思う。一番命を落としやすいのが、「ちょっと慣れてきた頃の駆け出し冒険者」だと統計で見た事がある。

冒険者ギルドへの貢献になるような依頼だという事になれば、手間はかかるけど大きなコストは発生しないと思う。「この研修が根付いて低ランクの冒険者の質が向上すれば、依頼達成率が改善される」……とリンデメンの冒険者ギルドに提案として持ち込みたい。

冒険者ギルドのギルドマスターのサジェさん……じゃなくて、今回の話は副ギルドマスターのラスターノさんの方が分かってくれそうだから、ラスターノさんに話してみよう。

これは、低ランク冒険者が主に持ち込む、人工魔石の原料の「クズ魔石」の買い取り依頼をしている私にも利益があるから……と依頼する事も出来るし。よし。

私は、これから冒険者ギルドで何をするつもりなのか琥珀に説明した。

「それで、まず最初に……試験的に研修を受けさせるのに、あのトネロさん達のパーティーを推薦するつもりなの」

「なるほど。それをトネロ達に教えてやって、間違ってたと分からせるんじゃな」

「ううん、私が関わってるのは内緒にするよ。知ったら意地になって受けないかもしれないから」
「でもあいつら……リアナが親切で止めてやっとるのに、ケチみたいに言いおって……あいつらの事を思ってリアナが叱った上に、こうして助けてまでやってるのも知らせて謝らせないと気が済まんのじゃ」

私は別にいいんだけどなぁ。琥珀が仲良くしてた人達が怪我せず、ちゃんと技術を身に付けて正規の手段で昇級出来たらそれで……。

でも、琥珀はそれで納得しなそうだ。「やっぱりあいつら連れてくるのじゃ」と息巻き始めてしまった。ちょっと、どうにか落ち着かせないと。

「琥珀、いいってば」
「だって」
「いいの。……えっと、……本当のヒーローはね、本人に向かって……こんな事してやったぞとか言わないものだから。ね？」
「!!」

私が関わってたって後から知るのはいい。でもわざわざこれを本人達に伝えるなんて、ちょっと恥ずかしすぎて私が死んでしまう。

ほんの少し言い逃れする気持ちがあった私だが、琥珀はこの説明に思ったよりも納得してくれたみたいで安心した。良かった、私の武勇伝扱いして声高く冒険者ギルドの中で話し出すような事にはならなそうで。前にちょっと……あったからな……似たような事が。

褒めてくれるのは嬉しいんだけどね。

冒険者ギルドへのこの件での提案も歓迎された。トネロさん達のパーティーの問題もこれが実現したら解決するだろう、と一段落。

琥珀がうっかり冒険者としてのマナー違反をしそうになったが、成長も感じられた一件だった。アンナとフレドさん、あとエディさんにも夕飯の時に説明して、この話はここで終わったのだが。

この件がきっかけになって、琥珀にとある「大きな変化」が起こる事になるのを、まだこの時の私は知らなかった。

第四十三話　大きな変化

その「変化」はある朝突然琥珀に訪れた。いや、起きてきた時にもう「そう」だったのだから、きっと寝ている間に起こったのだろうけど。

とにかく、いつも通りに起きてきた琥珀の身に、その「変化」は起きていたのだ。

「ぬぅ……おはようなのじゃ……」

「おはようございます、琥珀ちゃん。今日も起こしに行く前に起きて偉いですね。……顔を洗った時に濡《ぬ》れた前髪だけちょっと拭いちゃいますよ」

「うむ」

私達より一時間ほど遅いくらいの時間にいつも琥珀は起きて来る。夜更かしではなく……寝るのも私達より一時間ほど早いので、睡眠時間が長いのだ。

着替えと洗顔、歯磨きなどを含めた朝の仕度は自分で出来るようになったが、寝癖が残ってたり、その辺りはまだ完璧ではない。アンナがいつも琥珀の自尊心を傷つけない形でサッと手直ししている。

あ、普段着にしているワンピースの襟がちょっと折れてる。そっちは私が後でそれとなく直しておこうっと。

眠そうな顔でぽてぽて、と歩いてきた琥珀は、団欒《だんらん》をしていたテーブルの椅子に腰かける。その後ろにアンナが立って髪の毛に手を触れようとした所、ギョッとした顔で手を空中に浮かべたまま固まった。

「こ……琥珀ちゃん、尻尾が……」

「ん？　琥珀の尻尾がどうかしたのか？　ふふ……そうじゃな……たまにはモフモフさせてやっても良いぞ」

「違います……！　尻尾が……尻尾が、二つに裂けちゃってますよ!!　琥珀ちゃんの!!」

「ぬぬ？」

おや、アンナや私相手でも耳や尻尾に触るのは嫌がるのに、珍しい事もあるものだ。と思った次の瞬間、アンナの叫んだ内容に、私も新聞から顔を上げて琥珀に視線を向けた。

尻尾が裂けたってどういう……？　テーブルを挟んでいるため、肝心の尻尾が見えない。慌てて席を立つと、琥珀の背後へ回る。

「あわわ……琥珀ちゃんの、尻尾が裂けて二つになってる?!　ど、どうしましょう……琥珀ちゃんが診《み》てもらえそうなお医者様は……」

「何じゃ？　琥珀の尻尾が裂けてる？　どうなってるのだ？」

うろたえるアンナの様子に、どうやらこれはただ事じゃないぞと察したらしい琥珀が席を立つ。

確かに、琥珀の尻尾が二本になっていた。でも怪我などをして裂けた……ようには見えなかった。いつも通りのふかふかの尻尾が、二本に増えているようにしか見えない。

自分の尻尾を見ようと目の前でくるくる回転する琥珀。自分の尻尾を追いかける子犬みたいでちょっと可愛い……なんて考えてる場合ではない。

「だ、大丈夫？　痛くはない？」

「痛くはないけど……なんじゃ？　裂けてるって……琥珀の尻尾、どうなっちゃってるのじゃ？」

「私にも、何が起きてるのか……とりあえず、尻尾ちょっと見てもいい？　付け根に触るよ」

「う……優しくして欲しいのじゃ……」

くるくる回るのをやめて止まった琥珀が、神妙にお尻を突き出す。私はそっとワンピースの裾をめくって、このふかふかの尻尾の付け根にゆっくり触れた。尻尾は二本とも、私達の尾てい骨のある辺りから生えてるように見える。二股に分かれた骨が尻尾の中に通っているのが確認出来た。

神経や筋肉は二本とも同じようについているようだ。どちらも不安げに揺れていて、私が優しく摑むと無意識に嫌がるようにするりと手の平から抜ける。

どちらかが新しく生えた……と言うよりは、昨日まで一本だった琥珀の尻尾が、見た通り「二本に増えた」ように見える。

とりあえず、痛みはないようだが、診療所が開く時間になったらすぐに連れて行くべきだろう。

でも琥珀、獣人じゃなくて「妖狐」だって言ってたから……診てくれる病院が果たしてあるのだろうか。

現在この世に一番多いのは「人間」だが、「ヒト」には他にも様々な人種がいる。獣人は人間の次に数が多いので診られる医者も多いし、ドワーフは人間と薬やほとんどの病気や怪我の治療法が共通しているのでリンデメンみたいな大きな街なら何箇所か診療所があるだろう。

けど琥珀の種族は……お医者さんがいるのだろうか。それに、エルフみたいに宗教的な理由で同族の医者にしかかかれないとか、私の知らない事情があるかも。

いや、何にせよ、琥珀の故郷にはいるはず。幸い、痛みはないという事は、せっぱつまった病気の可能性は低い。琥珀の出身地である皇《スメラギ》に今すぐ向かえば間に合うはず。

「リアナ、どうだ？　琥珀の尻尾が裂けてたって……痛くはないけど、どうなってるのじゃ……」

「琥珀……落ち着いて聞いてね」

「う、うん……」

「琥珀の尻尾がね、二本に増えてるの。裂けたとかじゃなくて、昨日まで一本だった尻尾が二本になってて。私にも原因が分からないから、とりあえず診療所が開いたらお医者さんに診てもらって、琥珀の種族を診てもらえるお医者さんに心当たりがないか聞こう」

「……ん？　尻尾が二本に？　それだけか？」

「アンナ、魔導列車の駅がある街までの車を確保してもらっていい？　あと皇までの行き方も調べて欲しいの。そうだ私は、この街に色んな種族に明るいお医者さんがいるかホテルの人に聞いてくる。戻ってきたらそのまま受診させるね。琥珀、ちょっと部屋でこのまま待っててくれる？」

「かしこまりました」

「ちょちょ、ちょっと待てい!!　琥珀のこの尻尾は変な病気などではない!!　のじゃ!!」

バタバタ、と部屋から走り出ようとしていた所に、琥珀からストップがかかる。

二人揃って琥珀の方を振り返ると、スカートの中に手を突っ込んで自分のお尻に手をやった琥珀が両手に尻尾を摑んで、気の抜けたような顔をしていた。

「アンナが『裂けてる』なんて言ってたから、びっくりしてしまったではないか……」

「で、でも琥珀ちゃん……突然尻尾が一本増えてたなんて、大変ですよ。人間で言ったら、その……朝起きたら足が三本になってたような事なんですから、痛くなくてもお医者様には診てもらわないと……」

「違うと言ったら違うのじゃ。なんと言ったらいいか……とりあえず、お腹が減ったから、続きを説明するのは朝ご飯を頼んでからでいいかの？」

いつものようにルームサービスのメニューを手に真剣な目で朝食を選び始めた琥珀に、私達は気が削《そ》がれて顔を見合わせた。緊急事態だと慌てたのだが、どうやら琥珀はこの尻尾について何か知ってるらしいし。

落ち着いた私達も朝食を選んで、伝声管を使って注文すると改めて琥珀と向かい合った。

「これは、琥珀が大人になった証《あかし》なんじゃ」

「大人に……？　身長とかは……全然変わってるように見えないけど……」

琥珀の着ているワンピースに視線を落とす。背が伸びてるなら丈が変わっているはずだが、それはない。あと身長以外のこう……中身というか、そういった所も昨日と大きく変わってるような感じもしないし。

私とアンナは琥珀の背後でフリフリと揺れる、二本になった尻尾に視線を向けた。

「違う！　それに背はこれから伸びるのじゃ！　ともかく、妖狐の一族は、大人になるにつれて尻尾が増える……これは琥珀が大人になった……なり始めた証なのじゃ」

誇らしい……と言いたげに胸を張る琥珀が微笑《ほほえ》ましくてつい笑顔になってしまう。「大人になった」と言ってるのに、その様子が可愛くて。

でも言うとややこしくなりそうだから、私は話を先に進める事にした。

「その、尻尾が増えるっていうのは……例えば人間の男の人が声変わりする、みたいな成長と共に訪れる普通の事なの？」

「そうじゃな。だから病気や怪我ではないし、痛くも痒《かゆ》くもない。お主らが『裂けてる』ってあまり言うもんだから、尻尾がどうにかなってしまったんだと思って慌てたぞ」

その言葉を聞いて私もアンナもホッとした。

そうか……私達が知らなかっただけで、琥珀の種族では何の変哲もない光景だったのか。胸を撫でおろした私達は、その後の朝食もいつも通りまったりと摂る事が出来た。

いやや、顔見知りの従業員の人が琥珀の後ろで揺れる二本の尻尾を見て驚いていたけど。「琥珀の種族は大きくなると尻尾が増えるらしいんですよ」と言うと「そんな事もあるのね」と納得してくれたが。

琥珀は珍しい獣人、と思われてるようだが……別に詳細は説明しなくてもいいだろう。

あ、フレドさん達には話しておかないとね。

「尻尾が増えた以外に何か変わった事はある？　体質とか……私達が知っておいて、気を付けた方がいいような事で」

尻尾が増えてバランス感覚が変わったからしばらく前と同じようには動けないかもとか、そういった事を警戒していたのだが、琥珀から返って来たのは思いもよらない言葉だった。

「!!　そうじゃな……人参が食べられなくなったし、おやつを含めて一日四回プリンを食べなきゃいけない体になったような気がするぞ。あと風呂は三日に一回でいいような気もする」

「……リアナ様、琥珀ちゃんの体調に変化はまっっったくないようですね」

「そうみたいね」

「?!　何故じゃ?!　何故すぐ分かってしまったのじゃ?!」

私達が「妖狐」という種族について無知なのを良い事に、好き放題自分の都合の良い話を吹き込もうとした琥珀の企《たくら》みは一瞬で見抜かれてしまった。まぁ当然だが。

「琥珀ちゃん、体を動かして汗もかくんだから、毎日清潔にしなきゃダメですよ」

「う〜〜……あったかいお湯に浸《っ》かるのは好きじゃが、頭を濡らすのは嫌いなのじゃ……」

「あと琥珀、好き嫌いはダメだからね」

「むぅ」

耳に水が入るのがことのほか苦手らしい琥珀の弱音に苦笑しつつ、楽しい朝食の時間は終わる。

そうして食後のお茶を飲みながら、「フレドさんとエディさんを驚かせないように、琥珀の尻尾が増えたって……何て説明したらいいかなぁ」とちょっと頭を悩ませるのだった。


「そっか、じゃあ尻尾が増えただけで特に変わった事はないんだな。良かった」

「ようこ……でしたっけ？　不思議な種族もいるのですね」

朝からドタバタしていた話をフレドさんとエディさんに「こんな事があったんですよ」と報告がてら教えると、二人ともほのぼのとしつつも興味深そうに笑っていた。

確かに、とても気になるよね。

一晩で新しい尻尾が一本増えたわけだけど、どうやって増えたのかとか。後から一本追加されたのなら、もう一本と見分けがつかない毛並みが一晩で生え揃った事になるが、何が起きたのか……とか。

世の中はまだ私の知らない事でいっぱいだ。出来るなら増える所を観察したかったなぁ。

……いや、出来るかもしれない。琥珀は「大人になるにつれて増える」と言っていたけど、これからも増えるなら、今後チャンスと出合える可能性は高い。

でも昨日も予兆みたいなものは何もなく突然起きたから、計画的に観察するのは難しそうだ。寝室に映像記録出来るような魔道具を設置する許可を取る訳にもいかないし。

「なに?!　変わってないとは何事じゃ！　いくらフレドでも聞き捨てならんぞ！」

「いや……ごめんって。でも尻尾が増えた以外背が急に伸びたとか……目に見える変化がなくて。琥珀の種族にとっては大きな事だと思うんだけど……」

私もアンナもそこは思っていた。そうよね……いったい何が「成長」したのかしら。

いや、孤児院の冒険者志望の子達との一件について、少し心は成長したと思うけど。にダイレクトに体に影響が表れるものなの？

でも琥珀は自然に受け入れてるし、これが普通なのだろうけど。琥珀の種族について、文献で存在だけは知っていたけど詳しくは全然分からないから何が正解なのか……悩むだけになってしまう。

「ふふん！　尻尾が二本になった琥珀の力をとくと見せてやろう！　フレド、髪の毛を一本寄越せ」

「え、髪の毛？」

「冒険者ともあろうものが髪の毛の一本や二本でガタガタ言わんでもいいじゃろ」

「ちょ……何に使うか知らないけど、抜くのはやめてくれ琥珀！」

ソファに座るフレドさんの襟足に手を伸ばした琥珀を慌てて制止している。このままではむしられかねない、と顔色を悪くしたフレドさんが、席を立ってキョロキョロする。机の上に置いてあった、私が新聞のスクラップに使ったハサミを見つけると、止める間もなく襟足を一筋切り取って琥珀に渡した。

琥珀を止めつつ「私のもので良ければ差し上げますから！」と半分叫んでたエディさんも、あまりに素早いフレドさんに口を挟む隙もなかったようだ。

「それで何するんだ？」

「大人しく見ておれ。驚かせてやろう」

琥珀の言う「成長」が何の事か全く分からない私も、ただぽかんとしたままそのやり取りを眺めるだけになってしまう。

見てろ、と言った琥珀は私達の見てる前で、摘まんだ髪の毛をおでこにあてて……ぴょんと飛び上がると宙返りをして見せた。

「あれ？　おかしいな……たしかこうやって……」

とん、と着地して首を傾げた琥珀はもう一度空中で前転するように、綺麗な宙返りを披露する。

「ちょっと、下の階の人に迷惑でしょ。部屋の中で暴れちゃダメ」

「ちが、違うんじゃ！　ただの宙返りがしたいんじゃないのじゃ！」

あまりに思いがけない琥珀の行動に、一瞬止めるのが遅れてしまった。いや、ほんとに、何がしたかったのだろうか。

確かにすごい身体能力だけど、当然私達は琥珀がそのくらい出来るって知ってるのに。

「琥珀、体を動かしたいなら、午後で良ければ外に連れてってあげるから」

「だから、ちがうのじゃ〜。琥珀は、琥珀がすごい事が出来るようになったのを見せてやりたくて……ん、ああそうか、こうじゃな」

腕を摑んだと思ったのに、するりとひねって抜け出されてしまった。……琥珀、やはり強いな。

模擬試合だと私が毎回勝ってるけど、本気を出されたら多分負けそう。

拘束を解かれて呆気《あっけ》に取られてる私の目の前で、琥珀がまたしても宙返りをする。今度は後ろ向きに、体を弓なりに反らせて。くるりと背面向きに跳んだ琥珀のふさふさの尻尾が私の顔をかすめて、思わず目をつむる。

「コラ琥珀、危ないで……しょ……」

「おお、成功したぞ！　どうじゃリアナ、琥珀が手に入れた新しい力は。すごいじゃろう？」

顔を上げた、そこに立っていたのは……なんと、フレドさんだった。

いやおかしい、私の後ろに立っていたはず。と振り返るとそちらにもフレドさんが。アンナも、エディさんも一緒に、口をぽかんと開けて……フレドさんの姿をして、琥珀の口調で喋る謎の人物を見つめていた。

「琥珀……なの？」

「そうじゃ！　驚いたろう？　本物のフレドと見分けがつかないじゃろう」

琥珀が？　琥珀が姿を変えてフレドさんになったという事？　得意満面、という表情を浮かべるフレドさん……の姿をした琥珀を、ひたすらびっくりして見上げるしか出来ない。

確かに……完全にフレドさんの姿だった。ただ、頭の上に琥珀と同じふさふさの狐耳がぴょこんと立っているのを除けば……だが。

「耳は琥珀だけど……確かに、それ以外はほんとに、フレドさんにしか見えない……これ、幻とかではなくて？　ほんとに体が変わってる……」

「何？　耳が……うぬぅ。ここは化けそこなったか。尻尾みたいにあるかなしかのやつは簡単にフレドのまんまに出来たんじゃがのう」

ダメだ。「フレドさんの外見なのに中身が完全に琥珀」なの、違和感がすごすぎて頭がくらくらしてくる。

でも確かに、尻尾はなかった。……服装まで変化している中で、あのボリュームのある尻尾が二本も残ってたら服が破れたり大変な事になっている所だった。

「でも最初の変化《へんげ》の術からこんなにそっくりに化けられるとは、さすがは琥珀じゃと思わんか？」

「そうね……ほんとに……とてもすごいと思う」

「琥珀さん、少々頭に触れても良いですか？」

「良いぞ」

「すごい……フレデリック様の耳の後ろの黒子《ほくろ》も再現されてる……これは……あの、どういった原理で姿を変えているのですか？」

「髪の毛を一筋持ってな、ぎゅうっと腹に力を込めてギュルルッとしてつま先からパッとやると姿が変わるのじゃ」

「……なるほど、私や他の人には絶対に無理そうですね」

その「変化の術」とやらの「普通」がどこにあるか分からないが。「変化の術」自体がとてもすごい。何、これ……「狐火」も十分、私の知る「魔法」からすると常識外れだったけど、これはもっととんでもない。

幻ではなくて、体が変わっている？　琥珀の頭があったはずの位置には人間の胴体の感触しかなくて、琥珀の頭上を空ぶるはずの位置には髪の毛と顔がある。

それとも、幻覚を見せた上で、感触まで錯覚させてる？

エディさんが口にしたように、見えない位置の黒子なんてものまで再現されてるのはすごい。

いずれにせよ、何らかの魔法で同じ事をしようと思ったら、どうやったら出来るのかすら想像も出来ないような技術だ。体そのものがこんなに大きく変わってしまう方法なんて知らない。

ちょっとした姿を変える魔法は私も知ってるけど……それとも違う。何より、それでは身長や体格を大きく変えるのは無理だし、出来たとしても見せかけで触ると分かるようなもので。

何より、今の琥珀の体からは何らかの魔法を使ってる気配が全くないのだ。

私が逃走時に化粧などを使って物理的な変装をしたのはそのためだ。ちょっと魔法に詳しい人にはすぐバレてしまうから。

ほっぺたも、琥珀の柔らかくもちもちとした手触りではない。私の肌とも違う、少し固い手触りがした。こんな、私が知らなかった事まで再現出来てるなんて、すごい。

「リ、リアナちゃん……琥珀だけど、俺と同じ顔をそうやって触られると……ちょっと恥ずかしいな……」

「……?!　ご、ごめんなさい!!　琥珀の体が身長も体格も変わりすぎて、不思議だなって思ったらつい……」

私は、中身が琥珀だからと無遠慮に触っていた手を慌てて離した。

そうなのだ。フレドさんなのに。フレドさんと同じ顔で同じ姿の琥珀にべたべた触るなんて、私はなんてはしたない真似をしていたんだろう。

真っ赤になる私とフレドさんの横で、琥珀が不満げな声を上げた。琥珀の無邪気さが今はありがたい。

「もっと褒めても良いのだぞ。最初の変化で、こうして服まで変えられるのがどれだけすごい事かおぬし達は分かっとらんじゃろ」

「……ちょっと待って?!　じゃあ、琥珀の力が足りなかったら……『女児用のワンピース姿の俺』に変身してたかもしれないって事か?!」

本人にとってはとんでもない問題なのだが……フレドさんのその悲痛な叫びに、思わず想像しかけてグッと喉を詰まらせてしまった。

第四十四話　秘密の力

「ひどい事故が起こる所だった」

笑い話にしているが、肩をすくめるフレドさんにちょっとかける言葉が思い浮かばない。

ほんとに、そんな事故が起こらなくて良かった。

「でも、どうして今日の俺の服じゃなくて冒険者活動の時の格好なの？」

「琥珀の中では『フレド』のイメージはこの姿じゃからの」

今日のフレドさんはオフの日なので、セーターにリネンのシャツというラフな格好をしている。

琥珀が化けた姿は、外套《がいとう》に防具を着けた、冒険者活動時のフレドさんだった。でも確かに、私もフレドさんの姿を思い浮かべるとこの格好になるかな。

私服もたくさん見てるはずなのにね。

「でも琥珀のこの……変化の術ってすごいね。外見だけじゃなくて体そのものが変わってる。重さも明らかに琥珀の時より増えてるし」

琥珀が普段と同じように、ぼすんと腰を下ろしたソファが大きく軋《きし》む。先に座ってたフレドさんがぐらりと揺れるのを見て、そんな感想が出た。

……この、増えた分の質量ってどこから来てるんだろう。魔法に似た琥珀の「変化の術」で生み出されたにしては……魔法理論四原則では、魔力で作り出したものは作り出すのに使われた魔力を消費すると消えるはずなのだが……。それに、魔力で生み出された物質でもなさそうなのがまた不思議だ。機会があればじっくり調べてみたいが……その時はフレドさん以外の人に変身してもらわないとだな。

「琥珀さん、髪の毛は姿を変えるのに必要なのですか？」

「そうじゃな。けどもっと尻尾が増えたら、見ただけのものでも姿を変えられるようにもなるのじゃぞ」

「それはまた、すごい話ですね。私の知っている『魔法』では到底不可能な技術ですから、すごいとしか言いようがありませんが……」

「そうじゃろう！　よく分かってるのう」

エディさんは素直に称賛を口にした。中身は琥珀だと分かっているけど、こうしてフレドさんの顔で無邪気な得意げ顔になってるの、なんだかすごく可愛い……。

はっ。普段の琥珀の方が、美少女の姿で可愛いはずなのに、私ったらどうしてこんな事考えてるのだろう。

変な考えを吹き飛ばすように、私は頭をふるふると振った。……さっきみたいに、変な事をする前で良かった。

「確かに……これで狐耳が消えて、目の色も俺と同じになったら見分けがつかないだろうなぁ」

「何、目の色だと？」

パッと顔を上げた顔は眉間にシワが寄って、不機嫌そうな顔をしていた。フレドさん本人がしているのを見た事がないタイプの表情だなと思ったら、また私はドキッとしてしまう。

どうしたんだろう、おかしい。

「そうですね。フレデリック様の瞳の色は濃いピンク色ですが、琥珀さんが姿を変えたフレデリック様の瞳は……緑色をなさってますね」

「なんだとぉ。アンナ、鏡！　鏡はどこじゃ！」

「待ってくださいね、リアナ様の身支度用の鏡がドレッサーに……」

「待てんから洗面所に行ってくる！」

ドタドタと走り去る琥珀。体が成人男性のものだから、いつもの調子で走っているだけなのだろうがとても騒々しく感じる。これはホテル経由で階下のお部屋にお詫《わ》びするのは決定だな、と冷や汗が出た。

「ぬぅ……確かに目の色がフレドの色に変わってないのじゃ。耳の他は完璧に変化の術が使えたと思っておったのに……」

「琥珀ちゃん、まぁまぁ。そのうち出来るようになりますって」

洗面所から戻ってきた琥珀は、納得がいかなそうな不満げな顔だ。いつもニコニコしてるフレドさんの顔でそんな表情をされると、見慣れないせいだろうか、すごくソワソワしてしまう。

「それにしても……本当にすごすぎて、琥珀がこんな事が出来るなんて言えないなぁ」

「そう、ですね……これはちょっと、隠しておかないと危険だと思う」

「え？　どういう事でしょうか」

真剣な顔で言った私とフレドさんを、アンナが交互に見やる。

「だってアンナさん、悪い奴がこの事を知ったら、絶対琥珀を利用しようとしますよ？」

「……あ……それは確かに」

そう、琥珀の「変化の術」は完璧すぎる。魔法など、姿を変えてる痕跡すら感じさせず別人になれてしまうのだから。

今は狐耳という分かりやすい目印があるけど、それだってフードを被ってしまうとか、誤魔化す方法はある。この力にまず目を付けるのは犯罪者だろう。あとは影武者を探してる貴族や王族も興味を持ちそうだけど。いずれにせよ良い話ではない。

フレドさんのその説明で、アンナはすぐに理解して表情を曇らせた。

「フレドめ、失礼な奴だな！　琥珀が悪い奴に手を貸したりする訳なかろう！」

「いや、琥珀は悪い事しようと思ってないだろうけど、悪い奴は悪人ですって自己紹介なしに近付いてくるんだよ？」

「くどい！　琥珀は騙《だま》されたりせんのじゃ」

「自分は大丈夫、じゃなくて。そんな騙そうとするような悪い人が近付いて来るかもしれない、そうなって欲しくないの。だから他の人には言わないで内緒に……」

「嫌じゃ！　トッドやララ達にも見せて驚かせるんじゃ！」


……冒険者下位ランクの子に頼まれて手を貸しそうになった一件から一晩しか経ってないのに、とちょっと呆れてしまう。成長って、本当に一体何の話なんだか。

あと、これは偏見かもしれないけど、「自分だけは絶対に騙されない、気付ける」って言ってる人って……騙されるよね。

しかし困った、私達の言葉に頑《かたく》なになってしまって、話を聞き入れてくれそうにない。もしかして……反抗期ってやつかな。

「では琥珀さん。広場にあるカフェで御馳走するから、自分の姿になって好きなだけケーキやジュースを頼んで欲しい……そう頼まれたらどうしますか？」

突然、考え事をしてたエディさんが話し出した。内緒にしないとダメだよ、と声をかけてた私達には耳を貸そうとしてなかったが、否定の言葉ではないためか素直に話を聞いている。

「なんじゃ。そんな頼みなら何回だって聞いてやるぞ」

「でもですね。実は、それを頼んだ人は……琥珀さんが自分の姿でカフェでケーキを食べてる間に、泥棒をしていたんです。後から捕まりそうになって、『その時間はカフェでケーキを食べてた。見てた人はたくさんいる』って言い逃れをしました」

「なっ……」

ちょっとしたお話仕立てでされた説明に、先に「頼みを聞く」と言ってしまった琥珀は極《き》まりが悪そうに私の顔をチラッと見てきた。

うん、気付けたなら良かった。

まぁ、実際はこんな分かりやすくなくて、もっと巧妙に騙そうとしてくるだろう。悪事に手を貸したとすら思わないようなやり方で。

「こうやって、悪い事に使いたい人がたくさん声をかけてくるかもしれないんですよ。琥珀さんの『変化の術』が素晴らしいばかりに」

「……何？　琥珀の術が素晴らしいから、じゃと？」

「そうなんです。琥珀さんの『変化の術』がとてもすごいもので、本人と見分けがつかないくらいそっくりに変身してしまえるせいで……もっと一目で分かるくらいに出来が悪い変身だったら、リアナさん達も『内緒に』とは言わなかったと思うんですが……」

ぴくり、と琥珀が耳を立てる。エディさんの声掛けが巧み過ぎて、思わず感心してしまった。すごい。

エディさんに全力で乗っからせていただこう。エディさん、ありがとうございます。琥珀のこの力が知れ渡ってしまう事を考えたら何を言ってでも内緒にさせた方が良いもの。

「うーむそうか。……琥珀がすごいから、悪い奴がこれを目当てにしてしまうのか。それは……仕方ないのう。内緒にしておくか」

エディさんの言葉に、三人で口々に同意すると、満更でもなさそうな顔になった琥珀が「内緒にする」と口にする。

よし、やり切った……。四人、こっそりと目で合図して無言で頷き合ったのだった。


琥珀のこの力について、私達は把握しておく必要があったので出来る事・出来ない事をさらに聞いていく。それは想像していたよりももっと自由度が高く、貴族や国に知られたら脅威と判断されうるものだった。

「琥珀はまだ出来んがの、さらに尻尾が増えればもっとすごい術が出来るようになるんじゃぞ」

そう言って、琥珀は自慢げに能力について語っていく。その内容はどれも私達の知る魔法理論や常識ではあり得ない事ばかりだったが、実際にこうしてフレドさんの姿になった琥珀が目の前にいるため「そういうものだ」と納得するしかない。これだって十分私達の認識からするととんでもない技術なのに。

琥珀の話した内容を整理していく。

まず、「変化の術」というものは「姿を変える術」として何でも出来る。それは外見上のものだけではなく、質量や触った感覚や匂いも違う。琥珀は今の所、対象の人物の髪の毛や持ち物を使わないと変身が出来ないが、成長して尻尾が増えるとそれも不要になるみたいだった。

　次に検証として新聞を丸めて細長くしたものを「これが武器だと思ってその場で振ってみて」と琥珀に渡してみる。

「こうか？　うーん、フレドの体はデカいだけあって重いのう」

　ヒュンヒュン、と空を切る音が部屋に響く。フレドさんが使う、宮廷剣術の類《たぐい》を感じ取れる綺麗な太刀筋ではない。武器を普段使わない琥珀が見様見真似で腕の力で振っているだけ。むしろいつも見てるだけあって、私の素振りの姿勢にちょっと似てるかな。

　フレドさんの技術などは全く使えないようだ。反対に琥珀が使っていた「狐火」などはこの姿でも使えると見せてくれたので、本当に、フレドさんの体を琥珀が使ってるだけという事か。

　また、さらに「妖狐」としての力が増せば、もっと色々な事が出来るようになるらしい。人間以外の生き物に化けたり、存在しないものに化けたり、逆に姿を消したり、自分以外のものに「変化の術」をかけたり。

「自分以外に、ってどういう事？」

「例えばな。ここにリアナの使ってる文鎮があるじゃろ？」

「うん」

　ちょっと想像しづらくて尋ねると、琥珀は詳しく説明を始めてくれた。

琥珀はフレドさんの姿のまま、書類を押さえていたペーパーウェイトをひょいと持ち上げる。

「尻尾が三本の妖狐がこれに変化の術をかける。すると、この文鎮を見た者には……例えば『旨そうな饅頭《まんじゅう》』に見えるのじゃ。手触りや匂いも変わる。もちろん変化の術をかけてるだけだから、本物の饅頭ではない。食べようとしたら歯が割れるだろうがの」

琥珀の力が未知数過ぎて、その全体が把握出来ない。

琥珀が隠そうとしているとかではなく、これは常識が違うせいで起こっている事だからな。妖狐である琥珀にとっては当たり前で確認の必要のない知識だが、私達は聞いた事もない力だ。尋ねれば尋ねる程新しい話が出て来て、追いつくだけでやっとになってしまう。

「あとはな、そいつが一番怖がってるものに化けて驚かす事も出来るぞ！　幽霊とか、嫌いな野菜に手足が生えて押し寄せてくるとか、夜中トイレに行く時の暗い廊下がずっと続く幻とか、人によって見るものは変わるがな」

そのラインナップを聞いて、「琥珀が怖いものなんだろうな」と思うとほっこりしてしまった。

しかし、「夜中トイレに行く時の廊下」という言葉は気になる。つまり単純に、自分の姿を変えているだけではなくて、周りの環境丸ごと変えられるという事だ。

本当に、一体どうやって……。

「妖狐が本気を出せば、お屋敷丸々一つと大勢の召使い、山ほどの御馳走と部屋いっぱいのお宝を変化の術で見せて、数十人を一気に騙す事も出来るんじゃぞ。くふふ……その時騙された奴らはな、泥饅頭を食って、素っ裸で落ち葉の山の中で目が覚めたそうじゃ」

「……琥珀ちゃん、ずいぶん詳しいですね？」

「む、昔聞いただけじゃぞ！　この騙された奴らは悪党だったと聞いておるけど、そもそも琥珀はまだそんな事まで出来んし……人前で使わないとさっき約束したからな！」

でもまぁ、琥珀はまだそこまでの事は出来ないようだし、後々考えれば良い事か。今の琥珀なら、悪意をもってこの力を使う事はなさそうだし。

ん？　もしかして、成長ってこの事なのかな。

「じゃあ琥珀。それも全部、ここぞという時まで隠しておかないとね」

「ここぞ？」

「英雄はみだりに力をひけらかさないでしょ。小物に力を見せつけたり、自分から自慢するのは途中でやられるかっこ悪い役だけだよ」

「うむ、もちろん琥珀はそんな事しないぞ」

琥珀の「変化の術」があまりにものすごい力だったせいで、また騒ぎになるかと思ったが。エディさんのおかげもあっていい説得が出来たので、琥珀がこの力を秘密にする事に同意してくれて良かった。

危うく国家が動く所だった。いや、誇張ではなく。

「では琥珀ちゃん、琥珀ちゃんのすごさはしっかり分かりましたから、普段の琥珀ちゃんに戻りましょうか。戻り方は分かりますか？」

「えー。普段より視線が高くて面白いから、もうちょっとフレドのままでいるのじゃ」

やんわり促したアンナにそんな事を言い返す琥珀にギョッとしてしまう。

絶対ダメ。フレドさんの姿のキま、普段の琥珀みたいに座ってる背中越しに抱きつかれたり、頭を撫でろとか言われたら……!!

私は想像しただけで顔が熱くなるような錯覚を感じた。

とにかく、すぐさま琥珀本来の姿に戻ってもらって、今後みだりにフレドさんの姿に変身しないように言い聞かせないと!!

「……ねぇ、琥珀。フレドさんは琥珀よりずっと体が大きいでしょう？　普段大盛を頼んでるし。体に合わせてたくさん食べないと足りないんだろうね」

「それがどうしたのじゃ」

「いつもと同じ大きさのデザートを食べても、普段の半分くらいのボリュームに感じちゃうと思うよ。それってもったいなくない？　琥珀の姿に戻って食べた方がお得だよ」

「いや、この体に合わせて、昼時のデザートは二つ食べても良いという事にすれば問題ないのじゃ」

「まぁ、ダメですよ琥珀ちゃん。デザートは元々一人一個ですから」

「元の体に戻るのじゃ」

ボフン、と正体不明の煙が一瞬だけ視界を覆うと、琥珀は元の姿になっていた。無事説得が出来た私は内心ほっと胸を撫でおろす。

無事琥珀の姿に戻った事に安心しきっていた私は、「耳はともかく何故あそこまでそっくりに化けておいて瞳の色だけ違ったのか」という違和感について、この時は頭の隅に追いやってしまっていたのだった。

第四十五話　次の目標探し

「フレド、今日こそ！　今日こそ琥珀が完璧な変化の術を見せてやるのじゃ!!」

「え、またぁ？　もういいんじゃないかな……十分だって。俺前髪長いから、覗《のぞ》き込むみたいに目を合わせないと色なんて分からないよ」

「いいや、ならん！」

「分かった分かった。リアナちゃんの許可は？」

「昼ご飯の時間までなら良いと言われてるぞ」

「なら俺は良いよ」

あの尻尾が一本増えた日から琥珀は、変化の術の練習をするようになった。耳と瞳の変身が出来なくて琥珀的にとても悔しかったらしい。今までこういった事は練習なんてしなくても感覚的に出来てしまっていたからこそ、自分に納得がいかないのだろう。

勉強にも同じくらい負けん気を出してくれたらいいんだけど……とりあえずの目標は、依頼書を間違えずに読んで、報酬の計算が出来るようになって欲しい。

その変化の術の練習だが、権力者や犯罪者に目を付けられそうな力だからこそ、何が出来て何が出来ないのかはしっかりと理解しておく必要がある、と考えた。行動を共にする私達も知っておくべきだし、把握する目的で練習を許可している。「未知の技術なので私も興味津々」というのもちょっとはあるけど……。もちろん、条件を付けて、それを全て満たす時だけ練習出来る……という形でだが。

外から見えない部屋の中で、姿を変える本人に許可を取って、服で隠れる部分の体には触れない、私がいる時だけ、という約束だ。

琥珀の「変化の術」の練習中は他の人に見られたりしないように、部屋に近付く従業員などの存在も私が警戒している。

「ぐぬぬぬ……！　ダメなのじゃ、どうやっても、フレドの目と同じ色にならん！　何度やっても緑色になってしまうのじゃ」

その琥珀はというと、未だに「フレドさんへの変身」を修得出来ずにヤキモキしているようだった。狐耳を消して姿を変えられるようになったけど、本当にそれだけが出来ないでいる。

お手上げポーズを取った琥珀が鏡をテーブルに置いて、ソファにぐでっと横になった。今はフレドさんの体なので、足がソファからはみ出ている。そこに、いつものように「ひじ掛けは脚を乗せる所じゃないでしょ」と注意して座り直させた。

何回も見てるので、「フレドさんの姿をした琥珀」には私も平常心で接する事が出来るようになっている。

「不思議だなぁ。何で目だけ同じにならないんだろう。それに俺以外の他の人には琥珀、完璧に変身出来るのに」

「それが琥珀も不思議なのじゃ」

そう。その日たまたま指先を紙で切った私の傷まで再現出来ていた。もちろん、怪我をしていない日の「変化の術」では傷なんてなかったのに。

変化の術でなる事が出来ない姿、というのがあるのは聞いた。実在する神様にはなれないのだぞうだ。あと神の加護を得ている存在にも。

でも、フレドさんは普通の人間なのになぁ。それも「目の色だけ」なんて不思議だ。

「フレド、お主ほんとの目の色は実は緑色なのではないか？　いや、間違いない。フレドの目は緑色じゃ。なんか変なものでも食って色が変わったんじゃろ」

あまりに納得がいかないのか、琥珀がとんでもない事を言い出した。

「え〜？　そんなバカな……」

「いやいや琥珀さん。生まれた時……は同い年の私も記憶はありませんが、生まれてから目の色が変わった話は聞いておりませんし、それに物心ついた時からずっとこの色の瞳でしたよ」

でもあまりに自信満々で琥珀が言い出すものだから、二人とも苦笑していた。

「でも、琥珀の変化の術はもう完璧なはずなのじゃ！　こうなれば後は、フレドのその目の色の方が間違ってる……これしか有り得ん！」

「はいはい、琥珀ちゃん。そろそろ元の姿に戻りましょうね。お昼ご飯の時間ですから」

アンナに促されて、琥珀が変化の術を解く。

練習する琥珀の横で書類仕事をしていた私も、アンナのその声を聞いてペンを置いた。

でも「フレドさんの目は本当は緑色」って推理は面白いなぁ。琥珀じゃないと出てこない発想だと思う。

でも例えば病気とか、何かの理由で目の色が変わったのかも……いや、でも私の指の怪我まで再現した琥珀の「変化の術」だから……現在の、「目の色が濃い緋色《ひいろ》をしたフレドさん」にならないとおかしい。やっぱり謎だ。

「リアナ、昼飯の後は冒険者ギルドじゃぞ！　久々に琥珀と依頼を受けるんじゃからな！」

「大丈夫、ちゃんと覚えてるよ」

最近は人工魔石の工房については製法と工房ごと売却する方向で進んでおり、私がいなくても、以前とほぼ同じ程度の生産量が確保出来るようになっている。

今人工魔石を作っている方法では、「原料の魔石をどれだけ小さく粉砕出来たか」「人工魔石を固める時に流した魔力がどれだけ均一で乱れがなかったか」で品質を高められるが限界が存在する。

錬金術師の教本にある「この魔導回路図の起動に必要な魔力を計算せよ。なお回路に魔力抵抗はないものとする」のような、魔力抵抗がない物質で人工魔石が作れたら話は別だけど……そんなものは実在しない。

なので現実的には、十五等級が作れてせいぜい、というものだがそれでも需要は多い。この大きさの魔石が採れるような魔物を倒せる冒険者はそこそこ限られるし、そもそもその魔物だって、無限にいる訳ではないから。

私が予想していたよりかなり売れてるな、とは思うけど。正直、ほんと……こんなに大きな市場になると思ってなかったな。

このままここで「人工魔石の開発者の錬金術師」として生きていく方が確実なのだろう。現に、今でも十分すぎる収入がある。でも私は「もっと他の事もしてみたい」と思ったのだ。

けれど、「人工魔石」に興味がなくなった訳ではない。今より大きい等級の人工魔石を作るために、色々試したいと考えてたりもする。けどそれには設備が足りないものが多く、後回しにしてしまっているが。小規模では上手くいったから、これを大きな規模で出来たら現在の人工魔石に何となく存在してる天井はなくなると思うんだけど。

もちろん資金はあるから設備は用意しようと思ったら用意出来るけど、この街でこれ以上腰を据えて仕事を作る気にならなくて……。「いつかやりたいな」という頭の中のリストに記すのみになってしまっているが。

他の事をしてみたい、と思いつつじゃあ具体的に何をしたいのか、というと相変わらず具体的なものは浮かばないのだが。まぁいいか、アンナもフレドさんも言っていたもの。これからそれを探せばいい、って。

「リアナ、空いたぞ」

「ああ、ごめんね。ぼーっとしてた」

約束通り冒険者ギルドに来た私は、受付の順番待ちをしながら「次の街どこにしようかなぁ……」とぼんやり考え事をしていた。高ランク冒険者に向けた依頼は普通、詳細は貼り出されていないのでこうしてギルド側に尋ねる必要がある。これは興味本位や、無謀な腕試しで犠牲が出るのを防ぐためでもある。

あとは、依頼書に記される情報はそれだけで値段が付く、各冒険者ギルドの抱える大切な財産でもあるから。採取物や魔物の種類、そのおおまかな生息地だけでも。

多分、金級冒険者は適性やこれまでの戦歴などを見て冒険者ギルドの方から依頼を持ち掛けられるスタイルの方が多いと思う。後は、金級冒険者の所属しているパーティーかクランなら、依頼を受けたり冒険者ギルドとやり取りをしたりする専用の人が居たりする事も珍しくない。そんなにたくさん金級以上の人を知ってる訳じゃないから、私の知る限りでは、だけど。

しかし私は定期的に活動してないから、持ってきてもらっても毎回依頼を受けられる訳じゃない。なのにわざわざ来てもらうのはちょっと申し訳ないので……「依頼受ける時は冒険者ギルドに行きます」と言ってある。

もちろん、「そのくらい冒険者ギルド職員の仕事の内だから、リアナさんが気にしなくていいのに」とは言われている。けど私が変な所で気にしてしまう性質なのを、担当職員のダーリヤさんも分かってくれてるので、「リアナさんが一番やりやすいように」と受け入れてもらって今の形に落ち着いたのだ。

「どうじゃ？　リアナ。良い依頼はあったか？」

「うーん……日帰りで行けるちょうど良い依頼は今ちょっとないみたい……かな」

「あら、やっぱり？」

私と一緒にファイルを覗き込む琥珀は、ダーリヤさんの言葉に狐耳をピコピコと反応させた。

「やっぱりとは、どういう事なのじゃ？」

「人工魔石が大評判になって、商人も冒険者もたくさんこの街に来てるでしょう？　市場もにぎわって、うちもそうだけどリンデメン中が景気が良くなってて」

「そうじゃな。人工魔石とやらはすごい発明らしいからな」

何故か自分の事のように胸を張り誇らしげな顔をする琥珀。

「だからこの辺りの危険な魔物は、だいたいいなくなっちゃってるのよね。銀級の常設依頼なら少しあるけど……」

「うーん、あまり他のランクの依頼は……」

「そうじゃな。琥珀が魔物を倒しつくしてしまったら他の冒険者どもが困るからな」

ランクより下の依頼は、あまり受けるつもりはない。下のランクの人達の仕事を奪ってしまう事になりかねない。「虫型の魔物が大量発生してるから手が空いてる鉄級以上の冒険者全員街の北側の畑に集合！」とかならともかく。

琥珀もその辺を理解出来るようになってくれて嬉しいな。

逆に増えてるのは、長期間の商隊の護衛とか。あとはこの街で出来るものだと外からの人が増えたからこそ必要になってる用心棒みたいな仕事か。報酬は良いけど、私達向きではない。

「うふふ、そうね。リアナさん達はそう言うと思ったから、はいこれ」

「これは……」

そう悩んでいた所に渡された書面板を開くと、中には数枚の依頼書が挟んであった。

「リンデメンから比較的近い、一泊二日か二泊三日くらいで行ける金級向けの依頼をまとめておいたの。野営が必要になりそうかどうかも書いておいたから、参考にしてちょっと考えてみて」

「何から何までありがとうございます」

「良いのよ、うちのギルドの若手のエースだもの、このくらい当然よ」

そんな事を言われると、お世辞半分と分かっていても恥ずかしい。

でも確かに……。そろそろ、泊りがけでやるような冒険者の仕事に琥珀を連れて行っても良いかもしれないな。最近少しずつ、依頼に出る前の持ち物の準備や確認を自分で出来るように教えてるけど、問題はないし。……普段のハンカチとかはよく忘れてるけど。

となると……野営が必要ない一泊二日の依頼の中から……受けるとしたらこれか、これかな。

「えっと、数日街をあける事になるので……身内と相談してから決めますね」

「ええ。急ぎの依頼じゃないからしっかり準備してからで大丈夫よ」

フレドさんだけを指すなら「パーティーメンバー」だけど。アンナの事も思い浮かべて、あとエディさんにも話はするし、まとめて何て呼べばいいか迷って「身内」って言ってしまった。

アンナの事を、アンナのいない所で「身内」と呼称した事にちょっぴりくすぐったさを感じてしまった。

「じゃあ琥珀、これから泊りがけの依頼の時に必要な準備を教えるから……」

「ねぇ……リアナさん、ちょっと良いですか？　話したい事があるので、来て欲しいんですけど」

一緒にお店に行って色々買うよ、と続けようとした私は背後からかけられた声に、つい硬直して足を止めてしまった。建物の出口に向かってた私は、冒険者ギルドの真ん中で声の主と対峙《たいじ》する格好となる。周りの耳目を集めているこの状況に、また面倒な事になってしまいそうだと内心ため息を吐いた。

険しい顔で私に声をかけてきたのは、魔法素材のローブを羽織った小柄な女性。前に冒険者ギルドで私に声をかけてトラブルに発展しかけた、ミセルさんという人……だった。

実はここ最近も一回、前と似たような内容でお説教……お叱り？　お願い？　をされている。冒険者ランクが合わないんだからフレドさんとパーティー解消して解放してあげて、って……。

実際、今フレドさんと別行動になっちゃってるし、それは周りに知られている。ならパーティー組んでる意味がないから、もっと活躍出来る自分達の所に入り直した方が良い……という理屈は分かる。

でもこちらにも色々事情があってこの形になってるのに。その細かい事情を部外者に全部説明したくないし……そもそもフレドさんが断っているのに。

けどどうしたら納得してくれるのか、フレドさんの言葉すら届かないので、私には分からない。

また「フレドさん本人とお話してください」って言って逃げちゃおうかな……。

ちょっと困った。琥珀、あの時からこの人の事嫌いになっちゃったみたいで、今も私の隣からは微《かす》かな唸《うな》り声が抑えきれずに漏れている。尻尾の毛も逆立って、普段の二倍位に膨らんでしまっていた。

もう琥珀は気に食わないからと喧嘩《けんか》を起こすような子ではなくなったけど、ここまで力に差があると、手を振り払っただけで怪我をさせかねない。

琥珀が私の前に出ないように注意を払いながら、私はミセルさんを刺激しないように努めて冷静に声をかけた。

ちょっと話を、と言うミセルさんが笑顔なのが怖い。前回、そんな笑顔を浮かべるような内容なんて話してないから余計に。

「あの、フレドさんを引き抜きたいというお話なら、前にお伝えしたように本人と直接話してください……！」

絶対、聞いたらもっと面倒くさい話になると分かっているので、私は先手を打った。打とうとした。

そう言い捨てて冒険者ギルドの中から出ようとしたのだが、出入り口との最短距離をふさぐように立っていた彼女の横を通る時に、手首を摑んで止められてしまった。

「これを渡したかったの。今日ギルドに伝言頼む所だったので、ちょうど良かったわ。はい、これ」

「え？　これ……パーティー解散届……？」

「あ。勘違いしないで。ちゃんと下の書類も見て欲しいの。そう、『パーティー加入申請』の紙もあるでしょ？　うちが書く所は全部記入してもらってあるから。あとはリアナさん達がパーティー解散して、うちに加入すればいいだけ」

「……はぁ……？」

ミセルさんの話す内容は、情報として頭には入って来るけど、何で今こんな話をされているのかよく分からない。

「ええと……なぜ私達がパーティーを解散してそちらに加入するという話になってるのかちょっとよく分からないんですけど……」

「フレド君、リアナさん達の面倒見るためにパーティー組んでるんでしょ？　……でも、私達のパーティーに入れば、フレド君も銀級冒険者として定期的に仕事が出来るし、フレド君の代わりに私達のパーティーが先輩としてサポートしてあげられるから」

……いや、やっぱり話を聞いても、それでなぜ私達がパーティーを解散して入り直すのが「良い話」なのか全く理解出来なかった。

サポート……うーん、冒険者としてって事だよね……？　フレドさん以外から「冒険者としての常識的なふるまい」を教わる……確かに必要だったなとは思うけど、それについてはもう遅過ぎる気がする。このお誘い受けるのが銀級に上がる前なら、考えてたかも……。女性もいるパーティーだし。

いや、この人達があの時フレドさんと一緒に国境を越える任務を受けてたんだから、時間的に無理か。

「本当は、琥珀ちゃんみたいな年齢の子を冒険者として働かせるのは反対なんだけどね。このくらいの年の子って、親や大人が守ってあげるべき存在なのに……」

……いや、タイミングが合ってたとしてもお願いはしなかったかもしれないな。

憐れみを浮かべて琥珀を見た彼女に、そう思った。

「……でも、冒険者ランクが違うから、私と琥珀が受けた依頼に一緒に来られないですよね？」

「まぁそれは、指導って事で私達も合わせてあげるから」

「いえ、それは」

「大丈夫！　後輩のフォローは得意なの」

何だろう、話が嚙み合わないな。

私はこの会話の違和感の原因に気付けないのがどうにも気になった。でもとりあえずそこを置いておいて、話を切り上げて立ち去ろうとしても言葉を遮られて上手く断れない。

どうしても、質問形式で言葉をかけられるとついその質問に答えてしまって、自分が言いたい事を言うタイミングが摑めない。ダメだ、ちゃんと意思主張をしないと。

そう考えると、私が家や学園の狭い交友関係の中で経験してきた「会話」は、誰かが喋り終わってから次の人が喋るものしかなかったんだな。こうして言葉の途中でポンポン応酬がある事自体に慣れてなくて、聞くだけというか、防戦一方になってしまう。

「その書類、絶対フレド君に見せてね？　隠して捨てたりしたら分かるから」

「……」

「約束して？　ね？」

「い……っ」

笑顔のまま、ミセルさんは摑んでいた私の手首に力を込めて、ツキリと痛みが走った。

思わず痛い、と口に出しそうになった瞬間、私の斜め後ろでずっと毛を逆立てていた琥珀が飛び出していきそうになる。

ダメ、と声をかけるまでもなく、琥珀はすぐに足を止めたが一瞬ひやりとしてしまった。

殺気を出した琥珀に驚いて掴まれていた私の手は離されたけど、見るとくっきりと爪の痕が残っている。

「ちょっとそこ、強引な勧誘はギルド規則違反よ?!」

「っ……違います！　無理矢理なんかじゃ……と、とにかく、その書類ちゃんとフレド君に見せてね?!」

「えぇ……？」

私が「そのお話は本人にしてください！」と言って逃げるはずが、逆に「その書類必ず渡してね！」と逃げられてしまうとは。

私は、押し付けられた書類を片手に呆然《ぼうぜん》と彼女の背中を見送ってしまった。……私ももっと自分の発言をきちんと押し通せるように強くならないと……。

「リアナちゃん、大丈夫？」

「あ、ありがとうございます。声をかけていただいて……」

すわ喧嘩か、とカウンターの中から慌てて出てきたダーリヤさんも駆けつけて、最初の時みたいな騒ぎにはならずに済んだが、ちょっとした騒ぎになったので注目されてしまった。また上手くかわせなかったなぁ。

「何を渡されたかちょっと見せてもらえる？　もちろん、あなた達が言いがかりを付けられた方だって分かっているけど」

「はい、もちろんです。けど……」

「そうね。さっき出たばかりであれだけど、もうちょっとあそこで話聞かせてもらってもいいかしら？」

人が少ない時間帯とはいえこんなに目立ってしまって、居心地の悪い思いをしているとダーリヤさんがさっき使っていた受付ブースにまた案内してくれた。自分の体で庇《かば》うようにして、私達を他の冒険者の視線から守るように。

それだけで随分気持ちが楽になった。

「あの子は……モンドの水の魔術師の子ね。強引な勧誘を後でギルドから注意しておくわ」

「でも私への勧誘と言うよりは……」

「そうね。フレド君と親しくなりたいんだろうけど、なんか逆効果よねぇ」

冒険者ギルドではランクにかかわらず、パーティーへの勧誘や加入で「強要」は禁止されている。強い人を誘ったり、強いパーティーに入れて欲しいと思う人は多いし……その辺りの交渉は冒険者間でかなり自由だけど、声をかけられた側が迷惑に感じたり、冒険者ギルド側が問題視したら罰則が与えられる事もある。

今回は多分「注意」で終わるだろうけど、効果はあると思う。でも冒険者ギルド任せにしないで自分でも解決出来るように動きたいな。次こそは……。

渡された書類をダーリヤさんに預けて、さっき言いつけ通り喧嘩を無闇に買わずにいた琥珀は褒めておこう。

「でもあの女、おかしな事言っとったな。自分達が教えてやるとか……琥珀達の方が強いのに何言ってるんじゃ」

「えーと……私達の冒険者ランクを知らないみたいでしたね」

「実際、知らないのだと思うわ」

「え、ほんとに知らないんですか？」

琥珀の直球な言葉を言い換えると、思ってもみなかった話が返ってきて素で驚いてしまった。でもそう考えると、あの噛み合わなかった内容がストンと納得出来る。

「リアナちゃんはずっと目立ちたくないって言ってたから、それが分かってる私達も情報が広まるような事はしてないの。新しい金級冒険者が登録された事くらいは皆噂で聞いてるだろうけど、それがリアナちゃんだと知ってる人は少ないはずよ」

リンデメンの冒険者ギルドには、私と琥珀の事を言いふらすような人はいなかった訳か。確かに、あの表彰式のあった晩餐会でも、それまで私を男性だと思ってた人もいたくらいだし。

表彰されたあの記事が載るような新聞を購読してる冒険者も少ないし、そもそも写真も小さくて不鮮明だからそうと思って見ないと私達だと分からないかも。

高ランク冒険者や情報通には知っている人もいるみたいだけど、そういった人達ほど個人情報を広めるような事はしないから、そう考えると彼女が知らなかったのも妥当なのかもしれない。

「これからも、宣伝や売り込みはしないでなるべくひっそりやっていくので良いのよね？」

「うむ、真の英雄は力をひけらかさずに活躍するものじゃからな」

「あら、そうね。うふふ。確かに英雄様は自慢話しないわね」

私が「それでお願いします」と言う前に琥珀が答えたのがあまりに可愛くて、でも笑ったら悪いなと思った私は琥珀に分からないように後ろで悶《もだ》える羽目になったのだった。


「ただいま戻ったのじゃ〜」

「あら、お早いお戻りですね」

「近場で金級冒険者が受ける依頼に、ちょうどいいのがなくて……」

「なるほど、そういう事ですか」

確かにあれから買い物は行ったけど、まだおやつの時間をちょっと越えたくらいだもんね。

予定していたよりも早い時間に帰宅したのを疑問に思っているようだったアンナにそう答える。

「それでね、そろそろ琥珀も泊りがけが必要な依頼も出来そうだから、色々教えようと思って」

「泊りがけというと……何処《どこ》まで行かれるのですか？」

冒険者ギルドから持ち帰った書面板を開いて、アンナに見せるようにテーブルの上に広げる。その隣に、リンデメン近郊の地図を置いた。琥珀も一緒に覗き込んで、依頼で行く先の地理を復習する。

「受けようと思ってるのはこの依頼で、ここから乗合の魔導車で朝出て夕方に着くくらい離れてるゴーニュ村ね。泊りがけと言っても野営じゃなくて……ほとんどが移動時間になるかな。一泊で帰って来られる距離だし」

横から琥珀が、ゴーニュ村近辺の魔物の情報と、依頼書に記されている内容を得意満面で説明している。さっき市場で買い物をしながら私が教えた事そのままだったが、人に教えられるくらい理解したという事なので、しっかり覚えられた……という事でいいだろう。

アンナもそれが分かってるからか微笑ましそうに、うんうんと頷きながら聞いてくれている。

「あ……それでね、アンナ……ちょっと冒険者ギルドで面倒な事になりかけたから、アンナにも伝えておきたくて……」

「え？　また何かあったんですか?!」

アンナの返事に「また、だなんてそんなにいつもトラブルにあってるかな？」と思いかけたのだが、よく考えると「いや、確かに結構な頻度で何かしら起きてるか」と思い直して反論をやめた。

でも……半分くらいは私が関わったせいで介入するはめになった事ばかりだけど、今回のは完全に向こうから声をかけてきたので私のせいではないし……。なんて、誰も聞いてないのに内心言い訳をしながらアンナに一部始終を説明する。

「まぁ！　なんて失礼な人でしょう。私、顔は分かりますよ、リンデメンに来る時に一緒だったパーティーの魔法使いですよね。リアナ様にまで失礼な態度を取るなんて」

そうか、フレドさんに頼んでアンナを連れてきてもらう時に一緒に依頼を受けてた人達だから、アンナは一応知ってるのか。

「でもアンナ。私に『まで』、ってどういう事……？」

「道中……あの時はまだ言葉はほとんど分からなかったのですが、私も彼女に嫌われてたんですよ」

「ええ⁈　どうして」

「多分私が、あの移動中フレドさんを占有してたからですかね。言葉が通じるのがフレドさんしかいなかったので」

たったそれだけの事で……というか、仕方ないと思うんだけど。恋愛が絡むとたったそれだけの事で、嫌いだって分かるような態度を何もしてない人に向けてしまうんだ。怖いな。

「それにしてもフレドさんも罪作りですね。望みがないならキッパリ断って諦めさせる方が優しいと思いますが」

「えっと、…………私が知ってる限りはいつも、フレドさんは十分はっきり断ってたと思うけど……」

「あら、リアナ様。フレドさんを庇うなんて」

「か、庇ってないもん」

いいえ評価が甘すぎます、そんな事ないとアンナと二人でもちゃもちゃしていた所に、「ただいま～」と渦中の人の声が聞こえて「ぴゃっ」と飛び上がってしまった。

「あれ、今こっちの部屋から小動物の鳴き声みたいな音が聞こえたような……」

「フレド！　よく帰ったのじゃ。ちょうど良い、お主に話しておかなければならない事が出来てな」

「おお、なんだなんだ」

本日のおやつを食べ終わった琥珀が、部屋に入って来たばかりのフレドさんを手の平でぐいぐい押して廊下へ出そうとしている。

琥珀が話題を変えたおかげで私の変な悲鳴について深く聞かれずに済んだのは良かったけど、まさか……今日冒険者ギルドで起きた事を伝えるつもりでは?!

「琥珀、帰って来たばかりのフレドさん達にワガママ言わないの」

「でもこれはとってもとっても大事な話なのじゃ！」

「大事って……フレドさんに何話すつもりなの？」

「い、いや、これはリアナに関係ない話だから、リアナが聞いても何の意味もないし、フレドにだけ内緒で話すのじゃ。フレド、エディにも内緒じゃぞ」

もしかしなくても、これはそうだろうな。聞いても意味のない私に関係ない話だと言いつつ、フレドさんにだけ内緒で話すという設定がちぐはぐだ。

でも琥珀に好き勝手話をさせる訳にはいかない。さっきだってアンナに「ミセルって女、口では笑いながら目をこーんな吊り上げて、リアナの事を睨《にら》んでおったんじゃぞ。般若面《はんにゃめん》そっくりじゃ」なんて盛りに盛った話をしてたんだから、何を言われるか。

あまりに変な事を言われると困るのだけど。

「フレド、部屋の外に出るのじゃ！」

「あー……、大事な話なら聞いておこうか。エディもちょっと待ってて、すぐ戻る」

「二人とも待っ……」

待って、話すなら書斎使って、椅子もあるし。とかけようとした言葉は途中でドアに遮られてしまった。あそこなら何を話すか把握出来るから、変な事話さないように見張りたかったのだが。しかたない、すぐ戻ると言ってたし、ホテルの廊下で話してると思うんだけど……。後でこっそりフレドさんに何を話してたか聞こう。

「リアナさん、どうされますか？　私が同席してきましょうか」

「うーん……フレドさんは何話したか、後で教えてくれるとは思うので……必要ならそこで私が正しい情報を伝えます」

「でもフレドさんは琥珀ちゃんに結構甘いから、かなり控えめに報告すると思いますよ」

「さすがアンナさん、フレデリック様のお人柄を踏まえた的確な意見ですね。ちなみに私もそう思います」

「はは……」

二人の、フレドさんの評価に苦笑いが浮かんでしまう。

「ちなみに、琥珀さんは何をフレデリック様に話そうとしてるんですか？」

「ああ、それがですね……今日冒険者ギルドに行ったんですけど、そこで……」

私はエディさんの疑問に、フレドさんにどうやら片思いをしているらしい、というミセルさんの説明をしてから話をする。ちょいちょいアンナから「逆恨みでリアナ様を敵視している迷惑な人」「諦めが悪い上に失礼ですよね」なんてヤジが入る。もう。

「あぁ、またフレデリック様に好意を向ける女性が問題を起こしてるんですか……」

エディさんは驚くでも心配するでもなく、「またか」という諦めに似た表情を浮かべた。ただそれだけ。

「またとは、頻繁にあったんですか？　エディさんのご存じだった頃の、フレドさんの地元でも」

「そうですね、よくありましたよ。本当に驚くくらいに、沢山」

「ふむふむ、例えば？」

アンナはささっとお茶を用意すると、エディさんに席をすすめて完全に「話を聞くモード」になっていた。一拍遅れて、わくわくした顔のアンナが何を聞き出そうとしてるのか理解した私はハッとして、慌てて止める。

「ちょっとアンナ、本人がいない所で過去の話を聞き出すなんて……」

「まあ確かに、琥珀ちゃんの話もすぐ終わるでしょうし、聞くのはまたゆっくり時間が取れるタイミングにした方が良いですね……」

「いやそうじゃなくて、」

「リアナさん。本人はいつも大層お困りでしたけど、自慢話にしか聞こえませんからフレデリック様はこの件について弱音を全然吐かないのです。無理に笑い話に昇華しようとしているのが痛ましくて……良かったら『こんな大変な思いをしていた』と共有してあげてくださいませんか」

そ、そんな事言われたら頷きたくなるし……そもそも、「私の知らないフレドさんの話」なんて聞きたいに決まってるのに……！

「う……、知りたいですけど、私、フレドさんに『エディさんに聞いても良いか』って確認してから……にします！」

「おや、残念ですね」

「じゃあ私もその時リアナ様と一緒に聞かせてもらいますね」

「それでは、私も聞きごたえのあるエピソードを厳選しておきましょう」

誘惑を振り切って、なんとか断る。

しかし厳選するほどあるのか……と、エディさんの言葉から、過去のフレドさんの大変さがほんの少し見えて、それだけでちょっとたじろいでしまった。

第四十六話　悪縁を断つ

さて、リアナちゃんに聞かせたくない話で俺にだけ内緒で話す事というと……。

俺はいくつか当たりを付けた。魔石事業をまるごと売却する事になった話か？　この国の王都から錬金術師として勧誘された話は断ったけどまだ諦めてないらしいし……それとも前みたいにリアナちゃんが男にナンパされて、本人はまた危機を理解しておらず、琥珀がこうして俺にこっそり情報共有しに来た……とかかな。

「それで琥珀、俺だけにする内緒の話……って何？」

「待て、リアナがこちらに聞き耳を立ててないか調べてからじゃ」

俺を先導して、ホテルの廊下の行き止まりに辿り着く。部屋から誰か出てきても、階段から誰か上って来ても話の内容を聞かれる前に気付けるポジションだ。

本当に内密にしたい話なら下のレストランの個室……という手もあるけど、まぁそこまではしなくても良いだろう。すぐ戻るよって言ったし。

頭の上の狐耳をピコピコと動かした琥珀は、目を閉じて真剣な顔をしたかと思うと「こっちの盗み聞きをするような魔法は使われておらんようじゃな」と瞼《まぶた》を開いた。

「リアナちゃんは内緒って言った話をこっそり聞こうとするような人じゃないだろ？」

「念のためじゃ！　まったく、誰のためにこうして琥珀が用心してやってると思ってるんじゃ」

そう言って、プリプリ怒った琥珀が話し出した内容を聞いて、その場に這いつくばって頭を下げたくなる思いだった。

俺だわ。俺のせいで起きたトラブルだったわ。何が「リアナちゃんがまたナンパされたのかも……」だ、違うんだよな。どのツラ下げてそんなのんきな事考えてるんだよ俺は。

「ごっ……ごめん……ほんと……！俺のせいで……」

「な、なんじゃ急に顔色がおかしいぞ。まぁあれじゃ、あまり気に病むでない。フレドも女に付きまとわれて迷惑がってるのは知っておるからな」

見当違いの心配をした上に原因が自分だったと知って罪悪感で死にそうになってる俺に琥珀が優しい言葉をかけてくれたのだが、それがまた情けなくなる。

「琥珀、ごめんな。俺の厄介事にリアナちゃんと琥珀を巻き込んで」

「いつもは琥珀が起こした問題をリアナやフレドが助けてくれるからな。お相子じゃ」

頼もしくもそんな事が言えるようになった琥珀に感動してしまう。あの温泉街で出会った時から、よく成長したものだ。

「それにしても……パーティーを解散させてリアナちゃんごと仲間にしようとしてるのか」

名前を書いて提出すればパーティーに加入出来てしまう、という状態の加入申請書を用意出来てたという事は、リアナちゃんと琥珀と俺をパーティーに加えるって話自体は他のメンバーも承知してる。じゃないとそんなもの用意出来ないからね。

あのパーティーの中でミセルさんは「みんなに可愛がられてる末っ子」ポジションだし、幼馴染だけで構成された他のメンバーはそもそも反対しなかっただろうけど。

断るのは当然として……でも二人が金級冒険者って知られちゃうのはなぁ。それは避けたいんだよね。

リアナちゃんが目立ちたがらないからってだけじゃなくて、琥珀とリアナちゃんが「金級冒険者」と知れ渡るのは、面倒が山ほど起きる未来しか見えない。

金級冒険者だから、と言えば明らかに実力の合わない「モンドの水」のパーティー勧誘を断る事は簡単だ。来年銀級に上がれるかも、と言っていたから黒鉄級か。金と黒鉄ではランクが離れすぎてる。

俺は銀級、で向こうはリアナちゃんと琥珀の事を自分達より下のランクの冒険者だと思ってる、黒鉄級のパーティーに加えるには問題ないと思ったんだろうな。その通りだったらね。当然、もしそうだったとしても承諾しない話だけど……。

このランク差だと、向こうがリアナちゃん達の本当の冒険者ランクを知ったら、「そうと知らなかったとはいえ、なんて身の程知らずな話を持ち掛けてしまったのか」とシオシオに恥じ入って撤回して終わる案件ではある。

でも、それではリアナちゃんと琥珀の日常が失われてしまう。俺が、ちゃんとミセルさんが諦めるくらいきちんとお断りしてなかったせいで……。

俺は再度罪悪感に襲われながら琥珀の話した内容を頭の中で整理していった。

なるほど。だから琥珀はリアナちゃんには内緒で俺にこの話を伝えたんだな。確かに、リアナちゃんは「たいした事じゃないんですけどね?」って方向で修飾された話しかしなかっただろうからな。

「なるほど、それで、俺にしっかりお断りして来いっていう事か」

「いや、違うぞ?」

え、違うの?

「琥珀があの女を懲らしめてやるのに、フレドはそこに立ってて欲しいのじゃ。立っておるだけでいい」

「どういう事だ?」

「琥珀はな、あの女の弱味を見たんじゃ」

どういう事だ、と首をひねったまま琥珀を見下ろしていると、ことさら神妙な顔になった琥珀が声を潜めて続きを話しだす。

「実は……冒険者ギルドで、ミセルって女にあまりにも腹が立って、気が付いたらその女に対して変化の術を使って脅かしてやりそうになってたんじゃが……」

「え?!　ギルドのど真ん中で？」

「も、もちろん、使っておらんぞ！　リアナやアンナと、この力は隠すと約束したからの」

一瞬びっくりしかけたけど、リアナちゃんも琥珀が何かした、とか言ってなかったなと思い返して自分を落ち着かせる。よく考えれば大丈夫って分かる事なんだけど、あんな人目のある所で琥珀があの力を使ったのか？　とつい焦ってしまった。

なるほど、琥珀が内緒にしたかったのは「約束した変化の術を外で使いそうになった」からかな。

「変化の術って、何に変身しようとしたんだ？」

「あの女の、一番恐ろしいものに化けて、懲らしめてやろうと思って……思っただけじゃぞ？」

「それは分かったって。琥珀はリアナちゃんとアンナさんとした約束を破らなかったんだもんな」

「うむ」

琥珀は恭しく頷くと、説明を続ける。

「琥珀をただの子供と思い込んで侮ったのは、腹は立ったけどまぁ良い。琥珀は懐が深いので、見る目のない愚か者を許してやった。けど……リアナが。その紙をフレドに渡せと言われて。『勝手に捨てたら分かる』と脅した上に、あの女、リアナの腕に爪を立てて怪我をさせたのじゃ」

「な……!!」

その話を聞いて、俺もカッと頭に血がのぼりそうになった。思わず話を遮って、この点について詳しい話を聞きそうになるがぐっと堪える。……まず、話を最後まで聞かないと。

「怒りが頭の天辺《てっぺん》を突き抜けそうになって……『この女を一番懲らしめられる方法で仕置きしてやりたい』と思ったんじゃ。ひっぱたくとかじゃこいつにはあまり効果がない、そう思って、琥珀の勘にピンときたのが『この女が恐ろしいと思うものを化かして見せて、懲らしめてやる』じゃ」

うーん、翻訳すると「物理よりも効く仕返しがしたかった」って感じかな。報復は褒められた事ではないが、思いとどまったから未遂だし……。

琥珀が言うには、ミセルさんが「心の底から怖いもの」が三つ見えたらしい。

一つ目は、依頼に失敗して兄を含めた仲間も自分も全員死んでしまう光景。確かに、冒険者なら誰でも無意識に怖いと思ってるものだろう。

二つ目が、数えきれないくらいのチャバネカブリに襲われる事。これは……俺も泣いて許しを請うくらい嫌だな。

「そして三つ目が、フレド、お主に『ウザイから付きまとうの止めろ』とか、そんな事を言われる事らしい」

「え、えぇ……」

「それでな！　琥珀の変化の術で作った偽物のフレドで、あの女の心の中にあった、一番怖がってる言葉でケチョンケチョンにフってやろうと思っての」

琥珀の「内緒」の全貌はこうだ。瞳の色が再現出来ないから、本物の俺に被せるように「ミセルさんの怖がる俺」に見える術を目から下にかける。その琥珀が術で見せた俺の偽物が喋った言葉を、俺が否定しなければ「俺が言った事になる」……変化の術の存在すら気取られない、そのつじつま合わせするって事を含めた内緒話だった。

にんまり笑った琥珀の瞳孔は、糸のように細くなっていた。見ての通り、こうして企み事をするのが楽しくてたまらないのだろう。

「それは確かに効果あるかもしれないけど……却下だ」

「何でじゃ?! この方法なら琥珀のこの、素晴らしい変化の術の存在はバレないぞ」

「ダメだよ。約束しただろ? 人前で使わないって」

一応、「その変化の術を使わないといけないような身の危険が迫らない限りは」と約束してあるけど……琥珀が戦って切り抜けられないような身の危険は多分起こらないだろうな。

「ぬう……あ、そうだ！ 良い事を考えたぞ。琥珀がそのミセルって女の前で話をしてやればいいのじゃ！ 『あんたに付きまとわれて迷惑してるってフレドが言ってたぞ』って。これなら変化の術を使わなくても出来るぞ！」

「それもダメ」

「何でじゃ?! リアナの事を怪我させたあの女に腹は立たないのか」

リアナちゃんが大好きな琥珀は納得がいってないのだろう。本人が怒ってない分、これでもかってくらい怒ってるなぁ。

「当然、腹は立ってるけど……」

「ならどうしてじゃ！」

「腹が立ってる半分くらいは、自分に対してかな。事なかれ主義でいた方が楽だったから……色々妥協してきたせいで、こうして問題が起きて、リアナちゃんや琥珀に迷惑をかけちゃってる」

やったのは彼女だけど、原因は俺だ。

母親と似たタイプの女性が怖くて、事を荒立てずにこの場を収めようってつい思ってしまう……なんて言い訳にしかならない。

「その落とし前を、代わりに言ってもらうとか、流石《さすが》にカッコ悪すぎだろ。だから、自分で言うよ」

琥珀は納得してくれたみたいで、解決については俺に任せると言ってくれた。

「でも琥珀、何を見せて怖がらせようってちゃんと選べたのは偉いよ。人が死ぬ所とか、虫に襲われる光景は流石に勘弁してあげたんだろ？」

俺は話の流れを思い出して、琥珀の成長を感慨深く思いながらそう口にした。

「いや、違うぞ。チャバネカブリなんて琥珀も大っ嫌いじゃから変化の術で自分も見たくないし、仲間や自分が死ぬのは、後からすぐ本当に起きた事じゃないって気付いて終わりじゃろ？　あいつが怖がってるものの中で、本当に起きた事に出来るのがこれだけじゃったからな」

「……そうか」

でも琥珀らしいな、と苦笑しながら思った。

「琥珀はリアナちゃん達と待ってれば良かったのに……」

「え～？　フレドが一人で対峙して、言いくるめられたりしないか心配してやっとるんじゃないか」

いや、絶対野次馬的な目的で見に来てるでしょ……と、視界の斜め下で二本の尻尾を楽し気にぱたぱた揺らす琥珀を見ながらそう思った。

今日は珍しく琥珀と二人だ。予定外の琥珀連れだが、本来の目的通り、ミセルさんへの忠告をするつもりだ。冒険者ギルドに預かってもらってた書類を返すという名目で呼び出しちゃってるし。琥珀が自分も行くと言って聞かなかったのだ。こっそり置いて来ようと思って、実際置いてきたはずなのだがついてきてしまったのだ。俺の実力では琥珀の追跡をかわせないいんだよな。

それに、言いくるめられないか見張る……そう言われるとちょっと反論しづらい。今まで散々事なかれに流されてきてるし。

「しょうがない、隅で大人しくしててくれよ」

「当然じゃ、良い子にしておいてやろう」

「はいはい」

あんまり信用出来ない感じの琥珀の宣言を軽く流して、考え事をしながら歩く。先導する琥珀の尻尾を視界の中にぼんやりとらえながら決戦の場（冒険者ギルド）へと足を踏み入れた。

「あ！　フレド君、待ってたんだよ！」

よし、と気合を入れて中に入った途端、向こうから声をかけられた。先に話しておいた通り、琥珀は俺からちょっと離れた所で立ち止まった。

想定はしていたけど、後ろにはミセルさんの兄であるミゲルさんもいた。……まぁ、身内が目撃者になってくれてた方が、話が通りやすいか。後から同じ話をしに行かなくて済むし。

「渡してた書類、持ってきてくれたよね？　嬉しい、最初の依頼何処にする？　フレド君銀級だし、あ、でも連携の確認も兼ねて最初は簡単めの依頼にした方がいいかな」

「違う、返しに来たんだよ。はい、これ」

腕を組まれそうになったのをさっと避《よ》けて、リアナちゃんが渡されたという書類を、預かった時のまま何も記入せずに突き返す。

俺は一瞬、彼女の後ろに立っているミゲルに睨むような視線を向けた。気まずそうに目を逸《そ》らすのを見て、「なら本当の事伝えておけば良かったのに」とため息が出そうになった。

こうして勧誘されてお断りするのは今までよくある事だけど、俺に対しておかしいくらい執着する人からの好意はいつも対応に苦労する。特に、いきなりバッサリ拒絶すると過激な行動を取られる事が多い。

なので今回も「この話は断る予定だけど、」と前置きをした上で、「モンドの水」の拠点になってるミゲルの家に連絡をしたのだが。

……自分の口で、悪いニュースを溺愛してる妹に伝えるのが嫌だから、言わなかったんだろうな、これ。

ちなみに、最初「もう一回条件とか話し合おう」と言われたけどすり合わせる要素が皆無な上に、向こうの自宅の夕食に招かれて囲まれて説得されそうだったので、冒険者ギルドの喫茶スペースを指定させてもらった。

ちょっと騒がしくなるかもしれない、とサジェさんには了承を得ている。飲食店の個室とかが使えたらいいんだけど……、衆人環視の中じゃないと暴走する人がたまにいるからなぁ。

まぁ、周りに他人の目があっても暴走する人はするけど。「付き合ってくれないなら死ぬ」って刃物を持ち出された時は怖かったな。

おっと、過去の失敗談を思い出している場合ではない。

「まず、結論から言うけど、俺が『モンドの水』に入る事はないんで。これは返しておきます。ミゲルさんにも言っといたんだけどなぁ」

わざと視界を遮るように出されたそれを、一瞬「何が起こったのか分からない」と呆《ほう》けた顔で見つめたミセルさんは、その表情のまま目の前に突き出された書類からゆっくり視線をずらして俺を見上げた。

「……どうして？」

「それ、説明する義務、俺にあるかな？」

意識して、不機嫌に見えるような無表情を作って見下ろす。

前回の「下手に出て、波風立てずに断る」って選択が上手くいかなかったので、今度はこっちのパターンで。毎回手探りだな。

でも拗《こじ》らせてしまった自覚はある。「好きになってくれたのはありがとう」とかは嘘でも口に出来ないし。

「フレドっ……！」

「だってそうだろ？　クロンヘイムの任務の時から、勧誘はずっと断ってたのに」

妹を傷付けられたと怒ったミゲルさんが俺に咎《とが》めるような視線を向ける。でも傷付けないような言葉を選んで断ってるうちに引っ込めなかったんだから、しょうがないでしょ。

これの決着は、俺が諦めて受け入れるか、俺が断り続けるか、しかない。受け入れるのはナシなので、結果こうなる訳だ。俺だって気は進まない。

彼らのパーティー『モンドの水』は地元出身で、ミゲルさんとミセルさんがリンデメン近くの豪農の次男と末っ子長女なので、有力者と繋がりがあるし、実際この年齢にしては実力もある方なのでちょっと名が通っている存在だった。

だから波風立てたくないなって断ってたんだけど、もうそんな事を言っていられなくなった。ちゃんと遠ざけないと、またリアナちゃんが絡まれて怪我とかさせられてしまうかもしれない。

ミセルさんがいつまでたっても受け取ろうとしないので、書類は後ろのミゲルさんに押し付けた。

「何で……あのリアナって子とはパーティー組んでるのに……」

「だからそれ、俺が説明しなきゃいけない義務ないよね。納得するような理由を俺が答えないといけないの？　それこそ何で？」

「……っ、！」

質問に質問で返されると腹が立つよね。知ってる。

「あとさぁ、こうして俺の都合構わず迫って来られるの、迷惑かな。仕事中とか避けられない時でも構わず色恋匂わされるの嫌いなんだよね、俺。だからそっちのパーティーに入るのは無理」

不機嫌な顔、を保ったままそう告げるとミセルさんは羞恥でカッと顔を赤くして、俯いた。

正直、クロンヘイムの任務の時はミセルさんと二人で組まされるとか、不必要に隣にされるとか、パーティーぐるみの後押しも露骨すぎてちょっと疲れたから。ミゲルさん達への忠告でもある。

「とにかく、俺もリアナちゃんも、そこの琥珀もそっちのパーティーには入らないんで。返すものは返したし、話はこれで終わりですね。これ以上しつこい勧誘するようだったら、ギルドに警告してもらいます」

ほんとはもうギルドに報告はしてるけど。世間話くらいの感じで。まぁ、実際正式にギルド挟んで警告するほどの事にはならないと思う。

人目のある所で、ここまではっきり断って、俺も嫌な奴だと思われたし、これ以上執着されないだろう。

ミゲルさんも俺を殴りたそうな目で見てるし、二度とパーティーには誘われないはずだ。めっちゃ嫌われたけどね。

「……フレド君、そんな事言う人だと思ってなかった……！」

「別に、最初からこんな人だよ。普段は楽だからヘラヘラしてるだけで」

「フレド、お前……ッ！　……これからコルトーゾの方の依頼受けられると思うなよ」

「うーん、俺も『モンドの水』の地元の依頼は受けないですよ、気まずいし」

そう言えば、そっちの地域は割の良い依頼多かったな。でもリアナちゃんと行動一緒にするようになってからは泊りがけの依頼受けてないから、そもそも半年以上そっちは行ってないし……影響ないかな。

いつもだったらそっちの方が楽だから自分を下げて辞退してたけど……そのうち活動拠点移るし、もういいか。

「じゃ、俺この後仕事なんで」

呼び止める前に、さっさと立ち去る事にした。

周りには、「痴話喧嘩か」なんて見物してた知り合いの冒険者がいたけど、俺の様子が普段と違うからか、話しかけてくる様子はなかった。

「おうフレド、お疲れ。あれじゃな。慣れない事言っておったけど、男前じゃったぞ」

「そうだよ。でもあんまりさっきみたいな真面目な顔してると、今よりもっとモテて困っちゃうから さ……」

「そんな事より。お主琥珀が教えてやった台詞を使わなかったではないか」

「え……あぁ、いや、そんなすぐバレる嘘つける訳ないでしょ……」

ボケたのに放置されるのって結構つらいものがあるよね。いや、一仕事終えた俺に労りの言葉をかけてくれた琥珀にふざけて返事した俺が悪いのか。

「ぬ〜……琥珀がせっかく一番効くやつを教えてやったのに……」

「いやいや、嘘つく方が面倒な事になるから」

嘘も方便だとは思うけど、その……「俺は今リアナちゃんと付き合ってて、ラブラブだから諦めて」とか……いくらなんでも。無理だって〜。

しかもこの場合、わざわざ嘘ついて、リアナちゃんにさらに敵意が向きかねないので絶対ダメ。メリットがない。

まぁそれだけじゃなくて……当然、好きな子の事で、そんな嘘をつきたくないってのもある。

ただそこを琥珀にそのまま説明するわけにはいかないので、「わざわざ大きい問題にしないの」と、一般常識の範囲で教育指導をするにとどめておいた。

　気が重くなる用事が終わったので、あとはつじつま合わせのために近隣で適当な依頼を受けるとしよう。

琥珀の冒険者ランクで下の依頼を受けて仕事を奪うわけにはいかないし、今から行って帰って来られる場所で何か都合の良いのは……。

「これくらいかなぁ」

「なになに……え～……シェルートルの駆除ぉ……？　あやつは硬いだけで戦っても面白くないのじゃ～」

「でも、これ以外に琥珀が受けるような丁度いい依頼、ないからなぁ」

「しょうがないのぅ」

ギルドから見せてもらった金級向けの依頼も確認したが求めているような条件のものは見付からず、俺達は掲示板に貼り出されたまま半月は経過してるらしいシェルートルの依頼を受ける事に決めた。

小さいのでも魔導車並み……個体によっては家一軒よりも大きい、ひたすら硬い、亀に似た姿の魔物だ。甲羅は魔法耐性が高い上に普通の武器では傷すら負わせる事が出来ないようなやっかいな生物だが、噛みつかれる程近くに寄っていなければ、足が遅いので容易に逃げる事が出来る。

川沿いの水辺にいるのを下級冒険者でも見た事があるだろうが、こちらから不要なちょっかいさえ出さなければほとんど害のない魔物だ。

ただし、ほんとに甲羅だけじゃなくシェルートル自体も硬いので、よっぽど強い攻撃手段を持っていないと手も足も出ない。琥珀の魔術……に似た「狐火」ってやつ、あれなら余裕で倒せるだろうけど。

大ダメージを与えられる攻撃方法さえあれば、一応鉄級の討伐記録もあるんだけどね。

川沿いに行く冒険者が近寄らないようにさえしていれば普段は問題ない存在なんだが……最近個体が増えすぎたせいで付近の植物が食い荒らされて、他の魔物の生息地に影響が出かねないから数匹駆除してくれ、という依頼だった。

シェルートルの甲羅は硬いが、重すぎて防具の素材などには不向きだし、ああ建材に利用する事もあるんだっけ？　でも持って帰るのは相当難しいし、肉はマズイし、魔法薬の素材として内臓は一応需要はあるけど……甲羅をよけて解体する手間が大きすぎる。その上討伐報酬も割と低いとあって、倒す力を持ってる冒険者からは人気がない獲物だ。冒険者ギルドの貢献評価は入るけど。

強い人ってさぁ、結構琥珀みたいに、手応えのある魔物とわざわざ戦いたがるんだよね。シェルートルは退屈らしい。慎重派の俺からするとちょっと分からない気持ちだけど。

人工魔石のおかげで魔石の買取価格が上がってるから、うま味が少ない依頼……として他の誰も手を付けてなかったみたいだ。掲示板にあったのに放置されてるなら受けちゃって良いだろう。

ほっとくと住処《すみか》を追いやられた他の魔物が人里まで来ちゃったりするからね。

シェルートルを倒す攻撃は琥珀に任せるとして、他は大体全部俺が担当する。魔物の警戒・索敵は琥珀の方が上だろうけど、地図を読んだり、群れから離れて「はぐれ」でいる個体を探したり、他細かい雑用を色々とね。

市場に寄って、必要な消耗品を少し買い足してから、二人揃って街の外に出た。


「琥珀、そろそろ帰ろうか。すぐ陽《ひ》が落ちて寒くなっちゃうから」

「フレドはひ弱じゃのう。まぁしょうがない、ちょっとは体も動かせたし、引き上げるか」

琥珀は難なくシェルートル三体の駆除を終えた。

俺？　俺は琥珀の気が散らないように、森の中から川沿いに寄って来そうになる魔物を追い払ったり、倒したりしてたよ。

「さて琥珀に問題です。シェルートルの討伐証明部位はどこでしょ～か」

「なぬ?!」

完全に帰るモードになって気を抜いていた琥珀は、突然俺がした質問に、あからさまに挙動不審になり始めた。

森の中を移動しながら最初に説明したはずなんだが、全然ちゃんと聞いてなかったらしい。というか琥珀、お前これ倒すの初めてじゃないはずなのに把握してないのダメじゃないか。

「えっと……あれじゃ……尻尾？　だったかのう」

「う～ん、残念。シェルートルの場合は、鼻ね。ここん所をそぎ落としたのが、討伐部位」

「そうじゃ、そう言おうと思ったんじゃ」

「はいはい」

調子の良い事を言う琥珀をさらっと流して解体用のナイフを取り出すと、持って帰る部位の採取も始めた。生きてる時は呆れるくらい硬い魔物だけど、死ねばこうして普通の刃物も通る。

討伐部位の他には舌と、目玉くらいでいいか。あとは魔石……体が大きい魔物は心臓まで到達するのがまず大変なんだよな。

自分じゃあまり倒さないデカイ獲物相手にえっちらおっちら格闘して、やっと魔石を取り出す。肝臓などいくつかの部位は一応買い取ってもらえるけど、解体する労力に見合わないので見送る。

琥珀に爬虫類《はちゅうるい》系の魔物の解体について教えながら、「そこ引っ張って」とかやりつつ、無事持って帰るものを回収し終わった俺達は冒険者ギルドへと戻っていった。モンドの水のパーティーメンバーが待ち構えてたらどうしよう、とちょっと思ったけど、何もなくて良かった。いや、さすがに考えすぎか。

依頼帰りの冒険者達で混み合う時間帯になる前に戻って来た俺達は、スムーズに討伐証明の提出といくつかの素材の買い取りを終わらせる事が出来た。

「あ、琥珀、フレドさん！　お帰りなさい……あの、フレドさん依頼から帰って来て疲れてる所に申し訳ないんですけど、ちょっとここに座ってもらって良いですか？」

「え？　ななな、何で？」

琥珀を送ってきて開口一番、迎えてくれたリアナちゃんにそう言われて、俺は思いっきり挙動不審になってしまっていた。

まさか、冒険者ギルドでの午前中の一件がもうリアナちゃんの耳に入ってしまってるのか……？

クソ、誰だわざわざ教えたのは?!

「フレドさんの目について、またちょっと試したい事があったんですけど……ごめんなさい、やっぱり違う日にした方がいいですか？」

「は、へっ？　あ、なーんだそっちで……も、勿論良いよ。協力するする！　何すればいい？」

丁度心当たりがあったせいで思いっきり変な反応をしてしまったが、良かったそんな話か。

俺は食い気味に協力を申し出た。早く話題を変えたい。「何の話だと思ったんですか？」とか深く聞かれても困るし。

「えっと……ちょっと眩《まぶ》しさを感じてしまうんですけどいいですか？　目……虹彩《こうさい》を撮影したいんです。接写で」

「オッケーオッケー」

俺は軽く承諾した。これまでも、変装や認識阻害に使う魔道具が俺の目に関してだけ役に立たない事などをデータに取っている。そうそう、自分でも色々目立たないように試行錯誤した事あるけど……何故かそういった魔道具で色を変えたり隠したりも出来ないんだよね。不思議だ。

一瞬ぴかっと光るので、瞼を閉じないように頑張って開けててください、と頼まれた俺は椅子に座って前を向く。心構えを聞いていた通り一瞬だけ眩しさに耐えて、撮影はすぐに終わった。

「じゃあ私、現像してきますね」

知的探求心に突き動かされてる最中のリアナちゃんは、現在の興味がそこに向いているらしく、俺の変な態度も一切気にする事なくリビングを出て行った。

この豪華な部屋には使用人用の部屋もあって、そこにも風呂場がある。そこを、ホテル側に許可を取って一時的に暗室にしてるらしい。

「それで、フレドさん、何があったんですか？」

「す、するどいなぁ、アンナさんは……」

「例の呼び出しですよね？　首尾はどうなりましたか」

エディにはしていた話だったが、アンナさんに説明するために最初からざっくり話した。魔導映写機の現像、という事はたしか紙に薬品で映像を定着するまで真っ暗にしておかないとダメだから、しばらく戻ってこないだろう。

頭の中でそう計算した俺は、自分が上手く断れなかったせいでリアナちゃんを巻き込んだ自覚はあるので、コソコソ動いた事を白状した。それで、俺がどういった思惑で動いたか、冒険者ギルドでどんな話をしたかと、一応ギルドにもこう報告してあるという事を、簡潔に伝える。

「フレドさん……ちょっとだらしなくないですか？　『俺はリアナちゃんが好きだから君の気持ちには応えられない』とか、そのくらい言っても良かったのに」

真剣な顔で最後まで聞いていたアンナさんのとんでもない発言に、俺は思わず、飲みかけていたお茶を吹き出しそうになって、むせた。

「で?! そ、何でアンナさ……ごほっ、ごほっ」

「だって、そのくらいの嘘でガッカリさせて差し上げてもいいんじゃないでしょうか? 自分が振られたからってリアナ様に八つ当たりするような人なんですから」

「アッ、そういう話ですか……ウン、嘘で……いや〜、でも似たような事はした事あるんですけど、効果がなかったというか、ある意味逆効果だったのでやらない方が良いというか……」

俺は昔、言い寄られた時に「好きな人が居る」という嘘をついてやり過ごそうとしたとある一件の事を、詳細はボカして説明した。効果あって諦めてくれる人もいたけど……「誰?」「何て名前?」「あなたに相応しい女か見極めてあげるから教えて」と激しい追及をされて、余計面倒な事になった時があってね。いや、もう……誰なのかを知ってどうする気なのか、とめっちゃ怖くなって……そのすぐ後、依頼を利用してあの街から俺は逃げてしまった。

俺に執着しておかしな事になる人は何か似たタイプが多いので、リアナちゃんの名前を出したら余計に敵意が向いてしまう可能性が高い。

「そんな事件が……フレドさん……変な人に頻繁に目を付けられすぎじゃないですか?」

「あ。あはは……」

「そうなのです……生まれつき女難に苦しんでおられる方で」

同意したくないが否定も出来ないので、俺は曖昧に笑って言葉を濁した。

「うーん、彼女達を何がそこまで駆り立てるのでしょうかねぇ……」

「そうですね。我が主《あるじ》ながら、見目麗しい上に人格者で、大変な優良物件とは思いますが、それにしても向けられる好意が常軌を逸しているなと感じる事は多々ありましたね」

サラッと話の流れで俺を盛大に褒めちぎるエディの発言にまたお茶を吹き出しそうになった。

どう反応するかまた思いつかなかったので、俺は会話を聞いてなかった事にして流しておく。昔からの事だけど、相変わらずどう返すのが正解なのか分からなくてついこの件は横に置いてしまうな。

「あちらに暴走されても金級冒険者のリアナ様なら対応出来るでしょうが、嫌な目にはあって欲しくないですからね」

そうなんだよなぁ。アンナさんの言葉にうんうんと同意するように頷く。

とりあえず、これ以上何かあったらギルド通してペナルティ付きの警告送る事は決定してるけど……正式に抗議文も送っておくか。公証人つけるやつで。

第四十七話　特殊体質の話

「フレドさんの目の事なんですけど。この前撮影させてもらった画像のおかげで、ちょっと予想してなかった新事実が判明しまして……今時間大丈夫ですか？」

「え？　俺の目の事で？　教えて教えて」

ある日、私はフレドさんだけにこっそり話をした。

ちょっと体質というか、フレドさん個人の情報になるので本人だけにと思って。しかしフレドさんは私から一通り話を聞いた後、真剣な顔になって「皆にも……エディとアンナさんと琥珀にも説明して欲しい」と私に頼んできた。

フレドさんが皆にも知っていて欲しいと思うなら、私は協力するだけだ。確かに自分で説明するには話しづらい内容だし。

という訳で、より分かりやすくなるように、説明用に色々資料を用意した上で、フレドさんの目についての研究発表会をする事になった。聴講者は四人。街の外れに生産拠点が移って、すっかり私の個人的研究室になっている錬金術工房に皆を招き入れる。

最初は琥珀の「変化の術」って不思議すぎる現象に付随した例外として気になってたくらいなんだけど、調べてたら目の色の謎以上の事が分かってしまって。

それを調べている過程で琥珀の「変化の術」で目の色だけ化けられないのもこれが理由かな、と推測しているものもある。理由かもしれないものが判明しただけで、どういった原理で「変化の術」が効かないのかは分からないんだけどね。そもそも、琥珀の「変化の術」自体も全然仕組みが分からない能力なのだが。

「まず、こちらをご覧ください」

と言って、作業台の上に紙を二枚並べる。フレドさんの目を接写で写した画像の、拡大写真だ。片目ずつ、それぞれ一般的な書類位の大きさの紙に印画してある。濃いピンク色の、フレドさんの瞳の画像。

その下に、琥珀が化けたフレドさんの、緑色の目を同じサイズで印画したものを並べる。

「この画像を見て、皆さん何か気付いた事あります？」

フレドさんは私から先に答えを聞いて知っているので、他の三人に聞いてみるが、考えこんだ表情のまま返事がない。勘の良い琥珀も「ぬぬぬ」と何やら唸っているが、気付いた様子はなさそうだ。

あれ……？　私が気付いた時、とても興味深い発見だったので皆にも自分で気付いて「おお！」となって欲しくて問題風にしたのだが、失敗してしまっただろうか。

「……フレドさん、まつ毛すごい長いですね……」

神妙な様子でそう口にしたアンナに、耐えかねたエディさんがブフッと吹き出している。

「ちょ、ちょっとアンナさん、リアナちゃんが聞いてるの、そういう事じゃないですから！」

「っ、ふふ……確かにフレドさんのまつ毛は長いんですけど、そ、そこじゃなくて」

「リアナちゃんまで……」

正解を言いたいんだけど、アンナがすごく真剣な顔で言ったのが面白すぎて、今口を開くと思い切り笑ってしまう……！　私は何とか息を整えようと深呼吸した。

「おや……本物の方のフレデリック様の目は……虹彩が所々模様みたいになってるんですね」

「おお、本当じゃな。でもエディ、お主生まれた時からフレドと一緒にいたのに今気が付いたのか？」

「そうですね。フレデリック様の目をそこまで至近距離で覗き込んだ事もないので……」

「うん、俺だって自分の目にこんな細かい模様があるの、こうして見るまで知らなかったからなぁ。普通に鏡見ただけじゃこんな小さいもの見えないし」

「そうなのか？」

確かに、こうして拡大した写真をわざわざ見る機会がなければ、気付かないくらいの小さな点だ。肉眼で見ようと思ったら多分鼻がくっつくくらい近くに寄ってルーペも使わないと。今までフレドさん本人も気付かなかったのも仕方がないと思う。

しかしこれは印画の時のミスではないし、母斑……まれに虹彩に出来る黒子みたいなものとも違う。

「さらに、その模様のようなものをよく見てください。見やすいように、模様になっている部分以外を塗りつぶした画像がこちらです」

「ん～……」

「この模様、魔法陣に見えませんか？」

そう、普通はこう、瞳孔を中心に放射状の線のようになってるのだが、フレドさんの目は明らかに違う。しかも、その模様が何かの魔法陣に見えるのだ。古代神聖式と呼ばれる魔法陣紋様術に法則や様式が似ているが、まだそこまで確信はないのでこれは置いておく。

「さらにこれが、右目と左目、模様の部分だけを繋ぎ合わせたものです」

「確かに……特にこれを見ると、フレデリック様の目のこの模様、何かの魔法陣にしか見えません……」

「……ここの使用人寮で飼われてる猫のミオちゃんの背中のハート柄みたいに、たまたまその形に見える模様が目にあるとか……いえ、ここまで精密な魔法陣ですし、無理がありますね」

さらにもう一枚、資料をテーブルに出すと、アンナとエディさんが真剣な顔になった。こうして左右の目の模様を繋ぎ合わせると、まだ空白部分は残るものの本当に、何かの魔法陣にしか見えないのだ。これをただの偶然で片付けるのは無理だろう。

目の中に魔法陣がある、と先日伝えはしたが、改めて言われると気になるのかフレドさんは手で目元に触れていた。

「……リアナさんはこの魔法陣がどのようなものなのか、ご存じなのですか？」

「いや、私もまったく初めて見た紋様なので、分からないんです。ただ、ちょっとした実験を色々やって調べたら、確証ではないんですけど、恐らくこういった効果かな……くらいの事は分かってきましたが」

「なるほど。具体的にお伺いしても？」

「まずこれは描いたものを事象として発動させるものではないんです。魔法陣を非生物、例えば一般的な魔術回路や魔法陣に使われるテラック板などに描いても変化はなくて……」

などと話していたらいけない。琥珀がちょっと飽きてきてしまってるので、私は難しい話は抜きにして実践してみせる事にした。

別の部屋から持ってきたケージを、テーブルの上に等間隔で並べていく。合計十個。

「これは……ミミナガネズミですか？」

「む！　琥珀だってそのくらい分かってたぞ！　街の中や下水にもいる弱っちい魔物じゃろ」

「そうそう、琥珀が倒すような魔物じゃないけど、生態ちゃんと覚えてたんだね」

「真っ白いミミナガネズミなんていいるんですねぇ」

「研究用の品種なの」

エディさんと琥珀の言う通り、私が持ってきたケージの中には一つに一匹ずつミミナガネズミが入っている。一応魔物だが、魔石がある他は普通のネズミより一回り大きいくらいで、一般的な駆除剤や罠も効く。安定して増やせるし飼育と観察がしやすい魔物としてよく研究で用いられている。

私は更に、もう一つケージを持ってきた。

「そこに並んでいるケージのミミナガネズミは全部オスで、この中にはメスが入ってます」

「あら、お洋服着せてるんですか……こうして見るとミミナガネズミも結構可愛いですね。野生のやつに夜道で出くわしたりするとギョッとしますけど……」

アンナの平和な感想通り、このメスの個体は胴体部分をすっぽりと覆う黒い服を着せている。服というよりは、まぁ、構造的には穴をあけた袋なのだが……今そこは話に関係ないので置いておく。

「こうしてオスのケージから見える所に置くと……オスがメスを気にしてる様子が観察出来ます」

「知っとるぞ、他の魔物もな、メスがいると匂いに寄って来るんじゃぞ」

魔物の生態について、琥珀がアンナに説明してる様子を微笑ましく見守りつつ、話を更に進める。

「実はこのメスの背中に……この模様と同じものが描いてあるんです。それを目にしたオス達が、どういう反応をするかちょっと見ててくださいね」

フレドさんの左右の目の模様をつぎはぎして作った、魔法陣にしか見えない「何か」を描いた紙を指で示した後、私はケージの中に手を入れて、メスのミミナガネズミに着せていた黒い布を取り払った。

　背中の毛を剃って、魔術触媒インクで皮膚に描いた模様があらわになる。さすがにフレドさんの目と同じサイズでは描けないので、ミルカの実くらいの直径で描いてあるが。

「え」

「うわっ」

　元々メスの匂いに注目していたオスのミミナガネズミ達は、そのほとんどがこの「模様」を目にして明らかに興奮し始めた。まるで、ブル系の魔物の目の前で布をヒラヒラ振った時みたいに。

　中にはケージの金網に張り付いて、異常なほどの興味を示している個体もいる。それを見て、フレドさんが嫌そうな声を出した。どうしたんだろう……まるで自分の嫌な経験を思い出したみたいな表情だ。

「リアナ様……つまりこの模様は、目にした異性を引き寄せる力があるという事でしょうか？」

「確証はないのですけど、恐らくは……という感じです」

　一応、現時点で分かっている事について話していく。この模様に興味を示すかはかなり個体差がある事、魔力などを消費せず見るだけで影響がある事、非生物に描いても今の所何も観測出来ない事、この模様の空白部分が多い程効果は小さくなる事など。

　ちなみに、見て分かりやすいからメスのミミナガネズミで実演してみせたけど、オスにこの模様を描いても他のメスに似たような影響が観測出来た事も。

「確かに、フレデリック様のお悩みがこれのせいだと考えると、色々しっくり来てしまいますね……」

模様が描かれたメスに一番興味を示して、ケージの中を暴れまわってる個体を見ながらエディさんがぽつりと呟く。

「しかしフレデリック様も大層驚かれていたみたいですけれど、あらかじめこの魔法陣……とやらの力についてリアナさんから説明を受けていたのではなかったのですか?」

「いや……話を聞いただけで、こうして実際効果を目にした訳じゃなかったから……」

確かに、フレドさんに話した時は実演はせず、実験して得られたデータを見せながら口頭で説明しただけだった。

こうして生き物が実際反応している所はなかなか衝撃的だったようだ。

「神話時代の話ですけど、目を合わせてしまうと石になってしまったり、見つめられただけで真実を話してしまう目を持った神様がいらっしゃったじゃないですか」

「……それが、フレデリック様の目にも関係している……と?」

「分かりません。ただの思いつきなので……」

これは「そうだったら全部つじつまが合う」ってだけの仮定の話だ。

当然、研究に思い込みは厳禁なので、別の可能性も考えている。本当はこの模様もただの偶然で全然違う話かもしれない。環境条件など交絡因子の検証も全然足りていないし。

けど、なぜ琥珀が目の色だけフレドさんに化けられないのか……「神様にだけは化けられんのじ

ゃ」と言っていた琥珀の言葉が、私にはどうしても無関係と思えなかったのだ。そもそも、琥珀の
「変化の術」ってものがどんなものかすらも分かっていないのだけど。

目の中にある魔法陣について、フレドさんは自分で調べたり実験をするようになった。推測される魔法陣の効果について考えると、人に知られたら貴族や国に確保されて利用される可能性が高いので、情報管理にはかなり気を付けているが。

ずっと煩わされてきた原因がこの目のせいなら、どうにかして、普通に生きたい、と言っていた。

解毒薬を見つけるにはその毒について調べなければならないように、まずその目について細かく解析している。本人は「実家に居た時に基礎的な知識を学んだだけだけど」と言っていたが、とてもそうは見えない。街で一番の本屋に取り寄せてもらった魔法陣の専門書のおかげ、というのはフレドさんらしい謙遜だろう。

なので、あれからほとんど毎日、フレドさんと一緒に私の錬金術工房に通っている。工房での作業がない日は、使う素材を集めがてら琥珀と一緒に冒険者ギルドの依頼を受けたりもするけど。

私もフレドさんの研究に協力したり、自分の研究対象である人工魔石について改良方法を模索したり、密度の濃い生活を送っていた。

「俺の目、ここはパドゥナ遺跡の魔法陣の一部に似てるけど……そもそもこっちの遺跡の魔法陣もどういうものかまだ研究途中だからなぁ……効果を打ち消す方法を見つけ出すまで遠そうだ」

しかしフレドさんの研究は難航していた。無理もない、そもそも見た事もない魔法陣なのだから。

一応ちょっと似てる、と感じる古代神聖式の魔法陣紋様はあるが、こっちもあまり情報が残ってない存在なのである。まれに遺跡などから発見されるくらいだ。

魔法陣は、魔道具を作る際の魔導回路の元になった存在なので、優秀な錬金術師であるコーネリアお姉様の研究室になら資料があるかもしれないけど……。

あとは、古代神聖式の魔法陣紋様から生まれた「神聖新式」と呼ばれる魔法陣なら、現存している数はぐっと多くなる。けどこちらは現役の宗教施設で秘匿されて使われていたり、閲覧が制限されているものがほとんどで、やはり参照出来るものというと限られてしまう。

法則性を得るためのサンプル数が絶対的に足りないのだ。

自分の目の拡大写真と、数少ない資料とを見比べていたフレドさんはまたため息を吐いた。

けれど、フレドさんが自分で調べ始めて新しく分かった事も多い。効果がある個体に対しては、一度目にすると、後から魔法陣を隠しても何故かあまり効果がない事とか。

「あとどんなに微かにでも、見えちゃってると影響が出る個体には出ちゃうんだよね。最初から透けない黒い布とかで覆っとくと反応しないんだけど、色付きガラスとかすりガラスだと意味なくて。確かに俺も顔隠そうとして色付き眼鏡かけてた事あるけど、あんまり効果なかったしな……」

あの魔法陣の力は余程強いらしい。

でも、自分の体だからと結構攻めた実験もしてるので、そこは心配だ。体は大事にして欲しいので、あまりに過激な事をしようとしていたら私が止めないと。

現在はこれが、目にしてしまうだけで効果が出る魔法陣だと仮定して……とにかく検証を繰り返していた。つまり、一番古典的で地道な……魔法陣を描いて、どこかに線を一本足したり、はたまた消したりして、そうしてどのように効果が変わるかを調べている。現在は解析の段階だ。ただ、古い魔法陣では線一本で効果が反転するような事もあるので、慎重に、だが。

魔法陣の効果を完全に打ち消す反証魔術が作れたら一番安全なのだけど、これがどういった原理でこんな力を持つのか分からないので、それは無理な話だ。……そこまで完全に解明されるのは大分先の事になるだろうな。

しかし……そもそもこれは「魔法陣」と呼んでいいのだろうか。それすらも私には分からない。だって、右目だけ、左目だけで見ると紋様はそれぞれ虹彩の四割ほどしかないのに。普通の魔法陣なら、全体から見て面積の一割も欠けていたら魔法陣が成立しないのだが。フレドさんの目にある「これ」は、この状態で一体どうして発動しているのか……。

分からない事だらけだ。

「う～ん……」

「この環境でこれ以上調べるのは、難しいと思うんです。あの……前にちょっと話したと思うんですけど姉が……国で一番とも呼ばれる錬金術師なので。魔法陣についても私より詳しいですし、聞いてみましょうか」

現在家族とは全員険悪だという自覚はあるけど、錬金術師として質問状を送れば「聞いても何も教えてくれない」にはならないと思う。向こうもプロなので。

「いや……俺の方で、こういう古代……か神代か、大昔の魔術関係の話に詳しい人に聞いてみるよ。錬金術師の魔導回路と魔法陣だと、やっぱり専門違うし。実家の関係者なんだけど、エディ経由で意見を聞いてみようと思う」

「そんな……政争が落ち着いたらしいとはいえ、リスクを冒すべきではないですよ。フレドさんも前はそう言ってたじゃないですか」

ずっと困っていた事に、解決手段かもしれないものが見えて焦ってるのかもしれない。そう思った私は、フレドさんらしくないな、と思ってつい、そう尋ねてしまった。

言葉に詰まったような素振りを見せたフレドさんは目をウロウロさせて、観念したようにぽつりと呟いた。

「……俺がこの変な目の力を封じるか、無効化するか……その方法を早いとこ見つけ出したいのは、母親のせいなんだ」

「フレドさんの……お母様のため？」

「いや、ちがう。あの母親の『せい』なんだよ」

珍しく、強くそこを否定したフレドさんは言葉を続ける。

「多分あの人も、俺と同じ目を持ってるから」

「……え？」

たった一言だけなのに、衝撃的な話過ぎてなんて答えたらいいか分からない。フレドさんのお母様……一応、ミドガラントの……皇妃という方になるのよね？　それに、どうして母親の「せい」になるのかも、その目が持つ不思議な力を、多少の無理を押してでも無効化する方法を探す理由になるのか。

分からないまま、フレドさんの次の言葉を待った。

「おかしいと思ってたんだ。なんであんな人に熱狂的な取り巻きが結構な数いたのか。そんな魅力は何も……むしろふるまいや言動だけ見てたらとっくに幽閉されてるくらいの事を……俺が知ってる限り十八回はしてたのに。まともに罰せられた事もない。同じと言うか、多分俺より強いと思う」

見てる限り、フレドさんも女性からとても好かれる。その現場を何度も見てて「物語に出て来る人みたいな話だな」と思うような感じなんだけど、それよりもすごいなんて。私は思わず息を呑んだ。

「エディには話したんだけどね。あの人も目の色が同じ、この珍しいピンク色だってのがきっかけ。証拠は何もないけど……俺は確信してる」

弟さんの事を話す時には感じられた肉親への親愛の情が一切感じられない。フレドさんが自分のお母様の事を「あの人」と呼ぶ声に胸がギュッとしてしまう。

でも、フレドさんがそんな態度を取るなんて絶対理由があるはず……。

「……あの人は、俺とは逆に、おかしくなる人を喜んで受け入れてたと言うか……その異常な執着を利用してた。質《たち》の悪い我儘《わがまま》を無理矢理通して……今でも周りにそうやって迷惑をかけて生きてるのも聞いたんだ。この変な力のある目をどうにか使えなくしないと……」

フレドさんは、自分のお母様の行いについて、かなり思う所があるみたいだった。以前少し教えてもらったけど、確かに聞いてるだけでも不安になる話ばかりだったので止めたいと思う気持ちは分かる。

「で、でも、そんなのフレドさんの責任では」

「いや、逃げて、全部押し付けてきた俺の責任だよ。こうして原因っぽいものが見つけられたのはリアナちゃん達と出会えたおかげだけど……だから、この目をどうにかする方法はなるべく早くに突き止めたい」

フレドさんがリスクを冒してでも、その目が持つ不思議な力を出来るだけ早くどうにかしたいと思う理由は分かった。

根を詰めすぎてるようにも見えたのは、やはり私の気にしすぎではなかったようだ、エディさんには後で相談しておこう。

「俺も実験に行き詰まってたし、もう今日はこの辺にして帰ろうかな～」

「そ、うですね……私も、明日は遠出する予定ですし、今日は帰って休息に当てたいと思います」

自分の母親の事を話しながら、冷たい目をしていたフレドさんがぱっと表情を戻す。私はそれに安心してしまって、「お母様の話はまた違うタイミングで聞こう」と呑み込んでしまった。

そう、今日は予想外の話を聞いたし、さらに深い話は分けた方が良いだろう。だって、話してる時フレドさんもつらそうな顔、してたし……。

明日は琥珀と二回目の泊りがけの依頼があるのだ、怪我の元になりかねない、頭を切り替えて今日は休もう。今回も野営はしないが、二泊するので用意しなければならない荷物も多い。それも、宿屋ではなく宿泊施設として利用出来る教会の巡礼室を借りる予定なので、自分達でやらなければならない事も増える。部屋を退室する時に掃除するとか、他にも部屋を使う時の規則が色々。

寝床は提供してもらえるが、食事は自分で用意する必要があるので、三日分の食料も持って行かなければだし。

自分でも無理矢理別の事を考えてるとは分かっている。

どうにかする方法が見つかったら、フレドさんはどうするつもりなんですかって。私はそれを聞くのが怖くて、とうとうその日は聞けなかった。

第四十八話　非日常の日

「山じゃないくせに、ここいらも結構寒くなるのう」

「ここは平地じゃなくて、周囲を山に囲われてる、大きな盆地だからね。盆地が全部そうって訳じゃないけど……この辺りは山から吹き込む風で夏は暑く、冬は寒くなる、季節の変化が激しい土地なの」

「げぇ。暑いのは嫌いじゃ」

近くの街まで通っている乗合魔導車でやってきた私達は、依頼を受ける村に向かう獣車に揺られていた。週に一度街で市場に参加している方の荷台に、荷物と一緒に乗せてもらえるようにこの依頼を回してくれた冒険者ギルドが手配してくれたのだ。冒険者ギルドの職員の業務には、こういった依頼のサポートも含まれる。いつもお世話になってます。

ガタガタ、土がむき出しの、石畳で舗装されてない道に入って揺れが大きくなる。

こうなるのは大体予想してあったので、衝撃吸収性のクッションを二人分持ち込んでそれに座っているが、これがなかったらどうなっていた事か。

琥珀は初めて乗る獣車に最初は興味津々だったが、もう飽きてしまったみたいだ。でも揺れるから眠くもならなくて、ちょっと退屈そうにしている。

リンデメンの街では過去糞害《ふんがい》などの問題もあって、馬車や獣車は敬遠されているが街以外だと魔導車を見る方が珍しい。特に、馬よりも頑丈で力の強い、家畜化された魔獣が好まれる状況も多いし。

特にこのボーンカウと呼ばれる魔物は草食で、一応魔物に分類されるが気性が穏やかなのでよく農耕や獣車に使われている。餌は基本植物ならなんでも、木の枝でもいいなど、馬よりも飼育が楽なのも長所だ。

馬車の方が速いとか、そちらはそちらで強みがあるが。

私は振動と揺れが強すぎて、あんまりおしゃべりする気になれずに口数が少なくなっていた。うう、クッションだけでは相殺出来てない……これは改良が必要ね……。獣車の周りを警戒しがてら遠くを見ながら、必死に気を逸らして過ごした。

「やっと着いたのじゃ～」

「乗せていただきありがとうございました」

「……ありがとうなのじゃ」

「おう、良いって事よ。二人とも、うちの村に出る害獣を退治してくれるんだからな」

降りてすぐさま駆け出しそうになった琥珀は、ここまで乗せてくれた商人さんに感謝を告げている私を見るとハッとした顔で立ち止まって、きちんとお礼を口にした。最近、言わなくても、自分を見直してマナーや礼儀を守れる場面が増えたなぁ。

ちなみに、私達の受けた依頼は「最近畑に増えた害獣の駆除」だと勘違いされているが、そのままにしている。本当は「害獣が村まで出てくる原因になった、最近森の奥に居付いた魔物を討伐する」が目的なんだけど、金級冒険者だってあんまり積極的には言いたくないので。

でも私達が原因を排除出来れば、縄張りを追われて村まで来てしまう獣もいなくなるだろう。冒険者が魔物以外の普通の動物を討伐しすぎてしまうと、村の狩人達の生計に影響が出てしまうので、今回はなるべく普通の野生動物には手を出したくない。

「じゃあ、教会で巡礼室の鍵を借りたら、暗くなる前に薪《まき》になる枝を採って来ないと」

「なんじゃと？　今日拾ってきた薪なんて、部屋の中の竈《かまど》で使ったら煙たくてかなわんぞ」

「教会で、採ってきた木材と乾燥させてある薪とを取り換えてもらうためのやつでしょ。……さては琥珀、魔物のとこ以外ちゃんと読まなかったわね？」

「え、あ。違うぞ。うっかり忘れてただけじゃ。そうじゃそうじゃ、使う薪を交換してもらわないとな」

依頼書そのままではなく、琥珀が分かりやすいように私がまとめ直したものを渡してあったのだが。読んでる所は見たんだけど、この様子だとまた興味のある事しか覚えてないみたいだ。

魔物の急所や弱点はすぐ覚えられるんだけど、討伐証明部位はあやふやだし。別に完璧に覚えなくても依頼書を確認してその度必要な情報を見ればいいのだが、琥珀はそれも結構おろそかだからなぁ……。

パーティーでは役割分担があって、得意な人がやれば良いとは思うけど、それでも最低限の事は自分で出来ないと困るのは琥珀だからね。

その夜、ホテル暮らしにすっかり慣れ切ってしまっている琥珀は寒い寒いと騒ぎ立てて、私の寝床に潜り込んできた。

「琥珀はもっと寒い国から来たんじゃないの？」

「動いてる時は寒さは感じないのもあるが、琥珀の郷《さと》は今使ってるホテルみたいに屋敷の中に入ればぬくくて薄着になれたし、布団だってもっと厚くて柔らかかったのじゃ。なんじゃここは。家の中なのにこんなに寒いなんて」

正直、私も隙間風はあるし部屋の中なのに寒いなと思っていたので、ちょっとお行儀が悪いけど琥珀の提案に賛成した。しかし残念な事に二人でくっついてもまだ寒かったので、寝台の上に、本来は使う予定のなかった野営用の寝袋を出してその中で寝る事にした。

だって、寝具も薄くて……あのまま寝たら体調を崩しそうだったから。こうなると分かっていたら、寝袋を干しておいたんだけど。

ここには二泊する予定なので、明日も琥珀を湯たんぽにして寝るのは決定だな。野営を教えるのはまだ先だと思っていたけど、今回みたいに設備の整った宿を使えない依頼もあるだろうし、早急に琥珀用の寝袋を作らないと。

私はそんな事を考えながら、冷たい空気が頬を撫でるのを気にしないようにして眠った。


ふわ、ふわ……。

何だろう、この極上のふわもこは……？

私は自分の頬を撫でる柔らかい感触に引き上げられるように、目を覚ました。

うっすら目を開けた先に映る、寒くて薄暗い室内に見覚えのない天井。何処、と思いかけてふと我に返る。ああそうだ、泊まりがけの依頼に来ているんだった。

しかしここで、目が覚めてからも消えないふわふわの感触に気付く。視界の端に映っているのは黒っぽい何かだが……眠くてぼんやりした頭のまま、顔の近くにあるそのふわもこに手を伸ばす。

既視感のあるさわり心地に、その正体がやっと分かった。琥珀の尻尾だ。私の顔に触れてるのは先端の黒い毛皮の所か。

何回か触った事はあるけど、頬ずりした事はないので感触で分からなかったようだ。


「んぅ……」

寝袋の口からもぞもぞと出る。何故琥珀の尻尾が私の顔に当たるのか……と不思議だったが、それもそのはず、琥珀は中で上下逆さまになっていたのだ。

すごい寝相だ……どうやったらこの狭い寝袋の中で器用に逆さまになれるのか。さらに言うと、よくそれで起きなかったなぁ……と自分にも感心してしまった。

「琥珀、朝だよ。今日は朝から依頼に行くんだって張り切ってたでしょ」

「う～ん……むにゃむにゃ……」

「琥珀～」

「……もう食べられないのじゃ……」

寝袋の奥から聞こえるくぐもった声。全然起きそうにない琥珀に諦めて、ちょっと強引な手段を取る事にした。寝袋の口から見えている琥珀の足を掴んで、中からずるずる引っ張り出す。

「おはよう、琥珀。顔洗いに行くよ」

「うう……寒いのじゃ……」

やっと覚醒した琥珀がのそのそと体を起こす。

寒かったせいとはいえ、朝早くに自分で起きられたので達成感があるな。いつもアンナに呆れられるくらい寝起きが悪い私だけど、自分が率先してしっかりしなきゃいけない状況だときちんと起きられるのね。

……あれ、という事はつまり、私普段はアンナに甘えているって事？

ちょっと都合の悪い真実に気付きかけたが、私はその事実に知らんぷりをしたまま、まだ眠そうな琥珀を促して、教会の裏手にある井戸に向かったのだった。

「琥珀、そんな濡れた指で顔を触るだけじゃなくて、ちゃんと洗わないとダメよ」

「うう……だって水が、水がちべたいのじゃ……」

琥珀が井戸の横の水場で尻尾を丸めて嘆いていたので、手を止めてそちらを見た。私は先に顔を洗って、今日自分達が使う分として借りている巡礼室に持っていく分の水を汲んでいた。蛇口をひねれば温かいお湯の出る、生活魔道具のある暮らしに慣れ過ぎてしまったようだ。

冷たい水で顔を洗うとシャッキリ目が覚めるから私は好きなんだけど、「冷たいから」と琥珀に不潔にされては困るな。

それに、解決する手段があるのにわざわざ無駄に我慢をする必要はない。

「琥珀の『狐火』で、水を温めればいいじゃない。燃やしたくないものは燃やさない、便利な力なんだから」

「琥珀の狐火をか？　水なんかを燃やそうとしたらドーンッて辺り一面真っ白になって手桶がはじけ飛んでしまうぞ」

水を目標物にして「燃やす」って認識すると水蒸気爆発になっちゃうのかぁ……。

「……えっと、そこまで高い温度にしないで、加減してお風呂のお湯くらいにすればいいんじゃないかな？」

「むぅ……難しいのじゃ……いや、でも琥珀は天才じゃからな。やってやれん事はないと思うぞ。よし」

「いや、やっぱりいきなりはやめておこう。練習で教会の桶を壊しちゃったら申し訳ないし」

「でも、好きな時に水をあったためられるのは便利じゃな。そんな事思いつきもしなかったが、狐火の良い練習になりそうじゃし」

練習はもしもの事があっても周りに影響がない時にして、今回は私がお湯を用意してあげる事にした。

「リアナの火の魔法を水の中に入れるのか？」

「琥珀の狐火と違って、そのままだと桶を絶対焦がさないか不安ね……」

もちろん、気を付けてやれば大丈夫だと思う。でも何事も「絶対」はない。

桶の中の水に手をかざし、自分の魔力をわずかに水に含ませた。その、自分の魔力を含んだ水まで「体の延長」として意識して扱えば、望んだ通り桶の中からポヨンと水球が浮かぶ。

もう片方の手をその水球の真下に差し出して、今度は手の平の中心から火を出す。単詠唱で出した、使った魔力の分だけ燃焼する簡単な魔法である。「火よ《エス＝イグニ》」

辺りの空気は寒く、私が出したお湯からほこほこと白い湯気が出始めた。お風呂にはぬるいけど、顔を洗うならこのくらいでいいだろう、と浮かべていた水球……いやお湯球を桶の中に戻す。

「琥珀がお湯を作る練習をする時も、これなら入れ物が壊れないか心配しなくて済むよ」

「はぁ……リアナ。琥珀がいくら天才とは言っても。そりゃ妖術に関しては天才だけどな、出来ない事もあるんじゃぞ」

湯気の立つ桶からお湯をすくって、今度こそパシャパシャと琥珀は顔を洗っている。どういう意味だろう。

「え……今、私何か難しい事してた？　だって、どちらも初級の操作系と火の魔法を使っただけじゃない。琥珀だって『狐火』と『狐雨』って火と水の力が両方使えるでしょう？」

「相剋《そうこく》のものを普通は一緒に使えないんじゃぞ」

私は本気で分からずに尋ねたら、琥珀は「やれやれ」と言ったように肩をすくめてそう言った。

相剋、というのは琥珀の使う術の技術体系で使われる単語で、私達の使う魔法で言う所の「反属性」になる。私も、簡単な事だとは思っていない。親和性の高い属性同士……例えば「火属性の魔法と風属性の魔法を一緒に使って威力を高める」なら一般的に使われているけど……。

「い、いや、それは一般的にはそう言われてるけど、でも難しいってだけで……」

「難しすぎて、練習したってそんな事出来るようになる魔法使い、そうそうおらんぞ。それに、力任せに水と炎を同時にぶっ放すならともかく、両手でそんな細かい調整しながら全然違う事をするのは琥珀に向いてないのじゃ」

琥珀にそう言われて、「確かに……」と納得してしまった。琥珀の方が自分どころか私の能力をきちんと認識して「それは普通は難しいんだぞ」なんて言われてしまうなんて、ちょっとショックだ。

とりあえず、入れ物を壊さずお湯を作る件は、魔物をキレイに倒すための手加減に生かせるから、と周りに人が居ない所で空いた時間で練習する事になった。

冬だから、葉が落ちて身を隠しづらくなってるなぁ。

落ち葉を踏んで足音を立てないように気を払いながら森を歩く。先導は琥珀だ。森を歩くのは上手いし、身長差があるので、私が後ろの方が視野的に都合が良い。

常緑樹は残ってるけど、身をひそめるのに都合の良い低木や茂みはない。今回討伐するのは最近奥の方からやってきて森の浅部に出没している熊タイプの魔物なので、こちらが先に視認して、気付かれないまま初撃でどれだけダメージを与えるかが大事になって来る。こんな大きくて力の強い魔物とまともに向かい合って戦うのは得策ではない。まず、浅部とはいえこの広大な森の中、その魔物を探す所から始めるのだ。

情報提供者はこの村の猟師で、遠目で視認して接触しないように風下からすぐに逃げたので、熊型の魔物のどれか……までは分かっていない。毛皮が黒かった事と、一応過去の例を見る限りアビサル・ベアじゃないかと冒険者ギルドは言っていたが。

一応、そのさらに上位種の魔物であっても対応出来るように持ち物は整えてきた。自分でも「そんな上位の魔物が縄張り争いに負けてこんな人里の近くまで来るわけない」とは頭では分かっているのだが、様々な事を想定した用意をしてないと落ち着かなくて。

少し離れた所、樹の皮に爪とぎ跡があるのが見えて足を止めた。熊型の魔物の爪痕だ。琥珀も気付いていたようで、立ち止まっている。

爪痕を付けているという事は、ここを縄張りと認識している事になる。熊型の魔物は日中獲物を探して縄張り内をぐるぐる移動するので、爪痕を辿って足取りを追いかけた。

こういう時、新しい痕跡かどうかを臭《にお》いで素早く正確に判断出来る琥珀の存在はとても有難い。

樹に付けられた爪痕を追っていた私達は、少し地面が湿り気を帯びてきた一帯に差し掛かった頃に、目当ての巨体を見つけた。やはりアビサル・ベアか。

ほぼ無風だが、アビサル・ベアのいる方角が風上。丁度何かを捕食しているみたいで、周りへの警戒がおろそかになっている。最近奥から出てきたなら、この森の浅い所では敵になるような魔物と出会っていないからだろうな。

私は声を出さずに、ハンドサインで指示を出して琥珀と別れる。あらかじめ、どう行動するかは決めていた。

琥珀も、アビサル・ベアを挟むような位置取りに移動が完了したのを確認して、強襲のタイミングを見計らう。取り出した矢の矢じりには、魔物に効く麻痺《まひ》毒を溝に仕込んである。当然人にも猛毒なので、扱いには注意を要するが、何倍もの体格の魔物すら相手に出来る文明の利器だ。

私は毒を仕込んだ矢を弓につがえ、ゆっくりと引き絞った。無駄な力が入らないように背中で支えて、腕は照準を合わせるために使う。

矢の威力を上げる風魔法をゆっくり、糸を編むように丁寧に構築する。

息は止めず、細く静かな呼吸だけ残して狙う先を見つめる。……狙いを定める時にいつも思う。自分の脈ってなんて大きいんだろう。

「……ッグアァアア!!」

顔の横の空気がヒュンと鳴る。捕食中の獲物に夢中になって頭を垂れていたアビサル・ベアの首に矢が一本生えた。突然の痛みに呻《うめ》いて体をひねり、顎が上がった所でもう一射。先ほどは側面から狙えなかった腹を狙う。もう一本の矢が深々と突き刺さった。

「ガァ、ガウァアアアアッ！　グウッ?!」

「火《エス＝イグニ》よ！」

アビサル・ベアは敵がいる、と判断してすぐさま私が身をひそめる倒木に向かって走り出した。これも想定通り。その勢いを殺すために鼻先に向かって小さな火の塊をぶつけて一瞬視界を奪う。こんな小さな魔法では毛皮に焦げ目すら付けられないのは承知の上、目を眩ませた隙に弓を倒木の陰に置いたまま横に跳んで、樹を盾にして更に距離を取る。

私を追わせて方向転換を誘った事で、体勢が崩れた所に琥珀が背後から攻撃を仕掛けた。

「背中が……がら空きじゃ！」

「ッグルル……!!　グゥ、グアァ……！」

あ、また無駄に掛け声なんか付けて。これはまた後で注意しなければ。

後ろ脚の腱《けん》を切られて地面に倒れ伏したアビサル・ベアは、自分を傷付けた存在が目の前の奴らだと理解しているようで、怒り狂って歯をむき出しにしながら前脚で地面を押して首を持ち上げようとしていた。

しかし、最初に撃ち込んだ毒が全身に回って来たみたいで、どんどんのたうつ動きも緩慢になっていく。そのうち呼吸も浅くなり、大量に涎《よだれ》を垂らして動けなくなった。

「毒なんて使わなくても、琥珀一人でも余裕で勝てるのにの～」

「油断しないの。血の臭いに誘われて、他の魔物や動物が寄って来ないか警戒も忘れずにね」

「はいはーいなのじゃ」

一撃で仕事が終わったのが大層不満らしい琥珀はそう口にした。

確かに琥珀の実力を考えるとそれが出来るとも思うけど、でも何かミスをすれば怪我をしかねない相手でもある。安全に倒せるのに、わざわざ危険を冒す必要はない。

ちゃんと依頼を受ける前に話し合って決めた事なので、琥珀のこの愚痴は単なる甘えだと私も分かってるけどね。

「じゃあ、討伐証明部位と、魔石、素材をいくつか回収するから、周囲の警戒はお願いね」

「任されたぞ」

完全に動けなくなったのを確認してから近付いて、安全に止《とど》めを刺してからすぐさま解体に取り掛かる。アビサル・ベアは討伐適性ランク金級の強い魔物だが、貴重な錬金術の素材にもなる。魔法薬ではこのアビサル・ベアの胆のうがないと作れない薬もあるくらいだ。

あと、魔物の血は錬金術の素材としてはいくらあっても困るものじゃないから、ちょっと持って帰ろう。

それにしても、この個体はオスで良かった。メスだったらこの時期は出産してておかしくないから。この広い森から巣を探さないとならない所だったし。

実は毛皮も結構高値で売れるのだけど、このままだと私達の拡張鞄には入らないし、そのまま持って帰るのは無理だし、そもそも苦労して持って帰った割には「裕福な人が床などに敷いて装飾として楽しむ」くらいなので、捨てていく事にした。

実際、討伐報酬と魔石で十分利益は出るし。

アビサル・ベアの喉元に刺した管と繋がったボトルに触れる。普通の動物とは違う、魔物特有の真っ黒な血液が溜《た》まっていた。

「悲鳴じゃ」

解体する私の代わりに周囲を警戒していた琥珀が呟いた言葉に、私は反射的に顔を上げた。どこからか、一人か複数か、声に出して思わず尋ねそうになったのを堪える。琥珀が耳を澄ませて聞いている遠くの音をかき消してしまわないように。

「あっちじゃ。金属の音はしないな。声は男が三人」

という事は、武器を使った打ち合いは起きてない。人相手……犯罪ではない可能性が高い。

「村じゃないね。穀倉地帯の方に向かう街道かな……」

「先に向かっとるぞ」

「琥珀、」

「分かっておる。魔物でも人でも、琥珀が手こずりそうな相手だったら引き返す。まぁ万が一にもないじゃろうがな。人命優先、自分の身はもっと優先、じゃろ？」

私に言われずとも、教えた事を覚えてて復唱してみせた琥珀。私は琥珀なら大丈夫だ、と確信して先に行かせた。私も解体で使った道具を手早く片付けて、後を追いかけるため駆け出した。

獣道をするすると走っていったらしい、琥珀から伸びる魔力痕跡を辿って森を走る。

森の切れ目が見えてくると、私の耳にも喧騒《けんそう》が聞こえてきた。琥珀の声……と男の人の悲鳴。

牽引していた動物が逃げて車輪が壊れて傾く幌《ほろ》付きの荷車と、地面に倒れてる冒険者らしい男性と、もう一人足を押さえて座り込んでいる男性が見えて、なんとなく経緯が分かった。車輪の故障で停止した所を魔物に襲われてしまったようだ。

アイエン・ファングか。数頭は琥珀が仕留めたようだが、ぱっと見でまだ十頭はいるのが見て取れた。

倒れた男性を庇う位置に立って奮闘する琥珀に……短槍《たんそう》を持った冒険者装備の少年がなんと言うか……すごく錯乱していた。

「ひい、ひぃいい！　わぁああ！　やめろ、やめろ来るなぁぁぁっ！」

「おい、お前！　後ろに引っ込んでろ！　こら！　聞こえんのか！　のわっ?!」

「わぁああ！」

アイエン・ファングは群れで狩りをする厄介な魔物で、鞭《むち》のようにしなる刃物状の尻尾と骨も砕く牙が特徴の魔物だ。けどそこまで強くはない。

きっと、琥珀一人なら私が着く前に何とかなったんじゃないかな……。そのくらい、周りをよく見ないまま大げさな動きでやみくもに槍《やり》を振り回している少年が足かせになってるのが見て取れた。

動けない二人を狙っているアイエン・ファングから守りつつ仕留めたいが、すぐそばで刃物を振り回して右往左往している人がいるので思うように動けないみたいだ。

思った物だけ燃やせる便利な「狐火」だが、条件付けには多少の精神集中を必要とする。動き回る人を含めて複数人を守りながらでは流石に使う余裕がなかったのだろう。


なのでまず、私はこの場を掌握する。パニックが一番怖い。琥珀と私なら邪魔がいなければ、この程度の魔物を退けるのは容易《たやす》いのだから。

脅威を減らしがてら、ある程度の実力をアピールすればいいかな。まだアイエン・ファング達が私を認識していないこの状況で、矢を弓につがえて射った。琥珀達を取り囲んでいた群れの外周にいた一頭の胴体に刺さり、地面に縫い留める。

自分が何もしないまま「ギャンッ」と鳴き声を上げて倒れた個体を見て、琥珀が私が追い付いた事に気付き「リアナ！」と声を上げた。

「わぁああ?!」

「落ち着いてください！　私はリンデメンで金級に登録されている冒険者です！　森の中で魔物の襲撃に気付いて助けに来ました！　全員助かりますから、まず落ち着いて!!」

恐慌状態が頂点に達しているようで、助けに来た、と口上を述べた私に槍の穂先を向けて来る。

一応、服の下に隠していた冒険者ギルドタグも引き出して見せたのだが……全く意味がなかったようだ。ちょっと予定と違う。

ほんとにこれ、近付いたら危ないな。一頭じゃなくて、もっと遠くから数を減らせば良かった……。

「下がって……下がりなさい!!　死にたいの?!」

「ひぃいいい?!」

ザク、と少年の足に飛びかかろうとしたアイエン・ファングに矢が突き刺さる。

倒れてる男性の様子を見て、……とか役割を与えて武器を手放させようと思ったんだけど、手っ取り早い乱暴な手段を取ってしまった。人命第一なので。早く片付けて手当てをしたいし。

私の剣幕に怯えた少年は、尻もちをついてへたり込んだ。そのまま動かないでいてくれる方が危険がないので、とりあえず放置する。彼は怪我はしていないみたいだし。

「琥珀、そっち側の四頭お願い！」

「任されたのじゃ！」

琥珀達を包囲していたアイエン・ファング達は一転、琥珀と私に前後を挟まれた格好になる。

最初の一撃を与えた後弓はまた地面に置いて、藪払《やぶはら》い用に持ってきていた剣鉈《けんなた》を握った。邪魔がなくなれば手こずる事もない、私達はすぐさま残りのアイエン・ファングを制圧する。数頭森の中に逃げ込んだが、血の臭いのする中追いかける方が危険なので見逃した。

「魔物に襲われたのはここにいる三人で全部？　貴方と、倒れているこの男性の他に怪我をしている方はいませんか？」

足を押さえてうずくまっている男性に話しかけながら、頭から出血して意識を失っている男性の傷の具合を確認する。

良かった……傷は深くない。傷の具合と状況から推測するに、魔物にやられたのではなく転んで頭を打ったようだ。脳震盪《のうしんとう》を起こしているようなので、動かさない方が良いだろう。

琥珀は私が何か言うまでもなく、森の方から他の魔物が来ないかどうか警戒してくれていた。

「さ、三人だけだ……わしはファングに飛びかかられて、足を咬《か》まれて……血が止まらないんだ……」

座り込んでいた中年男性が声を上げる。脳震盪を起こしている男性も他にも怪我はしているが、他の傷は軽いものであるのを確認して気道確保してから一旦離れる。

しかし座り込んでいる男性を一目見て、深い怪我だと分かった。体の陰で、足から流れた血液が地面に水溜まりのようになっていたのだ。見ている間にも、水を入れた革袋の底に穴が開いているように絶え間なく、ふくらはぎのやや下を押さえている指の間から、鮮紅色の血が脈を打ち流れ出ている。

街に連れていくような時間的余裕はない。ここでまずどうにかしないと。

「!!　結構血が出て……まず出血を止めますね」

「あ、ああ……」

「大丈夫ですよ、私は大怪我に使えるポーションも持っています。出血を止めたらすぐ街に戻れますから」

私は努めて、ごく自然な調子で声をかけた。思いつく限りの「安心出来そうな言葉」もかけながら、魔物の咬傷《こうしょう》の対処方法を思い出して。こうは言ったが、ポーションを使うかどうかは傷の状態次第になる。

家族が手を出してない分野を収めよう、と医療についてたくさん勉強していて良かった。でもウィルフレッドお兄様の指揮する訓練に同行した時に医療班の手伝いもしたけど、ここまで出血をしてる怪我を実際手当てするのは初めてなので手が震えそうになってしまう。それをぐっと奥歯を噛んで堪えた。

怪我をして一番不安なのはこの男性なのだから、私がそれを助長するような態度を取ってはいけない。

「水よ《エス＝アクー》」

清潔な水を出して私の手と傷口を洗い流してから、出血している咬傷を服の上から渾身《こんしん》の力でぐっと握った。もう片方の手で、拡張鞄の中から医療資材をまとめてある袋を引きずり出す。

「いたたた……！」

「血を止めるためなのでちょっと我慢してくださいね」

「ああ……血が、これは全部わしの血か？　こんなにたくさん……っ?!　ベンゾの奴も、もしかして、死んじまって……?!」

「だ、大丈夫です！　たくさん血は出てますけど、助かる怪我です。あちらで倒れてる冒険者の方、ベンゾさんというんですか？　あの人も頭を打って気を失ってるだけでした。安静にしていればじきに目を覚ましますよ」

体の下の血溜まりに今気付いて自分の出血を自覚し、パニックになりかけた男性をなんとか落ち着かせる。もし暴れたりされると出血が増えてしまう。

「私は金級冒険者のリアナと言います。今日は依頼されてたアビサル・ベアを倒した帰りだったんです。あなたのお名前を伺っても？」

「わ、わしはゾッコ……この先の、コルトーゾ農園を経営しとる地主だ。いつもはこの道、こんな事はないはずなんだが……」

「それは運が悪かったですね」

「いや、アビサル・ベアを倒せるような冒険者さんに助けてもらえて運が良かったよ……いたた……」

「ところでゾッコさん、この怪我、結構深いんです。傷の奥を処置しないといけないので、少し切り開きますが、いいですか？」

「切り開……?! ポーションじゃ治らんのか？」

「血管が破れてるので、そうすると後からもう一度塞がった傷をまた切って、血管などを正しく縫い合わせる必要があります。この怪我なら止血だけして、街で縫ってからポーションを使った方が良いですよ」

もう一度切る、と聞いた男性……ゾッコさんは青い顔になって私の提案に従ってくれた。

良かった、説明を分かってもらえて。一般の人は大怪我にあまり縁がないからか、ポーションや治癒術が「使うだけで怪我が元通り治る」という便利なものに思われがちで、時々こうして齟齬《そご》が起きる。軽い怪我には確かにかけるだけでお終《しま》いだが、正しく、効果的に使うには知識が必要なのだ。

骨折を整復しないまま治癒術を使って、折れたまま「治って」しまった例などはとても悲惨になる。

本当に失血死の恐れもあるような急な出血の時は後で傷を開き直すのを承知でポーションを使う事もあるが、今回は該当しない。

私は安心させるために喋りながらも出血箇所に対してぐっと力を込めて、直接圧迫止血を実施していった。患部の奥の骨を使って、出血箇所をしっかり押さえつける。

しかし魔物や動物の咬傷は、傷の穴は小さく深くまで達しているので、血管から出血していた場合こうして上から押さえただけでは足りない。出血している血管を直接止血する必要がある。

「槍使いの人、そこの袋の中から黄色い紙で包まれたガーゼを出してくれます？」

声をかけたが、恐慌状態は戦闘が終わった今も解除されてないみたいだ。倒れている男性のそばから動こうとしないし、私の声は聞こえてないみたい。

琥珀には周囲の警戒をさせておきたい。私は諦めて、ちょっともたつきながらも、片手で袋の中から必要な物を取り出した。

「ちょっと痛みますよ、ゾッコさん我慢してください！」

「は、はい……ぐうっ……いだ……っ！　ぅううう!!」

必要最低限咬傷を切り広げると、出血している血管に直接触れるようにパッキングを行う。圧迫を維持しながら、止血材を含浸《がんしん》したガーゼを隙間なく、傷口の奥まで素早く指で押し込んでいった。

傷口にガーゼを詰めて、強く圧迫。そのまましばらく止血したら、上からぎゅっと包帯を巻く。

搬送中に傷口のパッキングが緩んで再出血しないように、副木《ふくぼく》をあてたら私がやる処置は一旦終わりだ。

「リアナ、血の臭いが大分広がっとる。早めにここを離れた方が良いぞ」

「そうね……」

しかし歩けない人と、意識を失ってる人と、腰が抜けてる人と。血の臭いで新しい魔物が寄って来る可能性もある中置いていけないし、私達二人では三人は運べない。

街道を使ってるなら発煙筒を持ってるだろうけど、街から救援が来るのを待つのもやはり怖い。

「しょうがない、荷車の車輪も応急手当てしちゃうから、琥珀……もうちょっと周りを警戒しておいて。あとアイエン・ファングの死体を街道の脇に寄せて、燃やして欲しいの」

魔石も採らずに燃やすのはちょっともったいないが、仕方ない。そんな時間はないし、このままでは他の魔物が寄って来てしまうからね。

今度は工具類を拡張鞄から取り出しながら、私は琥珀に新しい頼み事をした。幸い、軸受けが割れてしまってるだけだ。替えようとしていたらしい同じ口径の軸受けが落ちてるのを見つけたので、荷車に積んであったジャッキも使ってぱぱっと付け替えてしまう。一応街に戻るまでは持つだろう。

「分かったぞ。でも直してどうするんじゃ？　引いてたボーン・カウは逃げてしまっておるぞ」

臭いで何がこの荷車を引いていたのか言い当てた琥珀が、頼んだ通りに仕留めたアイエン・ファングの死体をスコップに乗せてヒョイヒョイと片付けていく。

「それなんだけどね……琥珀にちょっと頑張って欲しくて」

「？　何をじゃ？」

荷車の中は、街に物を売りに行った帰りだからか、重い物は載っていない。琥珀の怪力ならいけるはず……と計算した私は、どうやって全員を連れて街に戻るかを説明した。

琥珀の腕力ならいけるはず……という私の予測通り、無事男性二人を乗せた荷車は軽快に動いていた。

あれからすぐベンゾさんも目を覚まして、二人の怪我のちゃんとした手当てのために、彼らが出発してきた街に戻る事になった。

ベンゾさんは頭を打ったので、荷車の中で安静に。ゾッコさんも横になって、怪我をした脚を心臓より高い位置に上げてもらっている。

そして私と、腰が抜けてただけで怪我のなかった槍使いの少年……ペントさんは荷車に乗らず歩いていて、私は琥珀の負担を少しでも減らすために、荷車の後ろから押している。

「それにしても、リアナさんは当然として、琥珀ちゃんもすごいなぁ！　この荷車を引けるくらい力が強いなんて、ボーン・カウ並みだろ？　さすが金級冒険者だなぁ」

「むふー」

「それに比べて、護衛のくせに足滑らせて頭打って気を失ってたなんてなぁ。面目ねぇ。親父さんにも大怪我させちまうし……」

「そんな事言うなよ、ベンゾ。お前さんもわしも死なずに済んだ、良かったじゃないか」

「親父さん……」

　あれから血が止まって落ち着いたゾッコさんと、目を覚ましたベンゾさんに「命の恩人だ！」と大変持ち上げられた琥珀は、張り切ってぐんぐん荷車を引っ張っている。今の所あまり力は必要なさそうだが。

　あまりの興奮ぶりに、ゾッコさんの傷からまた出血してしまうのでは、と心配してしまうほどだった。

「俺も情けねぇが……ペント！　お前が残っていながらなんて事だ。ファングの十頭くらい、追い払うだけならお前でも出来ただろうが！」

「だ、だって俺……父ちゃんが倒れて動かなくなって、頭が真っ白になっちまって……」

　ゾッコさんは農園を経営している地主さんで、ベンゾさんはその農園の私兵。ペントさんはベンゾさんの息子さんで十三歳、今日が護衛デビュー初日だったらしい。なんとも運が悪い。

「ベンゾさん、誰でも初めからは上手く出来ないですよ。私も至らぬ所ばかりだと叱られてましたから。それに頼りにしていた師であるお父様が目の前で倒れたなら、慌ててしまって当然です」

「リ、リアナさん……！」

　思わずフォローする言葉をかけると、よほど参っていたのかペントさんは涙目になっていた。

　私も多分、目の前でお父様やウィルフレッドお兄様が気を失うような事があったら「私よりはるかに強い方達なのに」と気持ちがくじけて、動揺して実力が出せないと思うし。その気持ちは想像出来る。

「へへ……まぁ、金級を持ってるような冒険者様がそう言うなら……ペント、でもお前は鍛え直しだからな！」

「ひぇえええっ」

でも実際、追い払うだけならちゃんと対応すれば出来たのではないかな。しかし、大怪我をしてる人がいて、荷車の車輪も壊れて、修理が出来る知識と技術を持ったベンゾさんは失神中、荷車を引いていたボーン・カウも逃げてしまっていたので、やはり私達が駆けつけられて良かった。

ペントさんを元気づけるために口にした自分の話。私は初めての実戦の時どころか、それからもずっと叱られ続けてて、一回も認めてもらえた事がなかった……という事は黙っておいた。

「リアナさん……本当に、助かりました！　貴女《あなた》の手当てが完璧だったおかげで、傷が変にくっついてしまう事もなく、こうしてすぐに治療する事が出来て……わしらの命の恩人です……！」

「いえいえ。私は応急処置をしただけですよ」

ゾッコさん達を連れて、魔物の襲撃場所から戻ってササリ街の診療所に怪我人二人を送り届けた私達は、さっきまでこの街の巡察隊の人達に囲まれて、ゾッコさん達がアイエン・ファングに街道で襲われた件について報告をしていた。

街道に魔物が出るというのは普通ではない。原因として、近頃森の浅部に強い魔物が出ていて縄張りが狂っていた事、荷車に積んであった羊皮の処理が甘く、皮に残った肉の腐臭に釣られて森から出てきてしまったのではという推測も話した。

魔物は皆そうだが、ファング種は鼻がとても良いからね。

その巡察隊の人達にも、こういう事があったので救援に向かって、こうしました、と事実を話しているだけなのに「あの群れると相当手強《てごわ》いアイエン・ファング十頭を苦もなく倒すとは……！」

「いやそもそも、アビサル・ベアを倒せる冒険者さんだなんて」と散々診療所の外の往来で騒がれてしまって……。褒め言葉で今頭が破裂しそうなので、勘弁していただきたい。

琥珀がこの体軀《たいく》で荷車に男性二人を乗せて軽々引きながら街に現れたせいで群衆がずっとついて来るし……。それでまた「そうなのじゃ、すごいだろう！」なんて反応するので、余計に場が盛り上がってしまって、落ち着かせるのにとても苦労したのだ。

「その応急処置ってやつが大事だったって、治癒術師の先生が言ってたじゃないですか！　おかげでわしの脚がほら！　言ってた通り、縫ってからポーション使ったらキレイに治りましたよ！　血を止めてなかったら街に着くまでに死んでたし、下手な手当てをされてたら半月は歩けなかっただろうって……ほんとに、ほんとにリアナさんはわしらの恩人で……！」

まぁ、それはそうだったろうな。ポーションは体が持っている自然治癒力を無理矢理使うような形で傷を塞ぐので、続けて同じ場所に使うと極端に効きが悪くなる。

血管を縫ってないままポーションをかけてたら、後で縫い直すために同じ所を切り開く必要があるのだが、その切り開いた傷にポーションを使ってもすぐには治らなかっただろう。適切な手当てをして診療所に運べて本当に良かった。

それにしても、「命の恩人」は大げさすぎるので本当に止めて欲しいんだけど……「なんて謙虚な人なんだ！」って余計に感謝が大げさになりかけてしまい、私は諦めてちょっと恥ずかしくなりながら受け入れている。

「本当にありがたい事でした。ぜひお礼を……」

その後「我が家でお礼に宴《うたげ》を開きたい」なんて言い出されてしまって。過剰な報酬を渡されそうな気配を察した私は、なんとかそれを辞退しようと頭を働かせた。明日までは受けた依頼の期限内なのでそれをおいては行けないとか、アビサル・ベアが他にいないか調べないといけないのだと説明して、なんとか納得してもらう。

これで、冒険者ギルドを挟んでやり取りすれば終わるだろう。

上手くかわした私は、内心ほっと胸を撫でおろしていた。実際予定が詰まってるのも本当だし……。

「それでは、コルトーゾ農園の方で仕事をする時は是非うちに泊まってくださいね。宴の準備をして待ってますから」

「いえ、あの……そうですね。機会があれば」

「そうだ、冒険者やってるうちのせがれと末っ子なんですが。リアナさんと同じく普段はリンデメンにいるんですよ」

「そうなんですか、偶然ですね」

「ミゲルとミセルって名前で、幼馴染連中とパーティー組んでるんですが。わしの恩人だとよく言い聞かせておきますんで、何かあったら遠慮なく使ってやってください」

「……いえいえ、お気持ちだけで。それでは私達は、明日の依頼に備えて、確保してある宿で体を休めに戻りたいと思います」

　聞き覚えのある名前が出てきて、私は更にどっと背中に冷や汗をかいた。琥珀は「どこかで聞いた名前じゃの」なんて言っているが……。このゾッコさんがミセルさん達のお父様だったなんて、世間は狭いものだ。

　でも本当に良かった、家に呼ばれて宴、なんて事にならなくて。気まずいなんて騒ぎではない。でも……命の恩人だ、と私を持ち上げすぎのゾッコさん。ミセルさん達が実家に帰った時に、お父様の口から私の話と、自分達より下だと勘違いしてた私の本当の冒険者ランクを聞いてしまう事になるのか。……すごく憂鬱だ。どんな反応をするのかとか考えたくない。

　でもあの場で、名乗らず介入するわけにいかなかったし……仕方ない事だった。帰ったら三人に相談しないとだな……。

「リアナさん！」

　心は痛むがいつまでもお礼を言おうとするゾッコさんを遮って、琥珀の手を引いて立ち去ろうとした所に、ペントさんから声がかかった。

何かまだ用事があるのかな、と立ち止まって振り向く。

「あの……リアナさん」

「はい、何か言い忘れでも……!?」

「リアナさん……俺、いつか貴女みたいな強くて素敵な冒険者になります！　なので……なので、その時は、いえ……その時になったら言わせてください！」

「は、はぁ……？　えっと、褒めていただいてありがとうございます……その、頑張ってください……？」

謎の声掛けをされた私は、内心首を傾げながら今度こそ、その場を離れた。

「リアナ……フレドが罪作りだと言うが、お主もなかなかのもんじゃぞ」

「何の事？」

今日は初日で依頼も片付いたし、人命救助もしたし。自己評価の低い私でも大活躍だったなと思っていたのだが、何の罪を犯したのだろう。本気で分からなかった私は聞き返したのだが、琥珀から答えを聞ける事はなかった。

第四十九話　帰る場所

やっとリンデメンに帰って来た……依頼以外の事も起きたし、すごく疲れちゃったな……。

助けた人がたまたまミセルさんのお父様だったとか、大げさだってくらいに感謝されちゃった事とか、感謝されすぎて家に招待されそうになったのとか、色々。

あと巡礼室がやっぱり寒かったみたいで、体調が万全じゃない気がする。やっと帰って来た、と安心したせいか寒気を感じてきた。これは、今夜辺り熱が出るかもしれない。

リンデメンの外壁前で乗合魔導車を降りると、市場で甘いものを買って帰りたいと言う琥珀に自分の体調の事を話して、寄り道はせずに冒険者ギルドに向かって依頼達成報告を行う事になった。

「ダーリヤさん、ただいま帰りました……」

「英雄の帰還じゃぞ！」

「あら、リアナさん、琥珀ちゃん、お帰りなさい。……なんだかとても疲れた顔をしてるわね……？　何かあったのかしら？」

「ちょっと風邪っぽくなっちゃって」

「あら、昨日は寒かったからね。ギルドが用意した宿泊先はよく眠れなかった？」

「いえ、泊りがけの依頼自体にまだ慣れてないだけですよ。えっと、こちら……トネトリ村の森の奥のアビサル・ベア討伐証明部位です」

私はカウンターに、汚れないように紙で包んだアビサル・ベアの右耳を置いた。

「はい、確かにアビサル・ベアですね。あと売却する素材はある？　というより、もし良ければ肝臓を売って欲しいの。半分で良いからって……」

「毒を使ったんですけど、それでも良ければ。アコン＝イツムの塊根の毒なので、加熱するレシピなら使えます」

「助かるわ。リアナさんと琥珀ちゃんの仕留めた獲物の素材は綺麗だからとても評判が良いのよ」

書類に記入するダーリヤさんに「リアナとバッチリタイミングを合わせて、琥珀が熊の脚の腱を切って、一発で無力化してやったんじゃぞ」と琥珀が自慢し、ダーリヤさんが微笑ましそうに相づちを打ってくれている。

「あと……依頼中に魔物に襲われている民間人に手を貸しまして……護衛は私兵だったので、冒険者ギルドの他の依頼とは競合してません。簡単に顚末《てんまつ》を書いて来たので、詳細な報告書と、緊急依頼の申請は後で提出しますね」

「どれどれ……あら、十分きちんと書いてもらってるわねぇ。もうこれをそのまま書き写せばそれでいいわよ」

「ほんとですか？」

私から数枚のレポートを受け取ったダーリヤさんが、感心したようにそう答えた。

どうしようかな、明日もう一度来て報告書等を出すつもりだったんだけど。明日体調が回復してる保証はないし、今書いて行っちゃおうかな。

「書き写すだけなら私がやっておけるから、リアナさんはもう帰りなさい。顔色が悪いわ」

「あ……ありがとうございます。お言葉に甘えて、今日は早めに帰って休みますね」

私の体調不良を心配してくれたダーリヤさんに見送られて、その日は冒険者ギルドをすぐに出た。

次の依頼のチェックは、後日体調が良い日に改めて足を運ぼう。

「ただいま帰ったのじゃ～」

「ただいまアンナ……」

「琥珀ちゃん、リアナ様、お帰りなさい。あらっ……リアナ様、なんだかお疲れの様子ですね……。何かトラブルでも起きたのですか？」

やはりアンナにも一目で見抜かれたか。

私はかいつまんで、依頼の魔物は予定通り討伐したものの、途中で遭遇した怪我人を助けて、それが偶然ミセルさん達の父親で、すごく大げさに感謝されてしまってとても困った話をした。

診療所で治療を受けてるゾッコさん達に代わって荷車の番をするような形になり、往来で巡察隊に囲まれて事件の話を聞かれてそこでも称賛の嵐で、とても居心地の悪い思いをした事も。

「まぁ！　さすがはリアナ様ですわ！　これであの失礼な子も、父親の恩人のリアナ様に頭が上がりませんね！」

「もう、アンナったら。大変だったのよ。宴に招かれそうになるし……琥珀は御馳走に釣られそうになるし……」

「そうだったかの？」

琥珀はもう記憶に残ってないみたいだけど、私があの時内心どんなに焦ってたか、もう。

私の考えすぎじゃなければお見合いの斡旋《あっせん》みたいな事をされそうになってた事と、冒険者ギルドが手配した宿泊先がちょっと寒くて風邪を引いたらしい、という話までを私はやっと話した。

「昨日は冷え込みましたからねぇ。でも宿泊先の設備がそれでは困りますね。ここみたいな宿が依頼先にもあればいいのですが」

「このホテルと同じ水準は流石に求めちゃダメだけど……次は冬用の寝袋と暖房を用意するわ」

「それが良いかと思います。さ、リアナ様。今はとりあえずお休みください。後で寝室に蜂蜜と体が温まるスパイスを入れたホットミルクをお持ちしますね」

「！　おやつと一緒に琥珀も飲むのじゃ！　あ、でもあの変な匂いのする木の枝は入れなくて良いぞ」

「はい、では琥珀ちゃんにも、シナモン抜きで作りますね」

最近寒くなって来たのでよく登場するホットミルクにおやつをねだりながら、アンナを追って給湯スペースに向かう背中を見送った。

まだ寒気だけだが、本格的に具合が悪くなる前に治るといいのだけど。


「アンナ……？」

「あら、リアナ様起きてしまいましたか」

ホットミルクがやってくるまでもたなかったみたいで、私はベッドの中で布団にくるまってまどろんでいた。おでこにひんやり気持ち良い温度を感じて、うっすら目を開ける。アンナが私の熱をみるように、おでこに手をあてていた。

「ぐっすり眠ってましたね。もうお熱はないみたいで良かったです」

「ホットミルク……」

「喉が渇いているでしょうから、まずは白湯をお飲みください。ホットミルクは今作ってきますね」

「うん……」

寝起きのぼんやりした頭のまま、もぞもぞと体を起こす。二日ぶりにちゃんと暖房の効いた場所に戻って自覚したけど、寒い部屋で寝るのって結構体力が削《けず》れてしまうんだな。次からは「このくらい大丈夫」と思わずに寝る仕度をしなければ。

ホットミルクを作りに寝室を出て行ったアンナを見送る。もう外は真っ暗だった。しっかり寝てしまったみたいだ……。

「はい、温《ぬる》めにしておきましたよ。あとお腹が空いてらっしゃると思ってこちらもお持ちしました。簡単なパン粥《がゆ》ですけど」

「わぁ、ありがとうアンナ」

甘いホットミルクを飲み込むと、途端にさっきまで気付いていなかった空腹を感じた。尋ねると、既に階下のレストランも閉まっているような時間だった。琥珀ももう寝たらしい。

ホットミルクを作る鍋の隣でささっと作ったという、ほこほこ湯気を立てるパン粥も一緒に提供された。アンナの、私の事を私よりよく分かってる所に改めて感心してしまう。

「そうそう、フレドさんが伝えたい事があったみたいでしたよ。リアナ様が体調を崩して臥《ふ》せっているいると聞いたら、明日また来るとおっしゃってたので、急ぎの用事ではなさそうでしたが」

「そっか、悪い事しちゃったな……」

「体調不良は仕方ありませんわ。リアナ様はまずしっかり体を回復させる事をお考えください」

「うん……ありがとう。……実家に居た時も、いつもこうして看病してくれたよね」

「ふふ、どうしたんですか？　風邪を引いて心細くなってるのか、いつもよりリアナ様が甘えん坊ですね」

私が食べ終わった食器をお盆に下げながら、困ったように、でも少し嬉しそうにアンナが微笑む。

旅先でも「アンナに甘えてるな」と自覚する出来事があった私は、その指摘にまったく反論が出来なかったのだった。

「それで、フレドさん。どうなさったんですか？　話したい事があると伺ったのですが」

翌日、私は無事体調が回復したのでフレドさんがまたやって来た時、昨日聞けなかった話について尋ねる。急ぎではないと言っていた割には様子がちょっとおかしい。どこか思いつめたような表情をしている。

「……とが……」

「はい？」

「弟が……来るって……連絡が」

「ええ?!」

おとうとがくる。

咄嗟《とっさ》に、頭の中で言ってる事が文章として理解出来ずに固まってしまっていた。え……フレドさんの弟さんって、あの説明に出てきた方よね？　フレドさんの弟……ミドガラント帝国の、皇子様……。

「い、いつですか……？」

「分からない……『可能な限り最速の手段で』としか……でも手紙が届いた誤差を考えるとどんなに早くてもまだ一週間はかかると思うんだけど……」

なるほど、これが急ぎではない、けど確実に説明しなければならない事、か。

「クロヴィス様はどうやら、新聞記事の写真でフレデリック様を見つけた時からこちらに直接向かう事を計画していたようで……」

「ええ……帝国の皇子様がリンデメンに来るなんて、大騒ぎじゃないですか……！」

エディさんの説明に、アンナが悲鳴のような声を上げた。それは確かに……魔石事業が有名になってしまった時よりも騒ぎになりそうだ。フレドさんも渦中の人になってしまうだろう。

「あの、フレドさんを含めて私達は……この街で平穏に暮らしたいという要望を、クロヴィス殿下は全く理解しておいでではない……という事でしょうか⁇」

「アンナ、エディさんにそんな事詰め寄っても……エディさんのせいじゃないんだから」

「いえ、アンナさんのお気持ちは分かります。こちらの事情に巻き込んでしまい本当に申し訳ございません」

「とんでもない、私は今までフレドさんにはたくさん助けてもらってますから、そのくらい……」

「一応、クロヴィス殿下はお忍びで来るようです。今回表向きは別の理由でロイエンタール王国を訪問し、王都に滞在している事にして身分を隠してリンデメンを訪れフレデリック様と面会したいと」

「秘密で⁈　そんな事出来……割と出来ましたね……う〜ん……それならまぁ……」

出来るのか、と口にしかけて、つい先日お忍びでリンデメンを訪れたライノルド殿下という前例を思い出したアンナはしゅるしゅると勢いを引っ込めた。

あの時、本当に特に何も起こらず帰国まで終わったものね。魔石事業の勉強のために来た商家の息子と部下と名乗っていて、「貴族だろうな」とは周りも思っていたみたいだけど、本当の目的や身分は誰も勘付いた様子はなかったし……。

「いつ来るかが読めないのは分かりました。それで、何に乗って来るんでしょうか？　お忍びですよね？」

「一番早い手段、と言うからには王都からは魔導列車に乗るとは思うのですが……駅のある街からここまでは、恐らく魔導車を借りるのではないかと思います」

「まぁ多分そうなるよな……知り合いの、貸し魔導車手配してる商会に連絡とらないと……」

多分具体的な日時を言わないのは、あちらも分かっていないからかな。その場その場で一番早い便を取ったりするんだと思う。しかしその場合でも、高貴な方がお忍びで使う移動手段は限られている。定期運航してる乗合の魔導車や獣車に乗る訳にはいかないし、貸し出している魔導車の予約状況を知る事が出来ればある程度推測が出来るだろう。

馬車を含めた獣車も貸し出しがあるが、あれは御者ごと雇うので、お忍びであるなら知らない人を帯同させるのは都合が悪いし選ばないだろうな、と除外してある。

「そうなると、宿泊するのは確実にこのホテルになりますよね？　私も親しくなったこちらの従業員の方からそれとなく情報収集しておきますね」

何とも頼もしい発言だ。でもアンナの言う通り、もしフレドさんの弟さんが来る……となったら同じホテルに泊まる事になるはずなので、これであちらの動きを把握出来るだろう。

まさかエディさんみたいにフレドさんの部屋に泊まる訳にはいかないだろうし。

「とりあえず、何か分かったら情報共有するから……また俺の事情に巻き込む事になってほんと申し訳ない」

フレドさんのせいじゃないですから。それにご家族がフレドさんの行方を知った、とエディさんが来た時。正確には……仲の良いご兄弟だったけど、フレドさんが国に帰りづらい理由があると聞いた時から予想はしていた。

「しょうがないなぁ。じゃあしばらく毎食後のデザートはフレドの奢《おご》りじゃぞ」

だから気にしなくていいし、そもそも、その内拠点にする街を移動しようという話をしていたからちょっとくらい何かがあっても……。色々言いたい事はあったものの、フレドさんはそれでも気にしてしまいそうだな……と口ごもっていると、琥珀がカラッとした口調でそう言った。

「……はは、そうだな……しばらく俺のせいでごたごたしそうだから、お詫びをするよ」

「まぁ、ダメですよフレドさん、琥珀ちゃんの口車に乗せられては」

それはフレドさんの気持ちを軽くするとても良い一言だったが……「毎食後のデザートは甘いものの食べ過ぎです」とアンナに待ったをかけられてしまい、どさくさに紛れて甘いものをねだろうとした琥珀はがっかりしていた。

「それに、兄弟が遊びに来るなんて、普通の事ですから。お忍びでいらっしゃる弟さんに、こちらも普通に『友人のご家族』を歓待するだけで、迷惑なんかじゃありませんよ」

「ありがとう、リアナちゃん……」

エディさんからも、弟さんはフレドさんを連れ戻したい、という気はないと聞いている。弟さんにとっては五年以上も行方不明だったお兄さんでしかない。父も母もいたけど、唯一、お互いだけが「家族」だったと言っていたし。なら、居場所を知ったら直接会いたいと思うのも当然だと思うから。

フレドさん自身も会いたくない訳じゃないのも見て分かるので、私に出来る事があったら手を貸したいなぁ、と考えていた。

第五十話　非日常の襲来

フレドさんは弟さんと五年ぶりに会うのをひたすら不安がっていたけど、私達はそれほど心配していなかった。フレドさんも、会うのが嫌なんじゃなくて「どんな顔で会えばいいんだ」という悩み方なので、解決は本人にしか出来ないだろうし。

それより私達は、弟さんがこの街に着いてからの事に目を向けないとだ。

弟さんとの向き合い方に悩んで腕を組んで天を仰いでいるフレドさんは一旦横においておく。

「エディさん、クロヴィス殿下は……いえお忍びである事を考えて『クロヴィス様』とお呼びしてもよろしいでしょうか」

「そうですね、ご本人が望んだお忍びですし、過剰な敬称を付けなければ何と呼んでも差し支えはないと思われます」

「では……そのクロヴィスさんは何人でこの街にいらっしゃるんでしょうか？」

「それが、困った事に手紙にはその辺りが何も書いてないんですよね。最速の手段で……と言うからにはこの街に来るのは必要最低限の人数だとは思いますが」

「あら、それは困りますね。ご兄弟の再会を祝したディナーの手配をしようと思ったのですが……」

ロイエンタール王国に、ミドガラント皇太子として訪問する以上、急とはいえロイエンタール王都には使節団で来ているはず。お忍びなのでそこから数人でこちらに向かうなら……四、五人くらいか……多くても十人には満たない数だとは思う。

でも到着する日時も人数も分からないのはちょっと困るな。このホテルのレストランなど、「近い内フレドさんの弟さんが来る」って話をしておけば当日融通を利かせてくれそうな所もあるけど、来る人数によってはレストランの個室では入らないかもしれないし。

そもそも何時に着くか分からないのでディナーが出来るかどうか。先触れがあるとは思うんだけど……。

「手紙に『研究について話が聞きたい』と書いてありましたし、私は工場の見学とかが出来るように手配しておきましょうか」

「秘匿している技術もありますし、一応部外者ですから、文字通り話せる範囲について話すだけでご満足されると思いますよ。見学を希望されたらその時受け入れについて考えればいいかと」

確かに……フレドさんの弟さんの希望を聞く前に予定を埋めるべきではないか。でも来ると分かってるのに予定らしい予定が立てられないの、やっぱり居心地が悪いなぁ。

そんな中、真面目な物腰や外見に反して意外と楽天的な所が強いエディさんが、「常識外れの無茶を要求するような方ではないですし、まぁ何とかなりますよ」とすごい……心臓に毛が生えたような豪気な事を言っている。とても強い。

隣で不安そうにしているフレドさんを見ると、なるほど二人は良い組み合わせだなと感じた。私も悲観家でよくクヨクヨして弱音を吐いてるけど、アンナが元気付けてくれるし。

「そうだ、良い事を思いつきましたよ。エディさん、クロヴィス様の腹心の人数を教えてください」

「腹心？」

「はい。その人数を下回る事はないと思うので、少しはおもてなしの見通しが立てられるかと」

アンナの言葉になるほど、と思う。腹心の人数から大きくズレる事はないだろう。護衛の関係上一人二人は増えるかもしれないが、最低限の人数は予測が付く。

色々分からない中最良のおもてなしをしたい、と意気込むアンナだったが、さらに予想外の言葉がエディさんから告げられる。

「腹心……」

「ええ。部下はたくさんいるでしょうけど、今回はお忍びですし、フレドさんにとってのエディさんのような……特に信頼している人だけで固めると思うんですよね」

それに、エディさんは政争は落ち着いたとは言っていたが、フレドさんを担ぎ上げる勢力もいた。本人達は敵対を望んでなかったし、フレドさんは辞退したがっていたと本音を知ってる人じゃないと連れてこられないだろう。

腹心と呼べるのは多くても五人くらいかな、そう思ったんだけど、エディさん大分悩んでいる。

「……クロヴィス様の側近の方達ってそんなにたくさんいらっしゃるんですか？」

「いえ……腹心、そう考えると……いないんですよね」

「……えっ？」

「ええ？」

またしても予想外の答えに、アンナと二人、揃って聞き返してしまった。

「あの方は優秀過ぎて、自分にも他人にも厳しく……心酔している者も周囲に多いのですが……」

クロヴィス様にもフレドさんにとってのエディさんのような、幼少期から一緒に過ごす乳兄弟や、他にもご学友が何人かいらっしゃったようなのだけど……。優秀すぎるクロヴィス様に誰もついていけず、今も側近として仕えているものの、本当に「上司と部下」だけの関係で、心を許して信頼している存在……と考えると周りにいないらしい。

なので誰を連れて来るか、何人で来るか予測もちょっとつかない、と。

「ま……まぁ、そんなに大人数にはならなそうですし、ある程度幅を持たせて準備しておけばいいですね」

重くなりかけた空気を払拭するように、アンナがパッと表情を切り替えて明るい声を出した。そうよね、私達まで思い詰めては良くない。

「あの、アンナ、私……人のおもてなしを準備するの初めてだから、色々教えてね」

「ええ、もちろんです」

では明日から、いつ来ても良いように考えておこう、という話になって、この日はフレドさんから見た弟さんの話などを色々聞いていた。

「クロヴィスは子供の頃はチョコが好きだったな」なんて微笑ましい話も聞けた。「成長するにつれて周りの目を気にしてあまり食事も一緒に摂れなくなったから、今も好きかは分からないんだよね……」なんて胸が苦しくなるような一言もあったけど……。

こうして、私達は和やかな夕食を過ごした。翌日……街中が大騒ぎになるような事件が起きるなんて、露ほども思っていないまま。


「竜が飛んでたんですって?!」

「あっちの山脈に向かってたんじゃないのか？」

「違うよ！　もっと低いとこを、飛行便じゃない真っ白な竜が飛んでたんだよ！」

「へぇ、竜がいるのか？　どこに？」

私は騒ぎになっている街の中を全速力で走っていた。様々な人々が入り乱れて道は大混雑している。空を飛んでいる竜を直接見たと思われる人々は青ざめ、竜が降りた街の外壁の向こう側から少しでも離れようと反対方向へ道を走る人もいれば、腰を抜かしてへたり込む人も。そして恐らく竜の怖さを知らない人達が、状況を摑めてないらしく空を見上げて「どこだどこだ」なんて口にしている。

野生の竜は災害として認識されているが、こうして竜の生息地から遠い場所では知識として知っているだけの人も多い。正しく怖がって避難行動も取っているのはここで生まれ育った人ではないのだろう。

いや、見物なんてしてる場合じゃなくて、もしもの場合に備えて建物の中に入って少しでも身を守って欲しいのだけど。

私も竜の姿を見て、今後依頼で使う事になる琥珀の寝袋を探していたのを即座に切り上げて、竜が降りた街の外に向かって人の流れに逆らうように走っていた。琥珀には、アンナやホテルの人達に向けて、渡してある魔道具を持って地下に避難するようにと伝言を託してホテルに戻ってもらっている。

もちろんあのサイズの竜が本気になったら私の結界どころか街ごと消し飛んでしまうだろうけど、生き残る確率が上がるから。

竜影や色からすると、明らかにワイバーンではなかったのが怖い。人の手で繁殖が成功している唯一の竜種のワイバーンではないという事は、つまり飛行便や軍など人がコントロールしている竜ではないという事だから。野良ではなく騎竜だと示す黄色い識別布も尻尾についてなかったし。

クロンヘイムでは竜の生息地であるイズスカ山脈が近かったので、野生の竜が空の遥《はる》か高い所を飛んでいるのはよく見たけど、基本彼らは人が居る所に近付かなかった。だから、鱗《うろこ》の色まではっきり見えるような高度まで降りてこないはずなのに。……七年前にディアグラで起きた竜災害は、貴族が巣から卵を持ち帰ったのが原因だったっけ。

もし野生の竜が街のそばまでフラッと来てしまったのなら、冒険者の緊急招集義務が適応される。この場合は銀級以下は市民の避難誘導と怪我人の救護、金級以上は……怖いなぁ。これがあるから、本当は金級にはなりたくなかったのに。

しかし、強張《こわば》った顔で、竜が降りた方へ向かうにつれ、私は不思議な光景を目にする事になる。恐れるべき「竜災害」が起こったというのに、人々は外壁の出入り口に殺到して我先にと竜の居る街の外へ向かっているではないか。

いや、街の中に残って恐れを顔に浮かべている人もいる。しかし災害に対する恐怖ではなく、未知のものへの好奇心が窺える表情だった。街の外に向かっているのは若い人……特に冒険者や子供が多い。

竜が来た、と聞いて「最悪戦闘になるかも……」と手持ちの魔道具や毒を思い浮かべて「どうやり過ごすか」を必死で考えながら走っていた私は、横で子供が上げた声を聞いて思わず足を止めた。

「すっげー！　ドラグーンだって！　俺らも見に行こうぜ！」

「待ってよお兄ちゃん！」

……竜騎士《ドラグーン》？　嘘、ワイバーン以外の騎竜は両手の指で数えるほどしか存在しないはず。……もしかして、その「世界に数名しかいないはずの竜騎士」がここに来たって事？

今出入り口から街の外に出るのは難しそうだ。あの付近、人が押し寄せて群衆なだれが起きないか心配だな……。外の様子が確認したかった私は、「緊急事態につきすみません」と心の中で謝りつつ、いくつかの民家の屋根を経由してから外壁の上に跳び乗った。

「……ほんとに、騎竜だ……」

民家を優に越す高さの、リンデメンの外壁。それと同じくらいに大きな竜。足元にわらわら群がっている人達を興味深そうに見下ろす白い竜の背中には、人が乗るための鞍《くら》が設置されていた。尻尾にも、焼け焦げた識別票の残骸らしき黄色い布が少しだけ残っていた。もしかして、魔物と戦闘があったのかな。

この街に竜災害が起きるかと思って心臓が冷たくなるくらい慌てたけど……良かった、違って。でも、そういえば非常事態で鳴るはずの警報も一切鳴ってなかったし……情報が行き届いてなかっただけで騎竜だって冒険者ギルドや街は分かってたのか。なんだ。

「わ」

安堵に息をついていると、自分の頭の高さに生き物が出現して気を引かれたのか、白い竜はぐぃんと首を曲げると私の目の前に頭を持ち上げた。深い、青色の瞳、私に焦点を合わせるようにきゅうと瞳孔が縦に細くなる。

しばらく見つめ合っていたが、気が済んだようで竜は私から目を逸らして足元の人間観察に戻った。

大きな瞳に見つめられている間、呼吸を忘れていた私はハッと思い出したように息を吐き出す。

落ち着いて見てみると、竜を取り囲む民衆の中に冒険者ギルドマスターであるサジェさんを始め、何人か見覚えのある顔の人達がいて、竜に近付きそうになる見物客を制止していた。

既に冒険者ギルドが対応してるのか、なら大丈夫ね。

あのサジェさんと話している背の高い男性がこの竜のパートナーだろうか。

「……とりあえず、ホテルに戻って、人が乗ってる竜だったって説明しないと」

知らなかったから竜災害の対応をしてしまった。安全だと知らせてアンナや皆さんを安心させてあげなければ。

私は壁に上った時と同じルートで地面に下りると、今度は小走り程度に急いで来た道を戻った。

そうだ、市場でも結構騒ぎになってたからホテルに向かう道すがら、「騎竜でしたよ」と顔見知りの店に伝えていこう。顔が広い人達だから周りにも広めてくれるだろう。


「ただいま、アンナ……琥珀……」

「あら、お帰りなさいリアナ様。良かったですねぇ竜災害じゃなくて」

「良かった、もう知ってたのね」

ホテルに戻ってきた時から、竜騎士が街にやってきた事に対する非日常感で誰も彼もそわそわしていたけど、もう怖がっている人はいなかったので大丈夫だろうとは思っていたけど。

私はあのあと、まだ人の乗ってる竜だったと知らずに騒然としていた市場に戻って、顔見知りの店主達に「竜災害の心配はない」と言って回ったのだが。良かったと皆が安心したのも束の間「竜を近くで見たの？」「どんな人が乗ってた？」「竜に近付いてみた？」なんて囲まれて質問攻めにされてしまい、へろへろになって戻って来たのだった。

あ、琥珀の寝袋……いや、今日は市場も竜の登場に沸いてかなり騒ぎになってたし、また別の日にしよう。

壁の上から竜を見ただけで、皆さんの期待に応えられるような情報を全然持ってなかったのだが。そのため、行ける人は外壁の方へと竜を見に行ってしまった。店を空けて駆けて行ってしまった人もいたけど大丈夫かな。

「聖銀《ミスリル》級の冒険者様ですってね！　リアナ様は竜は直接見ました？」

「え？　ええ……大きな白い竜だったわ」

「すごいですねぇ！　私は明日琥珀ちゃんと見に行く事にしました。お名前はデリク、若いのに『竜の咆哮《ほうこう》』という外国の大きな冒険者クランのリーダーをしているそうです。あと、とんでもない美形だったとお聞きしました」

「え？　ちょっと待って何でアンナが私より詳しく知ってるの？」

いや、確かに、私はちょっと離れた所から見ただけだけど。ずっとここに居たアンナがどうして私よりも情報を把握しているのだろう。

「仲良くなったホテルの従業員の方達とかからちょっと……何でも、今日のお昼前に竜でやってくる連絡はしていたけど、それが街が周知する前についてしまったために、街では少し混乱が起きてしまったみたいですよ。それを知って申し訳なさそうにしてたそうで、礼儀正しい好青年だったと聞きました」

「絶対それは『ちょっと』で知る事が出来る話じゃないわよ」

アンナはもしかして諜報《ちょうほう》の才能もあるのではないだろうか。

更にアンナが聞いた話では、空の上で鳥型の魔物に襲われて、人が乗ってる事を示す布が焼ききれてしまった不運も重なってしまったため、騎竜と分からずこうして騒ぎになってしまったらしい。

でも、聖銀級の冒険者がこの街に何の用があって来たんだろう。聖銀級を呼ぶような魔物なんてこの辺りにいないし、ダンジョンもないのに。

「それでですね……ちょっと困った事になりまして。その聖銀級の冒険者様が、このホテルに宿を取ったんです」

まぁ、聖銀級の冒険者が泊まるような場所というとこの街ではここと領主邸くらいしかないしね。どんなに高ランク冒険者であっても必要があれば野営も行うが、街で過ごす時に普通の宿に泊まったら宿に迷惑が掛かってしまう。

「それで、宿泊されるのがこのフロアの隣の部屋だと聞きまして」

「え？　それは困ったわね……」

というのも、この階は豪華な特別仕様で、部屋は私達が使っているここと隣の区画しかない。部屋数も多くて広く、書斎やキッチンに連れてきた使用人用の部屋など設備も充実している。

その分宿泊料金も高いだけでなく、普通は紹介がないと部屋が取れない。まぁ聖銀級の冒険者ならそこは問題ないだろうけど。

今私達が困っているのは、「使用人用の部屋があるのがここと隣、二部屋だけ」という事だ。フレドさんの弟であるクロヴィスさんが泊まる事になると思っていたのだが。

もちろん、ここの下の階も寝室が二つにリビングとダイニングも分かれていて十分に広い素敵な部屋だ。けど連れて来るであろう人達とは部屋を分ける必要がある。そうすると行き来するのに一度廊下に出る事になるので、ちょっと不便だろう。このフロアと違って、下の階にはすでに別の一般のお客さんも何組かいるし……。

なのでフレドさんの弟さんが街に到着する前に、私達の方が部屋を移る事にした。

それにしても、私達も持て余してるのに一人で隣の部屋を使うとは。いえ、大きな冒険者クランのリーダーらしいし、他の人が後から来るのか。

「ごめん……じゃなくてありがとう、俺の弟のために」

「いえ、使ってないスペースも多くて、勿体ないと思っていたので」

なので部屋を移ります、というのをホテル側に話して、下のフロアで空いている部屋を用意してもらうよう話しに行く事になった。私とアンナと琥珀、子供連れ家族四人を想定した部屋なのでゆったり過ごせるだろう。

事情があって部屋を移る事は明日会った時に子爵にも説明しなければ。一応この部屋、人工魔石の開発者である私を保護するために……という名目で子爵が用意した場所だからね。

途中でやってきて会話に加わったフレドさんも、自分の弟のための話だからと説明のために一緒についてきてくれる事になった。アンナは部屋を移るために荷物をまとめてくれてて、エディさんと琥珀は私が書き物をする時に使いやすいようにと机などの配置を思いっきり変えてしまっているので、それを元通りにしてもらっている。

階段に向かってる最中、微かな物音がしたと思ったら進行方向途中にあるドアが開いた。あ……例の、竜に乗ってやってきた聖銀級の冒険者さんだ……部屋にいたのか。家具を動かしてドタバタしちゃってるの、申し訳なかったな。

一言謝っておこう……と声をかけようと思った瞬間、こちらを向いた男性がパッと駆け出す。

森を歩いてる時とは異なり、安全地帯だからと気を抜いていたから、反応が遅れてしまった。え、と思う間もなく金髪の男性は私の横を走り抜けて、斜め後ろにいたフレドさんにバーン！　と抱き着いていた。

「兄さん！　やっと会えた！」

「ッ、?!　………え……ク、クロヴィス……か?」

「そう、僕だよ！　兄さん、久しぶり……ずっと会いたかった……!!」

勢いが有り余っていたのか、バーンと抱き着かれたままフレドさん達はくるくると何度か回転した。

呆気にとられたフレドさんは、二周ほどくるくるした所で「ハッ！」とした顔をして相手の名前を叫ぶ。隣の部屋にいたのは聖銀級の冒険者のはずで……それが、フレドさんの弟さん?!　頭に処理しきれない情報がドドッと一気に入ってきてしまって、まともに反応出来ずに二人を眺めているだけになっていた。

「五年ぶりだね！　兄さん、……あれ、何だか痩せた……?」

「違う違う、クロヴィスがでかくなっただけだってば」

えーと……この人がフレドさんの弟さんという事は……竜に乗ってた聖銀級の冒険者さんで……隣の部屋に泊まるから……。

そうすると……私達が部屋を移る必要がなくなるのか。

……はっ、現実逃避していた。今考えるのは絶対そこではない。

「あ！　君が手紙にあったリアナ君だね。初めまして、僕はクロヴィス」

「は……初めまして。えっと……既にご存じのようですが、フレドさんと冒険者としてパーティーを組ませていただいているリアナです」

「え？　え？」

彼はそう言うと、フレドさんに抱き着いたまま私に手を伸ばして、握手を求めてくる。自分の背中越しに自己紹介を始めた私達にフレドさんは大層混乱していた。当然、私も混乱しているが。この状態で会話が始まるとは……。

「実はちょうど、このホテルを通じて兄さん達に晩餐のお誘いをしようと思ってたんだ。でも、その前にこうして顔を合わせるなんて神のお導きかな」

「へ？　ああ……そうだな……クロヴィスが今日着くなんて知らなかったし……」

「兄さんもここで暮らしてるの？」

「いや、俺は普通の一般冒険者だから……街にアパートを借りてるけど」

「兄さんはそこに住んでるんだね。僕も見に行っていい？」

フレドさんは呆然とした様子で、矢継ぎ早に色々聞かれるがままに答えていた。多分まだ起きてる事を理解しきってないんだろう。

私は第三者であったため、何とかこの予想外の出来事を受け止めて、二人の会話から事情を察していく事が出来た。ホテル経由で連絡してくださる予定だったようだが、偶然こうして顔を合わせてしまったのなら流石に「じゃあ夕飯の時にまたお会いしましょう」と別れるのは難しい。

「ええと……クロヴィス様」

「クロヴィスでいいよ」

「……クロヴィスさん。ここは他に一般客がいないとはいえ従業員は通りますし、お部屋の中で話した方が良いかと思います」

「それもそうだね。ありがとう、兄さんと五年ぶりに会えたと思ったら、感動が抑えきれなくて」

フレドさんの三つ下だっけ。年上の男性なのに、久々に会ったお兄さんにはしゃいだ事を自覚してちょっと照れる顔は少し子供っぽさを感じた。そのくらい大事な家族なんだな。

とりあえず、二人でする話もあるだろう。私はその間に、アンナとエディさんに事情を説明して……そう思っていたのだが。

……どういう事やら、気が付いたらクロヴィスさんと一緒にこちらの部屋でお茶を飲む事になってしまっていたのだ。

「おぬしが竜に乗って来たってほんとか？」

「本当だよ。後で琥珀君に見せてあげるよ。ねぇ、兄さんにも会ってもらいたいな。僕の相棒なんだ」

「お、おう。そうだな……クロヴィスの相棒か。えーと、その竜の名前は？」

「ベルンディアムート、兄さんはベルンでいいよ」

エディさんがびっくりしてアンナが慌てる一幕の後、改めて自己紹介を終えた私達はお茶を飲みながらテーブルを囲んでいた。エディさんはフレドさんの後ろに控えている。アンナもそれに付き合ってか私の後ろに普通の侍女のように立っていた。突然こんな状況になって私と同じように内心慌てているかと思いきや「ホテルの人に聞いてはいましたけど、予想した上を行く美形ですね……」と小声で感心する余裕があるみたいだ。

でも……確かに、クロヴィスさんはとんでもなく目を惹くお顔だと思う。さすが、フレドさんの弟さんなだけある。でもフレドさんとはまた違った……美術館や神殿にある英雄の絵画や彫刻みたいな、太陽みたいに強い輝きを持ったタイプの顔立ちの人だった。

琥珀の遠慮のない態度にちょっとハラハラするが、クロヴィスさんは気にしてないし、今は琥珀のおかげでぎこちない兄弟の会話がスムーズに進んでいるのでありがたい存在だ。私に的確な会話のサポートは難しいし。

「相当大きい竜なんだって？　今はそのベルンは街の外に待たせてるのか」

「いいや、ベルンは妖精種の竜だから小さくなれるんだ。僕を乗せて王都からここまで飛んで疲れたって、部屋で寝てるよ」

手振りで示すのを見るに、本来は成猫くらいの大きさらしい。精霊は決まった大きさは持たないと知識で知ってはいたが、あの大きさと猫くらいのサイズを自由に変えられるというのは改めて聞くと驚きだ。

「でも、びっくりしたよ……クロヴィスが冒険者をやってるなんて。エディは知ってた？」

「存じ上げませんでしたね……フレデリック様関連で個人的に連絡をいただく事はありましたけど、

私は本来王宮の出入りもしない、フレデリック様の邸宅の管理人でしかないので」

「都合よく使える手駒が欲しかったんだ。偽名の自分自身を使ってる……クランのメンバーも僕の正体を知っているのは二人だけ。どちらも部下だ」

「手駒って、穏やかじゃない話か……？」

「違うよ。皇子って名目じゃ気軽に動けないから。それに兄さんの情報が集めやすいかなと思って……」

公式訪問すると大げさになるし、取り繕われてないありのままの姿を見たい……という時などに「冒険者」という身分を利用していたらしい。でも聖銀級ともなると、皇子ほどじゃないけど行く先々で目立ってしまうので「お忍び」には向いていなそうだ。「正体を隠す」はかなり機能してるけど……だってまさか、帝国の皇子様が実は聖銀級の冒険者でもあるなんて、言ったって信じてもらえないと思う。

普段は竜騎士の着けてる色付きレンズの大きなゴーグルと帽子で髪と顔を隠しているそうなので、帝国の皇子の顔を知っていても分からないだろう。というか私も……式典の記事などで「ミドガラント帝国クロヴィス皇子」の顔は知っていたけど昼前のあの時は気付かなかったし。

「聖銀級って、相変わらずクロヴィスはすごいな……」

「僕は出来る事をやっただけだよ。運と天命に見出される事も多い。それに、兄さんだって」

「え、俺は何の変哲もない銀級冒険者だけど……」

「兄さんは、帝国のハルモニア派閥の者の目から逃れるためにあえて目立たないようにしていたんでしょう？」

「？！！　ま、全く違うって……う、弟の期待が重い……！　俺は普通……よりは稼ぎが良いけど、何の裏もないただの銀級冒険者だよ！」

「分かってる、そういう事にしてるんだね」

「全然分かってない……クロヴィス、昔からお前はそうだよな……」

フレドさんの発言をクロヴィスさんは謙遜ととらえたみたいだ。でも実際フレドさんも、戦闘は当然魔術も一通り使えて、器用で色々出来るし……積極的に魔物を討伐するようなパーティーにいれば金級にはなれたと思うのだが。

「なぁリアナ……みすりる級……ってどんくらいすごいんじゃ？」

「ああ、クロヴィスさんの冒険者ランクね。私と琥珀が金でしょ？　その次が白金、さらにその次が聖銀級だから、二つ上ね。一つの国に数人とかしかいない、とてもすごい人よ」

「強いのか？」

「それは……強いでしょうね」

もちろん強いだろうけど……正確には、強いだけでなれる階級ではない。未踏破ダンジョンを制覇したとか、災害級の魔物を倒したとか、計り知れないすばらしい業績を残した冒険者に授けられるものだ。

「リアナよりも強いか？」

「それはそうよ」

どのくらい強いか、は私もまだ知らないしどう答えようかふんわりしていたけど、こればかりははっきり断言出来る。しかし琥珀のお気に召さなかったようで、不機嫌になってしまった。

「いや、そんなの手合わせしてみなければ分からんじゃろうが。やらんうちから向こうの方が強いなんて認めるもんじゃないぞ」

「もう、琥珀。無茶な事言わないで」

それは無理な話だ。自分に教える立場の人が、他の人より弱いって認めづらい複雑な気持ちは分かるけど。

「へぇ。リアナ君はそんなに強いんだ？」

「強いぞ！　まぁおぬしも強いかもしれんがリアナはな、冒険者だけじゃなく錬金術師としてもすごいのじゃぞ。人工魔石っていってな、大発明じゃと街中で売れてるんじゃ」

「ちょっと琥珀、変な自慢するのはやめてよ」

フレドさんの弟さんだし話すのは良いけど、そんな言い方をされるとちょっと恥ずかしい。

「ああ、人工魔石！　僕が兄さんを見つけたのもそれについての記事だったな。あれ、とても画期的だね。クズ魔石から大きな等級の魔石を作るなんて」

「ふふん。そうじゃろ、リアナはすごいんじゃぞ。他にもな……」

「そ、そういえば！　手紙にも、研究に興味があるって書いてあったそうですね」

琥珀の私自慢をさえぎるように口を挟む。ちょっと強引に話題を変えてしまった。

しかし私の言葉に、クロヴィスさんは一瞬きょとんとした後「ああ、」と軽く頷いて見せた。

「そうだね、人工魔石の研究にも興味はある。けど僕が来た目的は、兄さんとリアナ君がやってる、兄さんの目の研究の方なんだ」

「俺の目の……？」

「そう。魔導士ゼオケルに、兄さんの目の中の……魔法陣のような紋様について問い合わせたでしょう？　兄さんの筆跡で宛名が書かれた封筒を研究室で見つけて、問い詰めたら教えてくれた」

さらりと口にされた発言に、驚きが隠せない。よく筆跡だけで気付いたな……筆跡鑑定のような事も出来るのだろうか。エディさんが言っていた「強めのブラコン」という単語も頭をよぎる。

「目的って？」

「それがちょっと、手紙にも書けない事で。それがなければこんなに急に押しかける事にもならなかったんだけど、ごめんね兄さん」

クロヴィスさんは笑顔のままだが、まとう空気の質が変わった。張り詰めたような緊張を感じる。

私達は居住まいを正して、クロヴィスさんが次に口にする言葉を待った。

「理由は二つ。まず一つ目は、その兄さんの目の研究について。街の工房で研究を続けるのはまずい」

「ああ……それは……そうだなぁ。これ以上は厳重に管理した方が良い」

私もその言葉に内心頷いた。フレドさんはその目の不思議な力を封じるために研究をしているが、悪用されたら困る。

「二つ目。皇妃をどうにか出来るかもしれない。少なくとも、現時点で分かってる情報だけでも、勝算は高い。もっと詳しく調べるために、兄さん本人の協力が必要になる」

つまり、フレドさんをミドガラント帝国に呼び戻したいのだと……クロヴィスさんはそう続けた。


話が衝撃的すぎて、聞いてからずっと自分の中で消化出来ない。

……だって、フレドさんが……母国に帰らなければならないだなんて。

突然の話だったが、手紙では詳しく書けない内容なのでそれは仕方ないだろう。でも、色々と問題がある人だとフレドさんは言っていたが、そこまで看過出来ないレベルの「問題」になっているなんて。

理由が理由なので、フレドさん自身も急な話に戸惑いながらも、帰国する事自体は承諾していた。必要な事だとは私も分かっているけど……。

「リアナ君、大丈夫かい？　ぼんやりしていたようだったが」

「……えっ、あ……申し訳ありません、子爵」

「いや、君にしては珍しいと思って。忙しいからかな。十五等級以上の人工魔石も楽しみにしているよ」

「はい……頑張らせていただきます」

本当は、二〇等級までなら作れるような改良はもう出来ている。ただ……ベタメタール子爵とやり取りをしていて、悪い人ではないのだけど、今以上に深いお付き合いをするのに不安を感じていて。改良に成功した事は伝えていないし、今後も伝えるつもりはない。

人工魔石事業に目を留められた時に、こちらの事情は話していた。私が外国の貴族家出身である事や、家出をして来た事。実家の干渉があるかもしれない事を含めて、他の貴族からも庇護してもらう事を引き換えにして取引した……はずだったのだが。

私が家を出るまでの事情を話した時はとても親身になって聞いてくれて、涙まで流して……あの時はこの街で暮らしていく事を想像していたのだけれどな。

実際私の家族が来て向こうの話を聞いたらお兄様達の意見に同調する姿勢を見せられて、不信感が募って、現在はちょっと信頼が薄れてしまった。街を離れようかな、と考えるくらいには。

でもやっぱりこの街で親しくなった人も多いし、なんだかんだクロンヘイムとは距離があるから家族もそうそう来られないし。「やっぱりダメだってなったら違う土地に行けばいい」という選択肢を持てたおかげで気持ちが軽くなって、候補地を調べて話の種にするだけで実際住処替えの具体的な行動には移していなかった。でも最近気持ちがかなり揺らいでいる。

「良い話を期待しているよ。それでちょっと、これをリアナ君に見てもらいたいんだけど」

「？　はぁ……」

向かい合って座るローテーブルの上に出された革張りの台紙を開くと、中には男の人の写真があった。残り二つも、同じような高級さを感じる装丁の革張りの台紙に、同じように男性……いや少年の写真が納められている。

見てもらいたいと言うから見てみたが、これの意味する所が分からず、私は答えを求めて子爵の顔に視線を戻した。

「ええと……これは」

「リアナ君のお見合い写真だよ」

フレドさんの話もまだ消化しきれていない所にまたすごい衝撃が来て、硬直してしまう。「ベタメタール本家から来た話で」「この子は分家だけどリアナ君と年も近い」と語る子爵の言葉が耳を素通りしていく。

「あの……！　子爵、……貴族が囲い込もうとしてくるだろうけど、それから守ってくださるという話で……後援になっていただいたんですよね？」

「そうだね。でもリアナ君の肉親が強く出てきたのもあって、やはり『庇護している錬金術師』というだけでは弱い」

「そんな……約束と違います」

「おや、婚約者や将来を誓い合った恋人でも？」

いない、と言いかけた私は一瞬躊躇した。いると嘘を吐いたらこの場を上手く切り抜けられるだろうか。そうじゃなくても、こんな知らない人と結婚するなんてやっぱり嫌だし。もし私が……。パッと頭に浮かんだのはフレドさんの顔で、私は慌てて頭を振ってその思い付きを追い出した。だ、男性で親しい人ってフレドさんくらいしかいないから、思わず浮かんじゃっただけで。私は自分の中で誰も聞いてない言い訳をした。

「リアナ君、ベタメタールの本家の力も借りるには『身内』くらいの名分はないと難しいんだ。私個人的には全面的に力になりたかったのだが。力がある家だからこそ、ふるうには正当な理由が……リアナ君も貴族の家で育ったのなら分かるだろう？」

言ってる事は、理解は出来る。

人工魔石事業がかなりの利益を生み出すと分かった時から、こうした外野からの干渉は起きるだろうと分かっていたから。

確かに「ただの、庇護しているだけの錬金術師」を強固に守り続けるのは「婚姻」という手段で身内にしてしまうよりも難しいだろう。でもその、他の貴族や実家の手を退けてもらう面倒のために、ベタメタール家にかなり有利な契約を結んだのに。

「……今日すぐ決断出来る話ではないので、持ち帰らせていただけますか」

「ああ、もちろんだとも。三人とも素晴らしい人物だが、よく考えて決めてくれたまえ」

その後も言質《げんち》を取られないように注意深く会話をして、なんとか切り上げた。子爵家の魔導車でホテルに送られる最中も、どんよりした気分が続いている。

……どんどんこちらへの要求が強くなっているのは感じていた。軽んじられている、と言えば良いのだろうか。子爵の奥様が、「押しの強い人の言葉にすぐ流されるから、私の頼みはいつも後回しにされる」と恨めしげに言っていたのを思い出す。古くから付き合いのある親戚、というだけでゴード一家を優遇して、周囲の人が割を食っていたのもそう。

婚姻や養子という手を使わず他の貴族から守って欲しいという私の要求は、あの時の子爵は受け入れてくれてはいたんだと思う。でも他の声の大きい人に強く要求されて、無理を通しやすい私の方に譲歩させる事にしたんだろうな。

表彰式も、私は目立つのが嫌だから遠慮したかったんだけど、「もう返事をしてしまったんだ、私の顔を立てると思って」って言われて頷く事になってしまったし。まぁこれは、最後まで断り切れなかった私が悪いのだけど。

現在の人工魔石の事業を売り渡す契約が済んだら、やっぱり私達もこの街を離れた方がいいな。子爵は、私が十五等級以上の人工魔石の開発に尽力するために、私の手がなくなっても問題のなくなった工場の経営を手放すのだと思っている。フレドさんからもらったアドバイスで、そう思われるように誘導出来ていて本当に良かった。引き留められずにスムーズに事業引継ぎが出来たし。

……この街は好きだったんだけどなぁ。

フレドさんが国に帰らなきゃいけない事も、私の方も出来るだけ早く街から逃げ出した方が良さそうな面倒事がまた起きてしまったのも、考えれば考える程気分が重くなっていた。

「こりゃぁああ！　ベルン！　それは琥珀のだぞ！」

「キュルルー」

「ほらほら、喧嘩しないの。ベルンちゃんも琥珀ちゃんのペンをいたずらしちゃだめですよ」

ホテルに戻ると、クロヴィスさんを含めた全員がまだ私達の部屋にいた。むしろ猫くらいの大きさの竜が増えている。

騒がしくしているが、まるで子犬のじゃれ合いを見ているような微笑ましい光景だった。琥珀と竜の掛け合いを楽しそうに眺めているクロヴィスさん、すごく馴染んでるな……。

あらためて、私はまだ顔を合わせていなかった竜に挨拶をする。クロヴィスさんがベルンディアムートと教えてくれた名前は、皆と同じように「ベルン」と愛称を呼ぶ事を許された。人の言葉は話せないけど、こちらの言っている事は分かるそうだ。

ワイバーン以外の竜なんて、こんなに近くで見るのは初めてだ。すごいキレイな生き物だな。

「リアナ君、浮かない顔をしているけどどうしたんだい？」

「あ、えーと……ちょっと今日の話し合いで少し問題が起きてしまって……」

今日初対面の人に話すべき内容ではないのだけど、クロヴィスさん側の事情を考えると、情報共有しておいた方が良いだろう。

フレドさんも母国に帰るので、私達も予定を早めて次の行き先を話し合っておかないと、連絡が取りづらくなってしまう。

なので軽く話してはいたが……私の家族関係に問題があって家出の形でこの街に居る事、実家の干渉を含めて、守ってくれるはずの後援の貴族から縁談を薦められて困っている事をアンナやフレドさん達にも伝える形で話した。

「あの子爵、日和見がすぎると思っていましたが、ここまでとは。リアナ様、すぐ街を出ましょう」

「ア、アンナ。いくらなんでも急すぎるわよ」

「遅すぎるよりはマシですよ！　屋敷に行ったら既に相手がいて、お見合いの既成事実を作られたらどうなさるんですか」

確かに、それをされるとキツイ。私の今の身分が貴族の肩書のない、ただの市民でしかないから。「見合いを行った」と名分を作られると面倒な事になる。子爵はそこまでする人ではないが、私を取り込もうと今回の見合いを持ち込んだという本家の方はしかねないと思う。

冒険者ギルドに間に入ってもらえば、貴族が婚姻で強引に取り込もうとしている……と抗議して無効に出来るパターンだとは思うけど、どの道ベタメタール家との関係は完全に修復出来ないようなものになる。

だったら、わざわざ地元密着型の冒険者ギルドと地元の領主の仲を険悪にさせたくはない。冒険

者ギルドにはたくさんお世話になったし。このままずっと何もなく街を出たい。

「計画なんてしなくても大丈夫ですよ。リアナ様なら、違う土地に行っても食いはぐれはないでしょうし。家を守る役目としてしっかり蓄えもしましたので、しばらく新しい街でのんびりしても良いと思います」

「そうだよ、俺も次の移住先を決める前にとりあえずすぐ街を離れるのは賛成かな」

「わ、分かりました。迅速に検討したいと思います」

本人の私よりも深刻そうに緊急性を説かれて、私は二人の意見に慌てて頷いた。琥珀は横で聞きながら、「難しい話は分からんが、暑いところじゃなければ何処でも良いぞ」と分からないなりに意見を出してくれている。

「ねぇ、リアナ君、次にどこに行くかは決めてないんだよね？」

「そうですね。候補は見たりしてたんですけど」

「逆を言えばどこでも良いという事だ。ならミドガラント帝国に来ればいいんじゃないかな」

あ、と口から声が漏れていた。あまりに足元すぎて、見えてなかった気がする。

「ちょい、クロヴィス……いきなりそんな事言ったら、リアナちゃん達も困るから」

「どうして？　とりあえずの行き先だ。それに、合わなければその時また考えればいい」

こうして会話の中心になって主導権を握るクロヴィスさん、その存在を私を含めて皆自然に受け入れていた。

人の上に立つ事に慣れている方なのだろう、しかしそれを高圧的だとかは一切感じない。そういった人柄を感じるからだろうか。それともフレドさんにどことなく似てるから……私は勝手に親しみを持ってしまっているかもしれないな。

「それに、うちに来るなら色々と融通出来る。僕は優秀な者が好きなんだ、人工魔石の開発者……錬金術師リオ君。どうかな？　ミドガラントに来てみないか？」

「だからクロヴィス強引な事は……ああもう、リアナちゃん、全然断ってくれていいから」

「いえ、フレドさん。これは言われたからではなくて……人工魔石事業の売却、これが終わったら、ミドガラントに行きたいと思います」

やはりというかなんというか、薄々予想していたように、フレドさんは私達がミドガラントに行くのを反対してきた。

「だ、だって！　移住先に挙げた条件に、これ以上合う国はないですから。他の土地を選択肢に入れるにしても、ミドガラントに行ってみてからにします」

「そうですよ！　今更水臭いですよフレドさん」

「そうじゃそうじゃ！」

「ぐぬぬ……」

しかしその反対を受け入れる事は出来ない。アンナも琥珀もここでさようならとフレドさん一行と別の国に行くつもりはないらしく、私に加勢してきた。

「……俺は……あのままあの国に居たら殺されるだろう、そう思うような事があったから逃げて来たんだ。情勢については聞いてるけど、もう危険がないとは言えない。ミドガラントには来ない方が良い」

反論するちゃんとした理由がないと無理だと悟ったフレドさんは、はっきりとそう本音を口にした。私達を遠ざけたいフレドさんの気持ちも分かるけど……。

「一応、当時兄さんに直接害を成そうとした愚か者は潰したから、かなりの安全は確保出来てるけど……」

さらりと口にするクロヴィスさんに、エディさんが頷く。それは知っていたらしい……改めて、穏やかではない話だな。

「僕としては、帝国に来た方が良いと思っている。理由は二つ、この街から離れて新しい生活を築くのに、僕ならこれ以上ない後ろ盾になれる。もちろん君の家族や他の貴族にリアナ君を売ったりしない。それと、目が届く場所で兄さんと一緒に居てくれた方が守りやすい」

「クロヴィス、」

「兄さんの目の研究をするために兄さん本人は絶対必要だ。兄さんの存在が明らかになるのが不可抗力だとして……モルガン家みたいな、兄さんの弱みになる存在を目が届きにくい場所に置きたくないんだ」

「ク、クロヴィス！」

モルガン家、とはエディさんのご家族の事だ。両親や妹さんを含めて家族ぐるみで本当の兄弟のように育ったと聞いている。フレドさんが、自らが離れる事で危険から引き離した後、多分クロヴィスさんが代わりに庇護してたんだろうな。

初対面でこんなに親身になってくれたのを少し疑問に思っていたが、今の発言で納得した。なるほど、フレドさんのためか……とてもしっくり来てしまった。

「ミドガラント以外の国に行くとしたら……『竜の咆哮』名義で所有している物件を一つ譲るから、そこの管理を名目に……事が終わるまで目立たずひっそりと暮らしてもらう事になるかな。監視ではないけど、護衛を兼ねた連絡員は付けさせてもらう。兄さんへの人質に使われるかもしれない以上、これは譲れない」

「目立たずひっそり?!　……そ、そんなの絶対無理だ……ッ！　……う、俺が国に行かないとならない以上、絶対情報が洩《も》れないという保証はない……冒険者の俺の顔知ってる奴もいる訳だし……遠く離れた地でうっかり活躍して目立ったリアナちゃんが、俺のパーティーの仲間だったってバレたら……!!」

一人でうんうん悩んだフレドさんだったが、熟考の末に「一緒に行動した方がまだ安心」という理由でミドガラント帝国に向かう事を納得してくれた。

……私が、絶対うっかり目立ってしまう事が前提なのがとても気になるが、ここで「目立つ事なんてしません！」と反論しては話がまた振出しに戻ってしまうので、渋々言葉を呑み込んだ。

「ここを離れると知られると面倒そうだ、僕が兄さん達のパーティーに依頼を出すからそれを口実に街を出よう」

「それがいいかな、守秘義務名目で行き先も正確な期間も全部秘密に出来るし……」

「戻ってくる気がないのが気取られないように、借りてる部屋を片付けたりしないで、全部置いて行って欲しい。長期の依頼だからと数か月分家賃を前払いして、頃合いを見て賃貸の解約をすればいいかな。手配しておくよ。後は……」

私が考える前に、次々クロヴィスさんによって必要な話が進んだので特に口を挟まず色々決まっていた。私は錬金術工房を手放す事になるので、それを離れた土地からやるのが少々面倒そうだが、そのくらいかな。

でも人工魔石事業は、あのすぐ意見を変える子爵にこのまま渡るのはちょっと心配だな、と考えた私は多少計画を変更したい旨を皆に相談した。

第五十一話　崩壊

リリアーヌが戻ってくれれば、戻って来さえすれば。また元通りになれると心のどこかで思っていたのは否定しない。確かに養子になったニナが吐いた嘘のせいで、誤解が起きた。しかしあの養子を追い出して、リリが戻ってくれれば、幸せな家族の姿を取り戻せると思っていた。

ニナは未成年ながら、起こした事件が悪質だと、厳罰に処して……悪いのはあの養子の魔法使いだと。悪意を見抜けなかった愚か者だと陰口は叩かれるだろうが、それも時間が解決すると……問題はそれだけだと考えていた。

家出したリリアーヌが、ロイエンタール王国にいると情報を聞いた時は耳を疑った。事実と分かってからも「どうやってそんな遠い外国に」と驚きは消えていない。

何しろ私達は、これだけ調べても足取り一つ見つからないリリアーヌが、何か犯罪に巻き込まれたのか、どこかに捕らえられているのではとすら思っていたから。愛情を求めて拗《す》ねて家出をしたは良いものの何か失敗をして、助けも出せないような状況に陥っているのだと……。

それはとんでもない間違いだったと突き付けられたが、未だにそれを受け入れられない。

まさか遠い外国で手に職を付けて事業を立ち上げて活躍して、何の問題もなく「幸せに暮らしていた」だなんて。

何しろ私は……私達家族は全員「これで迎えに行って、連れて帰ったら解決だな」と思っていたのだ。リリアーヌは家に帰るのだと、何の疑問もなく思い込んでいた。実際にあのリンデメンという街でリリアーヌの話を聞いて、思い違いに頭を殴られたかのような衝撃を受けた。

あそこまで周到に痕跡を残さず移動した理由が「私達家族の元から逃げるため」だと突き付けられて、私は酷く傷付いていた。そんな風に思われていたなんて。

リリが幼い頃から……彼女に領地の経営センスや執政の才能があると分かって教師と生徒になった時から。「私だけは甘やかさないようにしよう」と心を鬼にして厳しい事を言ってきた。家族が甘やかしているからとずっと我慢していた、リリの頭を撫でようとした手を振り払われた感触が今でも手に残っている。

あそこまで厭《いと》われて、家からも逃げ出されるような事を私はしたのか？

そんなに褒めて欲しかったのなら言えば良かっただろう。どうして謝罪も受け入れてくれないのか。あの話し合いの場でリリアーヌが叫んだ言葉が響く。「一回でいいから認めて欲しいと言った！　でも誰も聞いてくれなかったじゃない！」――。違うんだ……私にはそんな、リリアーヌを傷付ける気持ちはなかった。

「内心私のためを思っていたら、何を言っても構わないのですか？」

「悪気があってやった事ではないから問題ないと思ってるんでしょう」

「何が理由だったとしても、私にとってはされた事が事実なんです」

強い酒精が喉を焼く。あの日聞いた、一番可愛がって目をかけていた末妹の声が、耳から離れない。

そんな……違う、違う。それでは私達が、あんなに多彩で素晴らしい才能を持って活躍していたリリアーヌの事を、いくら頑張っても一切認めようとしなかった酷い家族みたいではないか……！

……何より、リリアーヌにそう思われていたという事が、耐えられない。

それ以上中身を飲み下す事が出来ず、私は磨き上げられたテーブルにグラスを置いた。

ぼんやりと視線を漂わせる私の目に、炎を再現した魔道具の暖房の優しい光がちらつく。

……どうしてこんな事になってしまったんだろう。私達は……私は、リリの事を思って厳しくしていた。悪意なんてそこには一切なかった。それは断言出来る。

「それ、全部ご自分のためですよね？」

「だから、他の家族が甘やかしてばかりいると思っていながらも、それを正そうとしなかった」

なのに、今度はリリの保護者面をしていた冒険者の言葉が浮かんできた。実の兄である私よりも、あんな男を信頼しているようにさえ見えた。

美人で賢いけど世間知らずな所があるから、絶対騙されているに違いない。そう思うのだが、リリは私達の言葉を聞こうとしてくれなかったし、あのフレドという男を遠ざけようとした私達に余計に警戒心を抱いてしまったようだ。

自分のためだった？　違う……違う。私はリリのために。

しかし、「リリが将来、唯一自分に厳しくしていた私に感謝する時になって、甘やかし続けた自分を後悔しても遅いですよ」と確かに思った事があるのだ。私は。

私だけが、正しく、厳しくリリを導いているのだと。

何故家族の行いを正さなかったのか。何故褒めなかったのか。何故リリに「一度でいいから認めて欲しい」と言われても頑なに厳しい言葉をかけ続けたのか……。

その根底にあった「理由」をあのフレドという男に解説されて、愕然《がくぜん》としていた。認めたくはない。実際口では否定してみせたけれど、でもあの男が言い当ててみせた事は、全て真実だと自分だからこそ偽れない。……気付きたくなんてなかった。

「もう今夜はお酒はこのくらいになさって」

「システィア……」

再びあおろうとしたグラスをそっと指で押さえて止めたのは、妻のシスティアだった。ふと時計を見ると、思ったより時間が経っていた。もうこんな時間だったのか。

「……そう言えば君は……こうなるのが分かっていたのか？」

「何の事？」

「リリアーヌの事だ。……ロイエンタールに迎えに行くと決めた私に、その前にリリアーヌの意思を確認した方がいいと言ってきただろう？」

まぁ、それを意にも介さず現地に向かって、こうして拒絶されて帰ってきた訳だが。

「分かっていた訳じゃありませんわ。わたくしはあの子と個人的な会話もした事がない関係ですし」

「そんな……義理とはいえ妹だぞ⁈　よくそんな薄情な事が……」

「だって、いつだって色んな勉強に仕事にと忙しくしていて、ゆっくり話をする時間なんてあの子にはなかったじゃないですか」

そう指摘されて、私は言葉に詰まった。勉強に、手掛けてる事業に、あの子が分刻みのスケジュールに追われるような生活を送る原因になったのはお前だろうと言外に責められている気がする。

同じ家で暮らしているのもあって、リリアーヌが家出に至った理由は早い段階から知られてしまっていた。……あんなに各分野で優秀だと有名だったリリアーヌを一度も褒めなかったせいで、それを気に病んで家出されたなんて。このまま家の外にまで知られたらどうすればいいんだ。

あの「人工魔石」を開発したのがリリアーヌだとは、既に広まり始めてしまっている。

当初外国で発明された「人工魔石」について、財務の方が注目しているだけだった。その内その有用性から私の勤務する王太子執務室でも取り上げて、今や様々な分野が注目している。

最初に我が国で取り上げたのは魔導省の錬金術部門の者達らしいが、社交的ではない研究者達がいつから人工魔石の存在を知っていたのかは分からない。

とにかく、膨大な金額となる魔石に使う予算を削減出来るのでは、と期待されている。あの時は同等級の天然の魔石と変わらない値段で流通していたが、だからこそ、今まで売値が付かず廃棄されていたクズ魔石に価値が生まれた。錬金術を含めて魔術全般に疎い私だったが、新たな市場を生んだとてつもない発明だという事は理解出来る。

その開発者が、行方不明になっていたアジェット公爵令嬢だと水面下で広まってしまっているのだ。実際事実であるため、この件は抑えようがない。経緯をぼかすので精一杯だった。

公爵家が実子に出奔された上に消息も摑めておらず、ある日突然「素晴らしい発明」の開発者として新聞記事になるだなんて。狩猟会で怪我を負ってから領地で療養していた事にしていた我が家の面目は丸つぶれ、連日各所からバッシングの嵐を浴びていた。特にアジェット家で社交を担当していた母は、外に行かず引きこもるようになっている。

自宅に弟子を呼んでのレッスンは続けているが、リリの事でかなり憔悴《しょうすい》しているようだった。おそらく手紙を読んで、出奔の理由をリリの言葉で告げられたからだろう。

錬金術師としての師だったコーネリアも、みすみす富を生む金の卵の発明を外国に逃がしたと言われているが……あいつは社交なんてしないからそんな声は気にならないのかもしれないな。研究室から出ないのは普段からだ。

しかしそのコーネリアから、リリアーヌを連れて帰れなかった事を酷く罵倒された際に、人工魔石の価値を見出せなかった事を指摘して言い合いになってしまった。

なにせ聞けば、コーネリアの研究室でも使っていたものだと言うじゃないか。……こういった事できちんと成果を認めていれば、リリアーヌも家出などしなかったかもしれないのにと思うと、つい。

そのコーネリアも、母以外の他の家族も手紙でリリの本音を知って、今更後悔しているようだった。

ウィルフレッド以外との家族とは少々険悪になってしまっているので、直接本人から聞いた訳ではないが。互いに避けるような過ごし方が続いているので、最近は必要最低限以外の会話をしていなかった。

……リリアーヌを連れて帰れなかったのは、迎えに行った私とウィルフレッドのせいだと殊更に責められては、家族団欒をする気にはなれない。

狩猟会の事件はただのきっかけで、真実この家から出るためにリリが自ら望んだ事だったと受け入れたくなかったみたいで。まるで私達二人が悪いと言うような、現実を見ていない言葉を山ほどかけられてうんざりした。

むしろ、親であるあなた達のせいだろう？　私は兄としては、良い見本になって導いていた。

あの養子を排除して、リリを連れて帰れば全て解決だと、そう思っていたのは全員同じだったくせに。

リリが直接恨みをつづった手紙を読んで真実を知った。私も、あの子に期待して課していた事を
「一流の学びの場を与えてもらった事は感謝していますけど、同級生の子達みたいに学校帰りにカフェでおしゃべりしたりしてみたかった」と書かれていてショックだった。

……他の家族が詰め込んだスケジュールのせいで、そんな時間もなかったなんて知らなかったんだ。

「リリアーヌちゃんの内心は存じ上げませんけど。見ていて『よく我慢しているわ』と感じただけですわ」

だから家を出て行ったのも仕方がないと？

「我慢なんて……していたなら、話してくれれば」

「まぁ。家族全員に否定されて育った子が、そんな自己主張を出来るとお思いですか？」

否定だけしていたなんて……そんな言い方。私は知らなかったのだと言ったのに。

黙り込んだ私を見て、

「きっかけが何であれ……彼女が自分から望んで離れたのなら、離れて暮らす事も選択肢に入るのではと思いましたの」

「リリアーヌについて何か気付いていたのなら、」

言ってくれれば良かったのに。そう言いかけて、言葉を呑み込む。「リリアーヌちゃんに厳しすぎませんこと？」とシスティアには聞かれた事があった。あったんだ。私はいつも通り……リリアーヌへの接し方を見ている部下に指摘された時と同じように「あの子のためを思って、リリなら出来ると知っているから厳しくしているんだ」と答えたのだった。

あの時の私は、他の家族も厳しくしていたなんて、知らなかったから。

私が過去のやり取りを思い出して俯いていると、ため息を吐いたシスティアが立ち上がる。

「もう寝た方がよろしいですわ。酷い顔色……。ねぇ、ジェルマン様」

「……何だ？」

「ステファノには、接し方を間違えないでくださいませね」

そう言い残して、システィアは私が晩酌をしていた書斎から出て行った。

ステファノに……私の息子には？　接し方を……なら私は、リリに対しては「間違っていた」と言うのか？

リンデメンの街でリリに言われた言葉がまた蘇る。「私がアジェット家を出てきたのは、幸せになるためです」そんな……それではまるで、この家に居たら幸せになれないと言っているようではないか。

家族で過ごした幸せな日常が遠い日のように感じる。こんな事になる前は、いつも和気あいあいとした家族の団欒があったのに。思い返すと、いつも話題の中心はリリの事だった。家族で競うようにリリアーヌの事を自慢して……ああ、クソ。

どうして、誤解が原因だったと分かっているのにリリアーヌは私達を拒絶するんだ。

酒精が入っているせいで、抑えつけていた本音が出てきてしまう。ロイエンタールから帰ってきた時、他の家族にも散々言われた。「どうしてこんな、たった一つのすれ違いがあっただけで」「何故誤解が解けたのに許してくれないんだ」特に母からの罵倒は応えた。

……リリアーヌが戻ってきたら、戻って来さえすれば、また元通りの幸せな家族になれたのに。

あの子が家を出てから、我が家は壊れてしまった。……いや、違う。あの養子の魔法使いのせいだ。ニナ……子供といえども、報いを受けさせないとならないだろう。

酔って焦点がややぼやけた視線の先に、テーブルの端に追いやった書面が映る。リリアーヌの立ち上げた人工魔石事業に関する調査書面だった。

最初に見た時は、もっと儲ける余地があるのに、甘い運営をしているなと思った。会ったらアドバイスをしてやらないとな……と考えていたのだが。ロイエンタールに向かう道中、ウィルフレッドに指摘されて知った。あの「需要に応えきれていない」と思っていた計画が、まさか近隣の魔物の生息数を考えての計算されたものだったなんて。

魔物の生態について詳しくない私は気付かなかった。私が考えていたような増産体制では、生息する魔物の捕食バランスが崩れて、餌を求めて人里までやってくる魔物が出るなどの問題が起きてしまうだなんて。

もちろん、私が事業を行うとしても、クズ魔石の確保について実際に試算する時など、どこかで専門家の指摘があって気付いていただろう。

ただ、リリアーヌはこれを自分で考えて最初から運営していたのだなと思うと、胸に穴が開いたような気持ちになった。

そもそも私だったら。異国で、元手や後ろ盾がない状況で事業を立ち上げて同じ事が出来たのだろうかとも考えてしまう。

経営についてはまだまだだと……私が見てやらないとダメだな、なんて思っていたのだけどな。

■□■□

「ジェームズ様、話があります」

「どうしたんだい？　ポーラ……ああ、この前のピクニック、急に行けなくなった事か？　悪かったよ、エリックには謝っておくから。でもベタメタール本家からの客人の対応をしない訳にはいかなくて……」

「いいえ。いいえ、それも関係がない訳ではありませんけれど。とにかく、そちらに座ってくださいな」

リンデメンを治めるベタメタール子爵ジェームズは、普段は気弱な妻が珍しく強気な語調で話を切り出してきたので、既視感に居心地の悪さを覚えながら目を逸らした。

何度かこうして、ジェームズは妻から態度や発言に関して改善を求めて苦情を言われていた。ジェームズはその度ポーラの訴えを受け入れ、謝罪し、意見に同意してみせた。

その多くは、ジェームズが昔から「親戚だから」「幼馴染だから」「ああしてこの街の柄の悪い連中をまとめているんだよ」と擁護してきたゴードー家に関わる事だった。

「じゃあ何を……いやごめん、ちょっと仕事があるから夜にでも改めて……」

「本日は、朝食後にある街の商業ギルドの幹部達との会合まで、予定はないと伺っています」

ジェームズは、妻にスケジュールを漏らしたであろう自分の執事に視線を向けると、諦めたようにため息を一つ吐いて椅子に座り直した。

仕方がない。逃げ場はないようだし、恨み言を聞くしかないか、とジェームズは内心ため息を吐いた。就寝前に眠気を堪えながら聞くよりは良いだろう。

「ドレイトンとその息子、彼らの周辺は逮捕されましたけど……妻と娘、それにドレイトンの妹は逮捕もされていないのが納得いきません。領民にも示しがつかないではないですか」

「ああ……その事か……いや、直接の関与なしと認められているし……それにお咎めがないなんてそんな事。私財を没収された上に今まで住んでいた家も取り上げられているじゃないか」

「でも……その不正に得ていた収入でずっと生活していた人達が、その資産を取り上げられたはずなのに、来月店を開くと聞いたのです。どこからそんなお金が出てきたのか……きちんと追及してください……！」

「ポーラ、そんな。疚《やま》しい事をしているだなんて決めつけは良くないよ。夫がいなくなったマデリン達が自活する手段を手に入れるのは良い事じゃないか。店をやるなら雇用も生まれるだろうし」

ジェームズは内心の疚しさを隠すように、饒舌《じょうぜつ》に説明を続ける。気も弱いし口下手なポーラの事だ、いつものように同意しつつもこうして言いくるめて、最終的に「でも確かに君の言う事ももっともだから、商業ギルドの監査では注意するように伝えておこう」などと曖昧な事を言って、話を終わらせてしまえばいい。

今までと同じ。上手くやれば問題ないと思っていた。

今は逮捕されたドレイトンとデュークも、ポーラは何度も「縁を切って、あの寄生虫を追い出してください」などと言っていた。いや、この街の裏社会のコントロールをするために、私が彼らを使っている面もあるから。ジェームズはそう説明していた。

そうしてドレイトン達に甘い顔をした結果起きたあの事件を受けて、「今まであんなに良くしてやったのに裏切られた」と自分こそ被害者だというような顔をしていたのだ。

事件が公になった時もこうして言い合いをした。あの事件はこの領の主幹産業になるべき人工魔石の技術について他国に売り払おうと企み、開発者の身も危険にさらした。

息子の誘拐も、ドレイトンから領主邸の警備情報などが漏洩した結果だったのに、実行犯達のみの犯行として処分は終わっている。警察組織も領の管理下なので仕方がないのだが、自分の子を危険にさらしたそもそもの原因が罰を受けなかった事に、ポーラは納得がいっていなかった。

こうなる前にきちんと罰していたら防げたと言ったら、この男は「これを機に捕まったのだから良いじゃないか。君も徹底的に法で裁くべきだと言っていただろう」と答えたのだ。

ポーラはこうして決定的な事が起こる前、それこそ婚約者時代から今まで何度となくあの男達とは縁を切るように訴えていた。しかし「デュークは幼馴染だからよく知ってるし、そう悪い奴じゃない。それに見捨てたらそれこそ悪い方に転ぶかもしれない」などと言っていたのに、その本人がだ。

自分が取るべき態度を取って毅然《きぜん》と断っていたら早くに排除出来ていた問題だったのに。

ずっと、「うちの祖父《じい》さんが継いでたらあの屋敷もあの家の金もこの街も全部自分達のものだったのに」と思い込んで逆恨みしていたドレイトン達の事をポーラは警戒していた。貴族籍のないあの人達では夫や息子に万が一の事があっても遺産も何も手に入らないが、愚かだからこそそんな事も知らずに、いつかとんでもない事をしでかすかもしれないと。

しかしポーラ自身、今まで夫に改善を訴えかけるだけで何も変えられなかった。それは強く後悔している。だから今回、強く変わろうと決意したのだ。

「……私、もしかしてジェームズ様が考えを改めてマデリンやデムア達と縁を切ってくださるなら、と思っていたのですけど。……もういいです」

「な、何がだ？」

普段は気弱なだけの妻に、ふつふつと静かに燃え滾《たぎ》るような「熱」を見たような気がしたジェームズは、にわかにうろたえた。

しかしポーラはそれ以上何も答える事はなく、その時の話はそこで終わってしまった。


「ポーラ！　リアナ君が……リアナ君が街からいなくなってしまったんだ‼」

あの話し合いから数日。夫妻の間に険悪な雰囲気が続いていたベタメタール子爵邸だったが、妻を避けていたジェームズの大声が響いた。

応接室で商業ギルドとの会合を行っていたはずの領主が血相を変えて走って来た事で異常を察した使用人達も、その言葉に息を呑むように驚いている。リンデメンの街が現在どれだけ好景気に沸いているのか……それが誰のおかげでもたらされたものなのか、皆が知っていたからだ。

ポーラは、今出て来た子供部屋で休むエリックの様子を気遣うように視線をやると、「こんな所ではなく、サロンでお話をしましょう」と促してその場から移動した。

「飲み物を用意してちょうだい」

「なぁ、ポーラ……、何か知ってるだろう……？　リアナ君が手放した工房、今は所有者が君の名前になっているじゃないか」

使用人にお茶を淹《い》れるよう指示をするポーラに、待ちきれないようにジェームズが話を切り出す。手にはいくつかの書面が握られている。それらからポーラの関与を確信して、こうして話をしに来たのだ。

「実はリアナさんからは、リンデメンの街を離れたいと前から相談を受けていたのです。今日は全ての手続きが終わって、街を離れる日でした」

「……は⁈！　私はそんな事、聞いていないぞ⁈！」

「ええ。ジェームズ様とベタメタールの本家に縁談を斡旋されそうになっているから、何とかして逃げたいとおっしゃっていて。公にならぬよう準備を進めていたようです」

「そんな事……！　父上だって、私達のやり取りを知った上で、それならばと判断して婚姻の打診をしたのだぞ。リアナ君だって見合い相手の写真と身上書まで持ち帰っていて、どうしてこんなに急に手の平を返す真似を……！　嫌なら一言そう言えば良かったじゃないか！」

自己主張しなかったのが悪いと、ここにいないリアナに責任転嫁を始めたジェームズに、ポーラはため息を吐いた。ポーラはリアナからやり取りを聞いたが、とてもリアナがこの婚姻の話を持ち込まれて乗り気だったとは思えない。

ジェームズはいつも物事を自分の都合の良いようにとらえがちだし、すぐに内容を誇張する。その上事実からかなり逸脱した話をしているとの自覚もない。

次から次へ安請け合いするくせに、後で破綻しそうになると、押し付けやすい所に我慢を強いて終わり。これが平民なら信用をなくすだけだが、貴族という身分があるから質が悪い。結婚して身内になる事で、その「我慢」を何度も強いられる立場になったポーラはジェームズの性質を知っていた。

「……本家の方がそう思ったのは、ジェームズ様が『家族関係に問題があったみたいで、慣れない土地で心細いのか本当の娘のように慕ってくれる』と、かなり脚色して伝えていたからでしょう」

「いや、実際まるで本物の親戚のように……実家に連れ戻されそうになった時だって、真っ先に頼ってくれたじゃないか……！」

ジェームズが口にする「言い訳」は、随分と都合が良い内容になっていた。ベタメタール本家……ジェームズの実家にあたる侯爵との話も、「私の方が優秀だったのに跡取りの兄貴ばかり贔屓していた父親」の鼻を明かそうとして以前のように話を誇張しすぎたのでは、とポーラは推測している。

「確かに普通の後援の貴族と錬金術師よりは親しい距離でしたけど。でもジェームズ様は我が家に逗留した彼女のご家族と話をしだしたら彼らにもいい顔をしていましたわ。それに、目立つ事はしたくないと言っていたのに、表彰式に呼んだ事があったでしょう。あの時から不信感があったそうです」

「そんな……言ってくれないと、そんな事……」

ジェームズは青天の霹靂《へきれき》のように青ざめているが、ポーラは相談を受けた時も驚きはしなかった。実際、リアナは失礼ではない言い回しで拒否はしていた。それを自分の夫がやんわりと強要しているのも分かっていた。自分も同じようにいつも無理を通されていたから。

表彰式だって、街の有力者やよその貴族に「錬金術師リオと私は個人的な友誼《ゆうぎ》を結んでいる。屋敷にも招いている」なんて事実を誇張して話していた。自分の都合を押し付けたのだろう。

「彼女は貴族家で育ったお嬢さんですからジェームズ様も親戚の貴族令嬢に接するような態度を取っていましたけど、今は平民の錬金術師なのですよ。領主から意に沿わぬ縁談を持ち込まれたら、諦めて受け入れるか住民権を捨てて逃げるしかなかったのでしょう」

呆然自失といった様子のジェームズに、ポーラは話を続ける。

「最初は、リアナさんはとても怒っていらしたのよ。実家を含めて貴族と関わりたくないから外国の強い力を持った貴族を頼ったのに、こんな話を持ち込まれるなんて裏切られたと……」

「いや、それは……」

「もし、冒険者ギルドか錬金術師ギルドを挟んで、強引に囲い込まれそうになったと訴えられていたらどんなに大変な事になっていたか。工場の運営に支障をきたして、二軒目の工場どころか、人工魔石の事業譲渡の話も白紙になっていたかもしれませんのよ」

事業が他家の貴族家に注目されている今、それは十分に考えられた。人工魔石事業の生む富を妬んだ他の貴族達が、ベタメタールの足を引っ張るためにと必ず邪魔をするだろう。

「リアナさんを説得して、何とか穏便に話をまとめましたの。ジェームズ様にもお伝え出来なかったのは、それが彼女との契約だったからなのです。私の持参金から持ち出す事になりましたが、当初の予定通りに事業譲渡していただけました」

「っ……！　良かった……」

「けれど、リアナさんは私個人となら契約していいとおっしゃってくれたの。なので人工魔石事業は――私が運営しますね」

「へ？　それはどういう……」

　サロンに入る前に一旦離れていたポーラの侍女が、恭しく封筒を手渡す。そこからテーブルに広げられた書面に事業主として記載されている妻の名前に、ジェームズは息を呑んだ。次から次に書面をめくりつつ慌てて目を通すが、その全てが元の事業主だったリアナから正式な手順でポーラ個人に事業が譲られた事を示していた。

　今後は、この大規模な税収を見込める事業の全てが、ポーラの手に委ねられる。それを知ったジェームズはすがるような目を向けた。

「もう、人工魔石事業にジェームズ様には関わっていただけませんの。特許使用料など、まだ『錬金術師リオ』との繋がりはなくなってはいませんし」

「いや、そんな……君が工場の経営なんて……素人が出来るはずが……」

「ジェームズ様だって、錬金術に関しては門外漢ではないですか。もちろん私も、運営をするだけで、実際の経営や工場長には人を雇いますわ」

「それは……」

「そして、私が事業主となるからには、人工魔石の関連事業で不正は許しません。脱税や違法就労、不公平な取引等を行った前歴がある業者は一掃して、定期的に取引を見直します」

「?!」

それは、今までジェームズに取り入って甘い汁を吸ってきた業者達に対する実質的な排除宣言だった。二軒目の工場もジェームズが候補に挙げていた「学生時代の友人から頼まれた弟」ではなく、きちんと経営が出来る者と、錬金術師の資格を持った工場長を既に見つけていた。

勿論ポーラは一軒目の工場についても、後々手を入れるつもりだった。

「ジェームズ様。私がいなかったら、人工魔石事業自体が暗礁に乗り上げていたかもしれない、そこは理解してくださいますよね？」

「あ、ああ……」

「リアナさんは錬金術師工房の立ち上げ人員や街の人にも知り合いがいます。これでジェームズ様が関与して、私の名義になったこの事業で馴染の業者にまた美味しい思いをさせているなどと知ったら、今度こそ愛想を尽かされてしまうかもしれません。だから、この事業は私が、私の名前で責任を持って行います」

いつもは口で丸め込める妻が、今日は饒舌にジェームズを追い詰めている。

「ど、どうしたんだ、ポーラ……?!　いつもの君らしくない」

「いつもの私って、『気が弱くて、言葉で丸め込める奥さん』の事ですか？」

「いや、そういう事じゃ……」

口ごもるジェームズは、言い当てられて疚しい気持ちがあるのかフイと目を逸らした。

貴族夫人らしい微笑を浮かべたポーラが、言い聞かせるように言葉を続ける。

「リアナさんは、自分を大切にしてくれない人の期待に応えるのはやめようと思ったのだとおっしゃってましたわ。私も、ドレイトンの妻達にこの期に及んで目こぼしをしようとするジェームズ様に、失望しました。彼女達よりないがしろにされたのですもの」

「そんなつもりでは……」

「どんなつもりだったのかは関係ありません。実際私の訴えを退けて、あの女達を擁護したのはジェームズ様です。……この事業に貴方の口は挟ませません」

しかしそれは、夫が自分の都合を少しずつ押し付けてくる性質と、リアナの自己評価が低く遠慮がちなのを知っていて結局止められなかった自分の反省もある。だから、今後はしっかりと逆らう事を決めた。

あれから、子爵夫人の名前で商業ギルドに監査を送っている。資金の大部分が後ろ暗い金だった事どころか、資金捻出のために売り払った装飾品の一部に盗難の届け出が出されている物が含まれており、現在余罪を追及中だ。

これも、その他全ての産業に匹敵する利益をリンデメンにもたらす人工魔石事業を握ったからこそ出来る采配だった。

「でも、ベタメタールの本家も、貴方が脚色した話を吹き込んだからとはいえ、彼女を囲い込もうと強引な縁談を持ち込んだ非はありますよね」

「そ、そうなんだ！　私は父の言葉に扇動された所もあって……」

厳しい事を口にしてから、優しい声色で共感の言葉をかける。今日までジェームズに、リアナが街を出る事が露見しないようにといくつかアドバイスをくれた冒険者の言葉だ。

「でも、金の卵をこれから何個も生んだであろう天才錬金術師を逃してしまったのはジェームズ様のせいですから。これからは二度とこのような事が起きないよう、人工魔石事業に限らずしっかりと私が管理させていただきます」

「……」

「いいですね？」

天才錬金術師を強引に囲い込もうとして逃げられた事はこの後長い間、他の貴族から嗤《わら》われる材料になってしまった。しかし領主の妻が権力を持つようになったリンデメンでは、縁故で贔屓されずに公平な商売が出来るようになったと静かに評判で、注目されていた人工魔石事業がより活性化したそうだ。

第五十二話　楽しい旅路

「クロヴィス、ありがとな色々一緒に陰で動いてくれて」

「いや、僕はほとんど何もしなかったよ。兄さんの後ろをついて回ってただけで」

こんな事を言っているが、ベタメタール子爵夫人の説得ではクロヴィスがいないと成功してなかったんじゃないかなと思う。

夫人個人に対して人工魔石事業を譲渡する事になって、最初は子爵に離縁状を叩きつけるなんて言っててさ……。

クロヴィスが、息子のエリック君の持病を治せる可能性のある治癒術師を紹介する伝手を持っていなかったら、味方にするのにもっと時間がかかってたに違いない。

まぁ一時の暴走でもあったんだろう。現実的に考えて、人工魔石事業がいくら儲かっても大変な事はいくらでも思い浮かぶし、エリック君は子爵家の跡取りだから離縁したら複雑な問題がまた別に出てきてしまう。その辺りを話して説得したら割とすぐ納得してくれた。

「でもほんと兄さんの手腕は素晴らしかったよ！　あんなに理性を失って、夫への報復しか頭になかったあの夫人をあっという間に宥めてしまうんだもの。まるで魔法を使ったみたいだった。女性の扱いにも長けてるんだね」

「……クロヴィス、その言い方はちょっと人聞きが悪いからやめよっか」

それだとまるで俺が夫の居る女性を口先で言いくるめて何か変な事をさせたみたいじゃないか。端的に言い表すと、えっと、確かにそう言えなくもないけど……！　ほんと誰かに聞かれたら変な方に勘違いされる事必須なので、俺はきちんとクロヴィスに言い聞かせた。ここが、他にエディしかいないコンパートメントで良かったよ。

俺は冷や冷やしながらも胸を撫でおろす。

でも実際、納得してもらうのに全然大変な思いはしてないんだけどな。俺の母親とは違って、感情的にはなっていたけどちゃんと話は通じたし。そう言った時のエディが残念なものを見る目をしていたのが気になるが。

今俺達は、魔導列車に乗ってミドガラント帝国に向かっている最中だ。クロヴィスは一般客で満員の普通客車に興味を示していたが、流石にそんな訳にはいかないのでコンパートメントで納得してもらった。

六人だが、四人用のコンパートメントを二つ貸切るために八人分のチケットを取っている。こうして聞かれたくない話も多いし、リアナちゃん達には内緒でしたい話もあったので三人ずつで別れるのは俺にとっても都合が良い。

「でも公平な治世が出来ず弱い立場に我慢を強いてきた領主と、不満に思いつつも何も行動してこなかった妻と……離縁するなら放っておけば良かったのに、兄さんは優しいなぁ」

「いや、別に俺が優しいから介入した訳じゃないよ」

何でもかんでも俺の美談にしようとしてくるクロヴィスに、若干の居心地の悪さを感じながらしっかり反論する。エディは同じコンパートメント内にいるのに、完全に知らぬ顔だ。「フレデリック様に関して暴走するクロヴィス様は私では止められないので……」とか何とか言っていたけど、絶対に厄介だから自分だけ逃げてるんだと思う。

「人工魔石事業を夫人に譲った結果あの夫婦が離縁したってリアナちゃんがもし知ったら気に病んじゃうでしょ。あと、あの奥さんに手綱を握っていて欲しかったから、夫婦を続けてもらった方が都合が良くて」

「なるほど。そこまで考えての行動だったんだね。流石兄さんだ」

「はは……」

後は、そうなってしまったらその二人に挟まれる形になる息子のエリック君が可哀そうだったからってのも勿論ある。しかしそれを言うとクロヴィスの過剰な礼賛が始まるのが分かっていたので、そこは黙っておいた。

別に、優しいとまではいかずとも、特別酷い人じゃなければ子供に影響が出るような事は避けるのが普通だと思うんだけど。

「しかしクロヴィスは、相変わらず正論が過激すぎるんだよな……」

「過激？　そうかな。怠惰と無能は罪だよ。僕だって出来ない事は求めてない」

「そういうとこだぞ」

いや、うん……確かに不可能な事ではない……けど。「分かってても難しいよ」って正論を真正面から叩きつけちゃうからな……兄としてそこは昔から心配で。

ほんと、何でも出来る、何でも優秀なクロヴィスの「正論」でくじけちゃった人が何人いたか。

例えばさ。「体力をつけるために朝は少し早く起きて、素振りを二〇〇回やろう」って人でも雨が降ってたらじゃあ今日はお休みしてゆっくりコーヒーでも飲もうかな、たまには良いよね……となる日もあるじゃん。

でもクロヴィスは「体力がないのが自分の課題だと分かっていながら何故怠ける？　室内で出来る体力作りを行えばいいじゃないか」と正論で殴っちゃう訳よ。

まぁ～言ってる事は正しいんだけどさ、人って皆が皆そこまで強くないじゃん……？

でも子供の頃と比べたら随分丸くなったと思う。クロヴィス、同年代どころか大人達まで、何人も自信喪失させてたから。

側近候補の同年代の子に「貴族に生まれて、学べる環境はあっただろう？　何故このくらいの事が出来ないんだ？」「どうして出来ないと分かっているのに必要な努力をしないんだ？」って質問攻めにして、泣かせてしまったり。貴族に専門的な事を尋ねて、満足のいくやり取りが出来ないと

たけど。

「何故、子供の僕にも分かる事に答えられないんだ？」って詰めたり。

クロヴィス本人は怒ってるとかではなく、これが純粋に疑問として尋ねているから恐ろしい話だ。

ある程度の年齢になったら自分が特別で他の人に同じレベルを求めてはいけないと理解してくれ
俺が年齢というアドバンテージを持ってお兄ちゃんヅラ出来ていたのはほんと短い間だったな……。一応、俺も結構出来は良かった、と言い訳しておく。母親の顔色を窺った教師連中のお世辞を引いてもね。

けど天才で、神童で、訳の分からないくらい優秀なクロヴィスと比べられ続ける生活はまぁ普通に苦痛で。自分が一日かけて覚えた事よりたくさんの事を一度本を読んだだけで全て暗唱して、しかも知識として使いこなしてる……とかを見せられる度に泣きたいくらい惨めになった。

でもクロヴィスが俺を兄として慕ってくれていたので、憎んだ事は一度もない。エディ達血の繋がらない家族もいたけど、母親もあれで、父親もまぁ……って感じだった俺の大事な弟だった。

しかし……一応、努力をかかさなかった勤勉な兄だったとは思うが、何故こんなに慕われているのかは実は謎なんだよな。

クロヴィスは優秀な人材が大好きで……というか優秀な人以外だと対等に話も出来ない。クロヴィスが側近になる事を許した人達とは、俺は二、三歩は及ばない……くらいの差がある。

無理矢理点数を付けるなら彼らは九十五点とか、そんな感じ。俺はまぁ～結構色々出来るけど……平均点七十五点の男かな。クロヴィス？　クロヴィスはちょっと、特別過ぎて同じ軸が使えないんで……。

だから、初対面でリアナちゃんにとても好意的だったのは分かるんだよ。リアナちゃんは天才だから。けど「努力してなんとか秀才の皮を被っていた凡才」の俺がクロヴィスにこんなに慕われている理由は今も分からない。

「兄さん、そろそろ着くよ」

「お、結構早かったな」

窓の外を流れる景色がゆっくりになってやがて停止する。棚に置いていた荷物を手にコンパートメントの扉を開けると、ちょうど隣から出て来たリアナちゃん達と顔を合わせた。

「早いのぉ……もうフレドの生まれ故郷に着いたのか？」

「違うってば。ここで寝台列車に乗り換えて、着いた先で港から船に乗って行くのよ。さては琥珀ちっとも話聞いてなかったわね？」

「そうだったかの？」

魔導列車に乗ると朝からはしゃぎまくっていた琥珀はそれで疲れたらしく、ぐっすり寝ていたのは知っている。眠そうに目をこすりながら出て来てとぼけた事を言っていて、そのやり取りに笑ってしまった。

ちなみに、やって来た時は街を騒がせたベルンだが。今は猫くらいの大きさになって、クロヴィスの外套の中で首に巻きついて寝ている。あまりにも微動だにせず眠ってるので、外套の外側に巻いていても本物の竜だと思う人がいないんじゃないかな、とちょっと思うくらいに。

「腹が減ったのじゃ……」

「乗り換えた列車の中でお弁当を食べる予定ですが、ちょっと昼時には遅くなりますもんね……せっかくの旅路ですし、軽くお菓子でも食べましょうか」

「!!　おお！　甘味の許しが出たぞ!!　やった!!」

「でも、お昼の前なので少しですよ琥珀ちゃん」

「じゃあ折角だし、この駅で売ってるものにしない？　僕ちょっと屋台を見て来たいな。琥珀君も来るかい？」

「行くのじゃ!!」

　ぴょんとクロヴィスの服の裾を摑む琥珀の背中に、アンナさんが「たくさんねだっちゃだめですよ～」と声をかけていた。リクエストをする間もなかったが、一回食事をしただけで好みを把握出来るクロヴィスに任せておけば間違いはないだろう。

　俺の味の好みとか、何かよく分からないけど俺本人より詳しいし。

　街が出来た後に作られたこの魔導列車の駅は、街の外周部に接するように建設されている。出来た当初はここには駅以外の建物はなかったようで、駅舎から見える建物はまばらでどれも新しい。

　そしてホームから見下ろす線路の周りに沿うように、許可を取ってるのかすら分からない屋台が集まって、市場のようなものが形成されていた。

……うわ～、あの辺りの店とか、線路の上に品物広げてないか？　列車が来たらいちいち片付けてるのだろうか。

そんな賑《にぎ》やかな無法地帯が形成されている空間を興味深く眺めつつもスリに警戒して過ごしていると、またというか何というか、どうやらもめ事が舞い込んできてしまったようだ。


「ママ……ママぁ～～～っ、ぅわあ～～ん」

そこに現れたのは迷子だった。うん、どう見ても迷子。保護者らしい姿は見えず、母親を呼びながら泣いている。周りにも人はいるけど、迷子になっているこの子を気にするような視線を向けるだけで、声をかけるのを躊躇しているようだ。

いや、分かるよ……男が一人で泣いてる子供に声かけるのって難しいよね。余計に泣かれたらどうしようとか、不審者にされかねないとか考えると……。

しかし迷子になって泣いている子供がいるのだ。解決に動かねば。

「エディ、駅の従業員を呼んできてくれる？」

「承知しました。……大きい鞄は置いていきます」

「ありがとう、見とくよ」

そして俺が役割分担をお願いするまでもなく、リアナちゃんとアンナさんは泣いている女の子に駆け寄って、屈《かが》んで視線を合わせて話しかけていた。

俺の役割？　荷物番だよ。善人かどうかにかかわらず成人男性が泣いてる子に話しかけるとほぼほぼ、余計激しく泣かれるからね。適材適所。

迷子ならこの子を連れて駅員の所にまず行くべきだけど、泣き止む前に腕を掴んで連れてくわけにもいかないいし、大きい荷物もあるし、クロヴィスと琥珀と行き違いになるとまた別の厄介を生むのでここで子供を落ち着かせつつ、駅員に来てもらう方が良いだろう。

「お嬢ちゃん、ママとはぐれちゃったの？」

「……!!　ママ、ママぁ〜〜〜！」

「だ、大丈夫よ。私達も一緒に探すもの！　駅員さんも来て、すぐに見つかるよ」

「ぅわあ〜〜〜!!」

しかし二人の優しい声かけには答えられず、女の子はさらに激しく泣き出した。もう頭の中が「ママがいない」だけでいっぱいになって、会話をする余裕がなくなってしまっているようだ。

そうして泣く子に無理に名前を尋ねたり母親の特徴を聞き出そうとするのではなく、アンナさんは上手く「そっか、ママと急にはぐれちゃってびっくりしちゃったねぇ」などと話しかけて、少しずつ落ち着かせていた。

「お名前は？」

「……リーシャ」

「リーシャちゃん、私達と一緒にママを探しましょうか。ママのお名前も教えてくれる？」

「ママ……！」

ママ、と言われてまたはぐれた事実を思い出してしまったらしく、じわりと涙が滲みかける。後ろから見てるしか出来ない身でハラハラしてると、同じくアワアワとしたリアナちゃんが何か思いついたようにリーシャと名乗った女の子の目の前に手を振って見せた。

「……見て！　リーシャちゃん、何も持ってなかった手の中から……突然コインが出て来たよ！

あれ、また消えちゃった」

「……ふぁ……？」

リアナちゃんが一度目の前で握って見せた手の平をもう一度開くと、そこには銀貨が載っていた。

そしてもう一度握ると、また消える。

リーシャちゃんは突然始まった不思議な光景に目を奪われて、泣くのも忘れて口をポカンと開けていた。

……え？　リアナちゃん、手品まで出来るの？

「今度は……えっと、お花が出て来た！　魔法のかかったお花だよ。こうして振ると鈴みたいな音がするの。リーシャちゃんにあげるね」

「わぁ……！」

次に握った手の中から出て来たのは、ピエリスの花だった。錬金術の素材としての価値を知っている俺はそれを見てちょっとギョッとしてしまう。

そ、そんな……上級ポーションの材料にもなる花を、「音が鳴るおもちゃ」として子供をあやすのに使うなんて?!

そりゃ、リアナちゃんなら自分で採って来られるんだろうけど……。俺はまた別の意味のハラハラも加わりながら、突然始まった手品にそのまま見入ってしまった。

手品で出て来たものにもびっくりしたが、手品自体もすごすぎて。いやいや、リアナちゃんの多才さにびっくりするの慣れてきたと思ったけど、まだまだ驚く機会は多そうだな。

リアナちゃんの手の平からは握って開く度に次々に色んなものが出て来る。リーシャと名乗った幼女は次に何が現れるか夢中になって、泣くのも忘れて見入っている。

また別の花、色とりどりの貝殻、リボン……その次に出て来たのは何の変哲もない紙だった。

「ふーっ」

ちょっと拍子抜けしたような顔の女の子。しかしその紙にリアナちゃんが息を吹きかけると、パタパタとひとりでに折り目がついて形を変えていく。あっと言う間にちょうちょの形になった紙細工は、くるりと宙に飛び出ると、女の子が持ったままのピエリスの花にとまった。まるで生きてるみたいだ。

「わー！　すごいすごい！」

「いやぁ、すごいなぁ！　サーカスの人か?」

「今のどうやったんだ？　魔法じゃなかったよな」

紙細工のちょうちょがとまった花を手に持ったままピョンピョン飛び跳ねる女の子は笑顔になっていて、リアナちゃんはそれを見てホッとしてるようだった。

迷子を心配げに見守っていた周りの人達もリアナちゃんの手品を鑑賞していたようで、いつの間にか出来ていた人だかりから歓声が上がる。迷子騒動から一転、突然始まった手品ショーに観客達は大盛り上がりになってしまった。

「すごいのじゃ！　リアナ、今紙が勝手にちょうちょの形になって飛んでったぞ?!　どうやったのじゃ?!」

「あれ、琥珀いつの間に戻ってたの？　う、う～ん……タネはちょっと……不思議なのが手品だから、内緒ね」

そして俺も気付かなかったが、琥珀は観客に交じって手品を楽しんでいたらしい。ならクロヴィスは、と周囲を探すと、人だかりのやや後ろに紙袋を抱えて立っていた。俺と目が合うと、紙袋を抱えたまま指先をヒラリと振って、こちらに歩いて来る。

「すごいね、この人だかり。どうして手品してたの？」

「迷子がいてさ……子供を泣き止ませようと手品を見せてくれたリアナちゃんがちょっと目立っちゃって……」

「なるほどね。でもすごいな。あの子あんな手品も出来るんだ。一切魔法使ってない純粋な手品だったよ」

「いやぁ、すごいよね。俺も今初めて知ったよ」

チラッと見ただけで魔法使ってないって分かるクロヴィスも相当すごいが。

そこに駅員をつれたエディも戻って来たので、荷物の方を任せて、俺は人の渦の中心に囚《とら》われたままのリアナちゃんを救出にかかった。

幸いというか何と言うか、目立ったおかげでリーシャちゃんの母親もすぐ見つかったけど、後には「もっと手品を見せて欲しい！」「ちゃんとしたショーはどこに行けば見られる？」と大勢に囲まれているリアナちゃんが残ったって訳よ。

「えっと、サーカスやショーはやってなくて……あの……」

「いやぁ、迷子もすぐ親御さんが見つかって良かったですね。皆さんもありがとうございます！ほんとすいません、お昼ご飯に行くので俺達はこれで失礼します！」

やや強引だがそう言って何とか他の演目をリクエストする観客達を押しとどめて、人が集まってきてしまったホームを後にしたのだった。

「ごめんなさい、皆さん……また騒ぎになっちゃって」

「リアナ様のおかげで迷子がすぐお母さんと再会出来たから良かったじゃないですか」

「そうそう。乗り換える予定の列車にも先に乗せてもらえたから、ゆったり昼食摂れるし」

観客の目を逃れて一息ついたのは、港がある街まで乗る寝台列車の中だ。他の車両はまだ清掃と点検が終わってないが、俺達が使う予定の寝台スペースはホテルで言うスイートルームなので一番最初に終わってたらしく「迷子の保護に協力ありがとうございます」と先に乗せてもらえたのだ。

リアナちゃんを手品師と思って寄って来た人だかりから逃がしてくれたのもあるんだろうけど。移動手段の手配をまかせたのはエディだが、クロヴィスの金で思い切り良いチケットを取ったみたいだ。一つの列車に一部屋しかない、一両丸々使った特級客室と、これまた二部屋で一両使う一等客室。男女で別れて俺達は一等客室を三人で使う予定になっている。

今は昼食のタイミングなので、寝台列車だというのにリビングルームの設けられている特級客室に六人集まっていた。列車の中とは思えない広々した空間だ。

「それにしても、リアナ君は手品の腕も素晴らしいね！　特にあの、最後の紙に息を吹きかけると紙細工が出来上がるやつ！　きっと手品師になってもすごく評判になったろうな」

「あ、ありがとうございます……」

最近は素直に褒め言葉を受け取ってくれるようになったけど、クロヴィスにはまだ慣れてないのもあって、リアナちゃんはいつもよりもくすぐったそうにしていた。

そんな二人のやり取りをほのぼのと見ていると、真っ先に昼食を食べ終わった琥珀が「駅を探検に行きたいのじゃ！」と言い出した。

「う～ん、そろそろ列車の出発の時間だからちょっと難しいかな……これから行く先で、燃料の魔石の積み込みとかで停車する駅なら見られるから」

「ぬ。なら我慢するのじゃ」

「その代わり、列車が動き出したら他の車両を見に行こう。他の人の部屋は覗けないけど売店とか、食堂車とか、展望スペースがあるから」

「そうじゃ！　この列車の中で何日か泊まって港まで行くんじゃろ?!　楽しみじゃの」

「きゅー、きゅきゅー」

琥珀の発言には同意する。ホテルじゃなくて、列車の中に泊まるって非日常感があってワクワクするよね。

これは別に俺が子供っぽいとかじゃなくて、人類誰しも持ってる感覚だと思う。是非俺も探検に連れてってもらおう。リアナちゃんと琥珀だけだと変な男にナンパされるかもしれないし。

ベルンも寝台列車に乗るのは初めてみたいで、餌に集中しきれず車両の中を興味深そうに見まわしている。

「琥珀君、その探検なんだけど、少し後にしてもらっていいかな？　そうだな、先にこっちの泊まる予定の部屋の中を調べるとかどうだろう」

「ぬ？　何でじゃ？」

「……ちょっと先に、リアナ君を借りたくて。二人きりで話したい事があるんだ。いいかな？」

いいかな、と言いつつクロヴィスは何故か琥珀の次に俺を見た。

高貴な血筋だけが紡いできた、混じりけのないロイヤルブルーの瞳が俺を射抜いて、一瞬息が止まってしまう。

……何で今俺にも聞いたの？　どうして二人きりなの？

頭の中にはワッと一気に聞きたい事が溢れて来る。でも自分でもよく分からないまま、「いいんじゃない？」と返してて。

友達と弟が仲良くなるなんて喜ばしい事のはずなのに、何故か胸の奥に言語化出来ないモヤモヤが生まれてしまった。

え、何で今俺が許可出したみたいな事言っちゃったんだろう。何の立場だよ。父親か？　いやそこまで年は離れてないしリアナちゃんの兄貴面してるのか。

「展望室に行こうか」

スマートにリアナちゃんを誘うクロヴィス。なんか俺はぼんやりと、二人とも何でも出来る天才だから似てるなって感じた事を思い出していた。

第五十三話　共通項

クロヴィスさんに「二人で話したい事がある」と言われてやって来たのは、展望車だった。大きな車窓が設置されていて、軽食も提供している。夜はお酒も出すバーになるらしい。列車の中に喫茶店がある光景が少し不思議で、非日常で、この空間にいるだけで楽しくなる。

しかしクロヴィスさんの態度からすると今から重い話が始まりそうで、じっくり観察する余裕はなさそうだ。後で琥珀やアンナ達と来た時に楽しむ事にしよう。

「リアナ君、僕がこうして二人きりで話したいと言った……目的って何か分かる？」

給仕にさりげなくチップを手渡して、周りに客の居ないカウンター席の一番端に案内させたクロヴィスさんは、飲み物が届くなりすぐテーブルの上に魔道具を出した。これは……盗聴を防ぐものか。

一瞬、水の中に沈んだように、周りの音がこもって遠くなる。すぐにクリアな環境音が戻って来た。それをこの大きさで実現してるなんて……かなり高価な魔道具だな。

魔道具に意識を持っていかれていた所に、クロヴィスさんの言葉で現実に引き戻される。こうして二人きりで、車窓に向くカウンター席に座って、盗聴も読唇も警戒するような話……？

「………手品のタネの事とかでしょうか？」

「ふははっ」

本当に心当たりがなくて、ない所から絞り出して答えたというのに。私の回答に笑い出したクロヴィスさんをちょっとむっとした顔で見てしまう。

「聞いてきたのはクロヴィスさんじゃないですか」

「いや、ごめんごめん。あまりに予想外だったもので、つい」

この人の事、いまひとつよく分からない。フレドさんやエディさんと一緒にいる時にしか喋った事がないし。お兄さんのフレドさんの事が大好きな事と、私が見た限りあらゆる分野で天才だって事しか分からない。

「手品のタネを聞き出すなんて、失礼な事はしないよ。ああでも、手品が出来るようになったら楽しそうだね。合ってるか分からないけどこうして……こうかな？　ああダメだ、やっぱりうまく出来ないな」

「え……？」

カウンターの上に出していた手の平を上に向けて、軽く握る。次に開くと、私がやったように銀貨が載っていた。また握って開くと、そこに銀貨はない。……いや、隠したまま保持出来なかったようで、手の甲側から零《こぼ》れた銀貨がカウンターに落ちてチャリンと音を立てた。

「……見ただけで分かったんですか？」

「いや？　完全には理解してないよ。こうかな？　と思っただけで。それに息を吹きかけて紙細工が出来上がるやつの方は、どうやってるかまだ見当もつかない。特に興味深かった」

改めて、フレドさんが「弟は天才」だと言っていたのがよく分かる。何でも出来るし、何でもすぐ出来るようになってしまうと言っていた。

見ただけでタネを見抜いて、再現してしまうなんて本当に規格外の天才だな……。手品以外でも、大体のものはこうして軽々と身に付けてしまうんだろうなと想像出来る。

「リアナ君はどうして兄さんと一緒にいるのか、それが聞きたくてね」

「……？　どうしてって……それは……フレドさんとは本当にたまたま出会って……」

フレドさんと私についてでは、初対面の時の話から全部話しているのに。

今更、盗聴まで警戒して何を聞きたいのか私が分かりかねていると、クロヴィスさんは言葉を続ける。

「出会いは偶然だったのは知ってるよ。僕が知りたいのは……目的なんだよ。現在まで、こうして一緒にいる目的」

「目的？」

「そう。……兄さんと一緒にいるのって、すごく居心地が良いでしょ？　優しいし、とても頼りになるし、守ってくれる。戦闘面だけを見れば君の方が強いけど、それとは別の話で。分かるよね」

確かに、フレドさんにはたくさん助けてもらっている。けど、その言い方では……。

「リアナ君は善人なんだろうね。人を見る目のある兄さんがここまで信頼してる人だしそこは間違いない。でも、兄さんは優しい人だから、ただ一緒にいたいからって理由でそばにいるのはやめて欲しい」

私がフレドさんに迷惑をかけてばかり、「もらって」ばかりだと図星を突かれた気がして、心臓の奥がギュッと冷たくなった。

確かにフレドさんには、船で再会した時も、街まで親戚のふりをして連れてきてもらった道中も、街でも、助けられてばかりで……。でも。

感情的に「そんな事ない」と言い返したくもなったけど、ぐっと堪えて頭の中で整理する。

「兄さんは優しい人だから、一回身内に入れると自分が傷付いてでも守ろうとしてしまうんだよ。これから兄さんは敵の多い場所に戻らなければならないのに、無駄に弱点を増やしたくない。僕は兄さんに傷付いて欲しくないんだ。ミドガラントでは、兄さんと親しい間柄である事は隠してくれないかな」

私がここでちゃんと答えられなかったら、ミドガラントに戻ったクロヴィスさんは、絶対に私がフレドさんと親しくするのを許さないだろう。きっと表向きに分からないように、自分が采配したとフレドさんに分からない形で私達は「疎遠」にさせられてしまうと思う。

それでも私を実家から守る、便宜を図るという約束は守ってくれるのだろう。フレドさんに誓ってたから、そこは確実に。私は目立ちたくないし周りが騒がしいのは好きじゃないからそっちの方が本来望んだ通りの環境かもしれない。でも。

「……確かに、たくさんお世話になったのは事実です。今までフレドさんの力になれた事はほんの少しで、助けてもらった御恩の方がずっと多い」

「そうだろうね」

「っ……だからこそ。私は……フレドさんの力になりたくて。フレドさんが気にするから、『移住先の条件に合う』って口実にしましたけど。本当は……今度は、私がフレドさんの力になりたかったんです。クロヴィスさんに誘われた時から、そう決めてました」

ここで私は、一度息を吸う。頭に血が上って、頬が熱い。舌が震えて口が渇く中、何とか言葉を口にしていった。

「やっぱり、私はこれからもフレドさんに助けてもらう事は多いと思います。でも、それ以上に私はフレドさんの力になりたい。だからクロヴィスさんの言うような、親しくないふりなんてしたくない。それに、フレドさんは周りに全部守ってもらわないといけないような弱い人じゃないです！」

冷静に説明しようと思っていたのに、感情的になってしまったせいですごく頭がクラクラする。これでフレドさんの友人に相応しくないなんて言われてしまったらどうしよう。おそるおそる横を見ると、なんだかとても楽しそうな顔をして、クロヴィスさんは私を見ていた。

そんな、面白い生き物を観察するような視線を向けられる心当たりがなくて、私はギョッとして固まる。私は無意識にほんの少し身じろぎして、床に固定されたカウンターの座席の上でクロヴィスさんから距離を取っていた。

「そっか、リアナ君は兄さんの力になりたいんだ」

「そ、そうですね……」

「じゃあ兄さんの力になるって、例えば？」

「えっ……と、……一つ目に、新式の人工魔石の事業を持ち込めます。売却した事業のものとはまったく別の製法で、現在二十七等級相当の人工魔石の製造に成功しています。器具や工場など初期投資は必要ですが、かなりの利益が見込めて……事業計画書と、収益見込みの試算は……簡単なものになりますが、明日にはお渡し出来ます」

「リアナ君は事業計画書まで作れるの？」

「……きちんとしたものではなく、簡単なものですけど……」

「いいねぇ！　何かしらの才能に秀でてる人は事務仕事が苦手って場合が多いんだけど。君は例外なんだね、有能で勤勉な人は大好きだよ」

「それで……私が提供出来る利益について、二つ目ですが」

「ああ、大丈夫。分かったからもういいよ」

自分が出来る事の中から、何を売り込んだら「失踪していて突然帰って来た、継承権を失った皇ってしまった。

子」の力になれるか必死で考えていたというのに。突然止められて、気持ちだけすぽんと抜けて行

……どういう事？　その理由を一つ思いつく。私に壁を作っていた笑顔から、いつの間にか心底楽しそうな表情になっているクロヴィスさんに。

「……どこからですか？」

私は最初から、試されていたのでは？

「兄さんのそばに置く人を選別したかったのは本当だよ。味方であっても、兄さんの負担になるような存在は遠ざけたいから」

「私は……クロヴィスさんのお眼鏡にかなうような利益を提示出来たという事でしょうか」

「人工魔石、確かにすごいね。元々素晴らしい発明だとは思っていたけど、二十七等級相当の人工魔石が作れるなんて。ほとんどの貴族の家の結界に、戦略規模の魔術の起動まで出来る出力だ。工場が稼働するまで時間はかかりそうだけど、将来魔道具がさらに発展するね。魔術回路に使う錬金術素材や事業を今のうちに買っておこうかな」

人を食ったような、肯定にも否定にもならない返事をしたクロヴィスさんは、フレドさんに向けているような子供っぽい笑顔を私に向けてきた。

そうして邪気が抜けて笑った顔はフレドさんに似てるから、何だか直視しづらくてつい目を逸らしてしまう。

「それが兄さんの功績になったら、すごいメリットだろうね。でもそこじゃないよ。リアナ君……君が、僕と一緒だって分かったから」

「私と……一緒？」

「兄さん……あの人に救ってもらったから、今度は自分がそれ以上に力になりたい。君が僕と同じだったから」

どういう事なのか。分かりかねて質問すら出来ない私を前に、クロヴィスさんはまるで宝物を自慢するみたいに、フレドさんの話を始めた。

「我が家の事情は知ってるよね？　兄さんはあまり人を悪く言わないから、ぼかされてると思うけど」

「大体は……」

「僕の父親は優柔不断で王としての自覚もなく無駄な政争を起こした張本人、母親はプレッシャーをかけるだけの高貴な人。その背後にいる親戚を含めた周りの大人達も僕の事は駒としてしか見ていない。小さい頃の僕の育った環境の話だ」

あまりに辛辣な言葉だった。相づちを打たずに聞くしか出来ない。うっかり肯定するのも良くない気がして。

「僕は気付いた時には大体何でも出来たんだけど。でも僕にとっては、何故他の者が同じ事が出来ないのか、そっちの方が不思議だったな。教わった事を習得しただけで僕は自分の事を、天才だとか、神童だとか……異常だと思った事は一度もないんだけど。周りには僕を『天才』と呼ぶ人しかいなくて、それが幼い僕は無意識だが苦痛に感じていた」

「それは……」

「どんなに努力をして成し遂げた事でも、僕が天才だからと、その一言で片付けられてしまう。僕個人を見てくれる人はいなくて、でもそれがおかしい事なんだと気付ける知識もなかった」

フレドさんから話を聞いただけだが、まぁ、逸話を聞くと、クロヴィスさんの事を天才と呼ばない人はいないんじゃないかと思う。そう呼ばれたくないと主張したクロヴィスさんが、「何て謙虚な」と評判を上げた事も。

……でも、優秀なだけの幼い子供がそうやって「普通じゃない」って標識を付けられてずっとその「標識」で呼ばれるのは、つらかっただろうな。

「兄さんはね……そんな僕を、天才とか第二皇子なんて区分ではなく、『僕として』見てくれたんだ。家族として、兄として接してくれた。褒めるだけじゃなく、きちんと理由も説明しながら叱ってくれた事もある。決して多くの時間ではなかったけど……兄さんが僕を一人の、ただの弟として扱ってくれた経験がなければ、僕は自分が苦痛を感じてるとすら知らずに生きてたんだよ。だから何て言うか……」

クロヴィスさんはそこで言葉を区切って、大切そうにその言葉を口にした。

「僕は兄さんがいたから『人』になれたんだ」

　ああ、だからこの人はフレドさんの事がこんなに大好きなんだな、と私の胸の中にすとんと落ちてきた。それは言葉の通り、「救われた」過去だったたから。

「もちろん、兄さんの事自体も尊敬してるよ。自ら学んで、学び方も適宜見直してて、自分の出来る限りの様々な努力をして、成果も出していた。自己評価が低いけど、普通に優秀な人だ」

「そうですよね。フレドさんって私に言う割に、自分に対しての評価が厳しすぎますよね」

「まぁ兄さんも君にだけは言われたくないと思うけど……とりあえず。僕はね、兄さんには絶対に幸せになって欲しいんだ」

「それは……分かります」

　今、さらっと悪口を言われた……？　しかしここで議論すると長くなりそうなので、一旦置いておこう。うん。

「……本当は、兄さんに王位を継いで欲しかったんだよね。いや、今でも可能ならその方が良いと思ってる」

「でも、フレドさんは……」

「そうだね。本人が望んでないし、さすがに五年も行方不明だった人に継承権を再び与える事は出来ない。兄さんの安全面の問題もあるけど」

それに、母系の後ろ盾はないに等しいいし、実際無理だろうな。確かに、今はフレドさんを王位に推すつもりはないのも分かる。仮定の話だ。私は続く言葉を待った。

「これは兄さんのためじゃなくて。国の未来をより良いものに導くために学んだ立場として、本心からそう思ってたんだ。僕より……ただ優秀で天才なだけの僕よりも、人から好かれる、普通の人の心に寄り添える兄さんの方が向いてる。僕はこの才能を生かして、兄さんの治政を支えてより良いものにするんだと……」

こんなに仲の良い兄弟なのに、周りの大人の事情のせいで大変だったんだな。クロヴィスさんが眺めている車窓からの風景を見ながら、二人の子供時代に思いを馳せてしまう。

「だから神様は僕達兄弟をこの順番で作ったんだって、そう思ってたんだけどね。やっぱり間違ってるよなぁ……僕、無能と怠け者がこの世で一番嫌いなんだけど。優秀で素晴らしい人がきちんと評価されてない世界も同じくらい嫌なんだ」

そう考えると、私はすごく恵まれていたな……頑張っても家族に褒めてもらえないってだけで、私にはちゃんと認めてくれるアンナがいたし。

ぼんやりそんな事を考えていた私の耳に、すごく穏やかで優しい声で喋るクロヴィスさんの言葉が響く。

「兄さんについて、君は同志だ。それが分かって良かった。これからもよろしくね」

「えっと……よろしくお願いします……？」

優秀な人は相応しい評価をされるべき。言っている事はもっともなんだけど、何だか一瞬不穏な空気を感じた。何だろう、違和感を上手く言語化出来ないんだけど……。

「あと、聞きたい事はまだあって。こっちも大切な事なんだけど……」

「は、はい」

クロヴィスさんが改まった様子で仕切り直す。

真剣な話をしていて元々硬い空気だったが、なんだかより緊張感が強まった気がする程だ。盗聴防止の魔道具は、当然起動したままである。

私は沈黙の中、カラカラに乾いた口を飲み物で湿らせるのも忘れて、次の言葉を待っていた。

「君しか知らない、兄さんの話を教えて欲しくて」

「…………はい？」

「だから、リアナ君と兄さんが二人きりだった期間を含めた、リアナ君しか知らない話だよ。兄さんは謙虚だから……恥ずかしがって自分の事をあまり話さないんだよね。でも僕は、兄さんの事は可能な限り全部聞きたいんだ」

言葉の意味は分かるんだけど、思わず聞き返してしまった。これ以上にどんなに重い話が来るかと身構えていた私は、拍子抜けしてしまう。

「……えっと……フレドさんが隠すような事を、こうして内緒の場で教えるのはちょっと……と思うんですが……」

「兄さんが本当に知られたくない、隠してる事を探っている訳じゃないよ！　自分に言い寄って来た女性の関係でリアナ君を巻き込んだとか、起きた事は知ってるんだ。兄さんが話してくれた。でも詳細は濁されちゃって……」

「ええ……」

「頼むよリアナ君。僕が知らない兄さんの話を聞く事でしか得られない喜びがあるんだ」

それからしばらく、とても根気強くお願いされてしまい、その熱意に負けた形で「フレドさんがクロヴィスさんに教えた話を、私視点で話すくらいなら……」とフレドさんのエピソードを語る事になったのだった。

なお、話が終わった頃には夕飯の時間が迫っていた事を追記しておく。

第五十四話　雪景色と列車

寝台車での旅。「列車の中で寝泊まりする」という体験は初めてだったので、非日常感にワクワクしていたし、実際楽しいものだった。

しかしまたと言うか何と言うか、事件が起きてしまったのだ。


「わっ……、二人とも、何かに摑まって！　しゃがんで！」

「何でしょ……きゃあああ?!」

「にゅわぁああ?!」

雪が降り積もる地域に入って一日ほど経った頃。聞きなれない、甲高い音が鳴り響いた。

魔物の鳴き声とは違う人工的なその音が、列車の出す警笛だと気付いた瞬間。私はぐっと足に力を入れて重心を低く取り、腰を落とした。

直後、警笛に重なるように響くブレーキ音。

警笛と、それが意味する事に気付いた私の警告によって心構えをするほんの少しの間は出来た。

しかしすぐ後ろにいたアンナの体は支えられたが、部屋を出ようと先に動いていた琥珀には届かず、体重が軽いのもあって列車の急停止に合わせてポーンと前方に飛んでしまった。

危ない、と一瞬思ったが、空中でくるりと体勢を整えた琥珀は危なげなくスタン、と壁を経由して床に着地する。

良かった……二人共、今の急停止で怪我をせずに済んで……。

「わわ……リアナ様、ありがとうございます」

「どういたしまして。あ……フレドさん達は⁉　大丈夫かな……他の乗客の人達も……」

「そうですね。確かお年寄りもいましたし、怪我人が出ている可能性はありますね」

アンナと話し合った結果、琥珀はここに待機してもらって、もし怪我人がいたら手助けするついでに何故急停止が起きたのかも調べるために列車の一番先頭まで向かう事にした。

「きゅきゅきゅきゅ～!!」

「あっ！　リアナちゃん達も……、大丈夫だった？」

「はい。こちらは誰も怪我はせずに済みました。予備のポーションもありますし、他の乗客の安否確認がてら先頭車両まで行こうと思ってて」

「こちらも三人と一匹、全員無事だったよ。僕達もちょうどそう思って部屋を出て来たんだ」

部屋を出たところで、ベルンちゃんを頭に巻き付けているフレドさんと、こんな時も落ち着いてるクロヴィスさんが出てきた。

皆さんも全員怪我はしなくて済んだみたいで良かった。そうして、フレドさんとクロヴィスさんも加わって、先頭車両に向かう。エディさんとベルンちゃんは琥珀と一緒に部屋で待機してもらう事になった。

「怪我をしてる人はいないですか～」

フレドさんが声を上げながら歩く。「困っている人を探して率先して動く兄さん、さすがだ……」と感動するクロヴィスさんを後ろにくっつけて。

私は拡張鞄の中に手を入れて、外傷に使えるポーションがいくつあるか数えながら二人の後を歩いていた。

「あ……！　お客様、お怪我はありませんでしたか?!」

「はい。一号室の三人と、二号室の俺達は全員無事でした。他に怪我人は？」

隣の車両に移動した所で、この列車の乗務員と出会う。彼も乗客の安否確認をしているようだった。

さっきの急停車で転んだりどこかぶつけたりした怪我人達は、食堂車に集められて手当てを受けているらしい。

「急停止の原因は？」

「山陰に入った所で、雪崩が起きて線路に雪が覆いかぶさって埋もれてしまっていたんです。幸い、早めに気付いて雪山に突っ込む前に停止出来たので、脱線はせずに済みましたが、しばらく動けそうにありません」

雪が深い地域に入ったと思ったが、雪崩が起きているなんて。でも走ってる最中の列車が被害に遭わなくて良かった。

聞いた限り全員軽傷だが、列車に常備していた医療資材やポーションでは足りないみたいだったので、そのまま私達も怪我人の手当てを手伝うために食堂車に向かう。

「いてて……」

「捻挫してるようですね……手首を固定して痛み止めだけ使いますか？」

幸い、頭を打ったりするような怪我をした人はそこにはいなかった。

この人も……腱や靱帯には異常なし。骨折もしてない。私は簡単な医療行為なら行える資格を持っているので、捻挫した関節を正しい位置に戻してから外傷用のポーションを使えばこの場で治すことも出来る。そう提案して、治療を施していった。

「リアナ君、医療系の知識もあるんだね！　手際もいいなぁ……」

「怪我の手当てに慣れてるだけですよ」

ウィルフレッドお兄様との訓練を思い出すな。大変だったけど、こうして役に立ってるから良かった。

「非常事態だ。怪我人以外の乗客もここに集まって来てるみたいだね」

フレドさんの言葉に周りを見回す。私が治療に集中している間に、この列車の中のほぼ全員がこの食堂車に集まっているようだ。

乗務員が、乗客を落ち着かせるためか、温かい飲み物を配っていたので私達ももらっておく。

「列車はいつ動くのかね？」

「救援信号を打ったので、行く先の駅の方から復旧が行われてるはずですが……今は雪が降り続けてますし、雪をどかすのにしばらく時間がかかると思います」

他の乗客に説明している声が聞こえてきたので、おおまかにだが現状が把握出来た。

幸い機関部はなんともないので、雪さえどかせればまた動けるみたいだった。そんな中、クロヴィスさんが聖銀級の冒険者だと明かして、ベルンちゃんの力と魔術を使って除雪を手伝う事にしたみたいだ。

「クロヴィス、外は寒いからマフラーしてきな。あとクロヴィスも怪我しないように気を付けて」

「ありがとう兄さん」

そっちも手伝えたらいいのだけど……魔術の器用な使い方にはちょっと自信があるが、雪崩をどうにかするような大きな威力はない。それはフレドさんも同じようで、自分がしていたマフラーをクロヴィスさんに手渡すと、心配そうな顔で見送っていた。

「……車掌！　マスターキーをお願いします……！　三号室の乗客が一人、どこにもいないんです！」

「何だって?!」

そこに駆け込んできた、乗務員の言葉に私は食堂車の中を見回す。三号室と言うと、フレドさん達の隣の部屋だ。

確か、いつも華美な装いをしてる中年の女性と、その女性と親し気な若い男性の部屋だったはず。部屋の主の女性を「奥様」と呼ぶ使用人らしき人も連れていたけど、その彼女は部屋が別だった。

その男性の方は、「すぐ動かせ！」とさっき乗務員に摑みかかっていたのをフレドさんが間に入って宥めていた。なら安否が分からないのは女性の方か。

「急いで扉を……あ、あの！　貴女も乗客なのに大変申し訳ないのですが……」

「もちろん、協力します！　もっと大怪我にも使う魔法薬も持ってますし、多少ですが医療の知識もあるので」

声をかけながら食堂車に来たけど……鍵が閉まっていて部屋から返事が無いと言うなら、さっきの急停止で怪我をして意識が無いとか……そんな想像が頭をよぎってしまう。アンナには引き続きこの食堂車で軽傷の怪我人達の手当てを手伝えるようにポーションをいくつか託して、私とフレドさんでその三号室に移動した。

「お客様大丈夫で……うわぁ?!」

車掌さんが扉を開けた先には、血まみれで、髪を広げて床に倒れるあの女性客の姿というショッキングな光景があった。床に敷かれた絨毯には大きく血が広がり、青い生地のデイドレスも赤い点々が飛んでいて、ぴくりとも動かない。

大怪我を目の前に、ゾワっと背筋が冷たくなるような気配がした。フレドさんも、私の後ろで息を呑んでいる。

「あ、ああ……とんでもない事故が起きてしまった……！　雪崩で急停止したばかりに……！」

「待ってください。急停止で起きた怪我じゃないですよ……とりあえず女性の手当てをしますね」

一瞬固まりかけたが、私は自分に気合を入れ直して手を動かす。私やここにあるポーションで対応出来る症状かどうかを確認しなければ。

これは……頭を打って脳震盪を起こしてるだけ、みたいだ。後でちゃんとしたお医者さんに診てもらう必要はあるけど……。

落ち着いて、出血していた後頭部の怪我を確認して、ポーションを使った。ただ、気絶してるだけにしては脈が弱いのが気になるな。

傷の手当てが終わってから、ついてきてくれてたフレドさんに協力してもらって、足と脇の下を二人で支えて寝台の上に乗せる。これでひと安心。何も出来ないような大怪我じゃなくて良かった……。

薄着だし、この気温では暖房があるとはいえ体にも障るので、そこにあった毛布もかけておく。

「あの……急停止で起きた怪我ではないと、どうして言い切れるんですか？」

「ここ、飛んだ血がもう乾き始めてますよね。しばらく前に怪我をしたのだと思います」

なので、こうして乗客の安否を確認する必要が発生したお陰で怪我人を発見して手当て出来たので良かったです。そう言うと私の父くらいの年齢に見える車掌さんはとてもホッとした顔をした。

実際、これがなければ、夕食の時間まで放置されていたかもしれない。

まぁ、後は……頭が列車の最後尾側を向いて倒れているのも判断材料だった。急停止で倒れて頭をぶつけたなら、列車の先頭方向に頭が向いてたはずだから。

「う〜ん……」

「あ、目が覚めたみたいですね」

緊急事態だったとは言え、他人の部屋の中に立ち入っているこの状況はちょっと落ち着かない。

女性の怪我人と車掌さんを二人きりにする訳にもいかず、私も残ったまま様子を見守る。車掌さんは彼女が怪我をして倒れて、返事がなかったのでこうして部屋に入って手当てをした事を説明していた。現在は雪のせいで停車している話も一緒に。

「うぅ、痛い……ねぇ、痛み止めをちょうだい……」

「分かりました、用意しますね」

「どういった状況で怪我をされたんですか？　転ばれてしまったとか……？」

「どうやってって……そう言えば……よく覚えて……そうだわ。なんだかぼんやりしてた所にいきなり頭に、後ろから殴られたみたいな痛みを感じて……それきり。目が覚めたらあんた達がいたの」

「……ええ?!」

突然の物騒な話を聞いて、部屋の中に緊張した空気が走る。……という事は、誰か殴った犯人がいるという事……?

「え……イヤ……どうして?!　私の……私の宝石が無いわ……!!」

まだ少し目がぼんやりしていた女性が部屋の隅に目を向ける。そこにあったのは、この部屋に備え付けてある貴重品管理用の金庫だった。その扉が半分ほど開いて、何も入っていない中身を晒している。それを見て真っ青になって叫んでいた。

乗っていた列車で発生した事件。私はまたしても、自分の周りで起きた問題に頭を悩ませる事になった。

「私の名前はジュエルと言います……奥様の……今回怪我をされた、マデラス夫人の使用人としてこの列車について来ました」

宝石……晩餐の席で何度かあの夫人が着けているのは見た事がある。黄金に、夕焼けみたいな赤みがかった黄色の宝石の付いた美しい豪華なネックレスだった。それがなくなってしまったのだと言う。

私は、目の前で小さくなって座る、同い年くらいの女の子に視線を向けた。何故だか、私もその場の流れで、あの怪我人の女性が犯人だと名指しするこの子の話を一緒に聞く事になってしまったのだ。

宝石の付いたネックレスを盗まれたマデラス夫人は「きっとあの子がやったんだわ！」と言っていたが、私の主観ではとてもじゃないけど人を殴って宝石を盗むような人には見えない。

カッとなって、という事件はこの世にたくさんあるけど、殴り倒した後に金品を奪うような非情さはこの子からは感じないのだ。

「私……奥様に怪我をさせたりなんてしてないです。ましてや、宝石を盗んだりなんて……」

「一応話を聞いてるだけなので……」

車掌さんはそう言ってるが。被害者が犯人だと名指ししている以上、線路が雪崩から復旧して次の駅に着いたら「事情を聞かせてもらいます」と警察や憲兵が来て連れていかれてしまうだろう。

主人を襲って怪我をさせて盗みまでしたなんて疑われただけで、使用人としてもう働くのは難しくなる。冤罪《えんざい》なら絶対にそれは防ぎたい。それに、人を襲って金品を奪うような真犯人が野放しになってるのも怖い。

「奥様にいつも仕事が遅いし気が利かないって叱られてばかりで、カッとなってやったんじゃないのか？」

「そんな！」

「いいや、間違いないね。そのついでに宝石も盗んだに違いない」

「私はやってません……っ」

マデラス夫人の同室の男性……何でも「話し相手」としてこの旅に帯同してきたらしい。彼は「マルコ」と名乗り、最初からジュエルさんに決めてかかったような言葉をかけてきた。

証拠も無いのにこんな……何だか、不穏な空気を感じる。

しかも、夫じゃない男性と一つの部屋で宿泊していたなんて、そこでも耳を疑った。乗務員が「同室者は使用人の女性だったはずですが」と問い詰めていたので、本来の部屋割りでは男女でちゃんと分かれていたようだが。

「リアナちゃん、アンナさん、ちょっと良い？」

お前がやったんだ、と証拠のない決めつけをするマルコという男を乗務員がいさめる。ジュエルさんは食堂車の奥に位置する展望車の方でさらに話を聞くという事になって連れていかれた。あの男の人と引き離す目的もあるのだろう。

雪が降る中停車する列車で、不安からか食堂車にほとんどの乗客は集まっている。通路には人はいない。周囲の部屋にも人が居ないのを確かめたフレドさんは、神妙な声で私達に尋ねた。

「あの男さ……怪しすぎない？」

「フレドさんもそう思いました？」

「急停止してすぐに列車動かせって強く主張して。それに不倫相手のご婦人が怪我をしたと言うのに心配したり見舞うそぶりも見せませんものね」

「多分宝石持って、次の駅で逃げるつもりだったんだろうなぁ」

え……ふ、不倫相手なの?!

びっくりしている私をよそに二人の話は続く。私も、不倫についていつ気付いたのかとか聞くタイミングを逃してしまったので「知ってました」という顔で話に参加しておく。

「でも、同じくあの男がやったって証拠も今の所ないんだよね。挙句に、不在証明まである」

「推理小説で言う『アリバイ』ですね」

「うん。しかもジュエルさんの証言だもんね……」

マデラス夫人とマルコは今日、昼が近くなってからあの部屋で起きたそうだ。ジュエルさんは食堂車で手配した食事を部屋まで給仕して、一旦退室。

その後自分の食事を済ませて片付けのために訪れた時に、マルコは入れ替わりに部屋を出て行った。その時のマデラス夫人は怪我なんてしてなかった。そうジュエルさんが話しているのである。

マルコの方はその後、急停止が起こって列車内が騒ぎになるまで展望車で機嫌が良さそうにお酒を飲んでいたのを他の乗客が見ている。部屋に戻ってマデラス夫人に怪我をさせるのは不可能に思えた。

それに、客室には鍵がかかっていたのも不思議だ。乗客に渡される鍵は二本。持っていたのはマデラス夫人とあの男で、後は車掌さんの持っていたマスターキーのみ。もしもジュエルさんが犯人だったとして、あの部屋に鍵をかけて出て来る手段が無い。

「あの夫人はどうしてジュエルさんを犯人だと断言しているのでしょうか。やはり復讐されるような心当たりがあるとか……？」

そんな話があるなら、余計にジュエルさんの不利に働きそうだ。

いや、まず事実を明らかにする方向で動かないと。とりあえず、想像しか出来ない事は置いておこう。

「うーん……」

「あの、もしかしてなんだけど」

「どうされました？　リアナ様」

「ちょっと思ったの……宝石が盗まれたのと、マデラス夫人が怪我をしたのって、同じタイミングなのかなって……」

「？　どういう事ですか？　リアナ様」

「いや……確かに。宝石を金庫から盗んだ犯人が怪我をさせたとは限らないよね」

「あ……そっか、なるほど、そういう事ですか」

私情も入るけど、宝石は絶対あの男が盗んだと思う。そうでないと、次の駅まで早く動かせとあそこまで強く要求してないと思う。

「私、マデラス夫人の怪我の様子を確認してきたいと思います」

「怪我を？」

「はい。ジュエルさんは右利き、あのマルコという男は左利きです。おおまかな怪我の様子から少しでも犯人の目星が付けられないかと思って……」

「そうだね。俺もちょっと気になってる事があるから一緒に行くよ」

怪我の方もジュエルさんが関わっているとは思えないけど。ひとまず証明出来る事から示した方が見通しが立ちそうだなと思うので。

私は乗務員の一人に伝えてから、彼女が休んでる部屋に向かった。女性の部屋なので、フレドさんには通路で待っていてもらう。

怪我の様子を確認したいと話すと、やや面倒そうにだが、ばさりと髪をかき上げて怪我をしていた所を見せてくれた。痛みはもう無いらしい、良かった。

「これは……」

塞がっている傷口を見て、違和感に気付いてしばし考え込む。次に、部屋の中に視線を向けた。

赤茶色の内装で見えづらいけど、血が付いている。

良かった、これならジュエルさんは怪我をさせた犯人じゃないと証明出来そうだ。

「ええと、マデラス夫人。ちょっといいでしょうか」

「はぁ？　何……誰よ」

「初日に簡単にご挨拶しましたが、隣の部屋に宿泊してるフレドという者です。ちょっと気になる事があって。少し大丈夫ですか？」

「え?!　あの隣の方？　黒髪の？」

フレドさんが扉越しに話しかけた途端、気怠《けだる》そうにしていたマデラス夫人がガバッと跳ね起きた。声色までさっきまでとガラッと違う。

……うん。元気そうだし、真犯人の追及に協力的になってくれそうで良かった。

「やだわ私こんな格好で……少し待ってくださらない？」

「怪我人に無理をさせて身支度をさせるなんてとんでもない。部屋には入らなくて大丈夫です。こんな怖い事件を起こした犯人を突き止める手がかりを確かめたくて」

「手がかり？」

「そのテーブルの下にポメロスのお酒の瓶が落ちてましたよね？　それを見せていただけませんか」

「え、でもこんな……倒れて中身がほとんど零れてしまってるし、こんな安いお酒じゃなくて展望車で良いボトルを開けたいわ。犯人の心当たりもそちらでゆっくり……」

「いえいえ！　そんな！　怪我をしてすぐにお酒を飲むなんてとんでもない。それに俺は犯人をきちんと証拠を探して突き止めたいだけなので！」

やや強引に話を終わらせたフレドさんに不審さを感じつつも、マデラス夫人は承諾した。やり取りを聞いていた私は床に転がっていたお酒の瓶を回収して、通路のフレドさんに渡す。

「えっと……傷と、この部屋の様子を確認して分かった事があるんですけど。説明してもいいですか？」

「……何よ？」

やや不機嫌になったマデラス夫人が、口を開いた私をジロリと睨む。私はそれにちょっと気後れしそうになりながらも、伝えるべき事を話すために口を開いた。

「マデラス夫人。あの……この怪我ですが。転んで負ってしまったものだと思います。誰かがやったのではなく、事故……の可能性が高いです」

「ええ?!　そんな……じゃあどうして金庫から宝石が消えてるのよ?!」

感情的になった夫人を落ち着かせつつ、私はたどたどしく続きを話していった。普段どれだけアンナやフレドさんに他人とのコミュニケーションを頼っているかよく分かるな……。

「宝石を盗んだ犯人は、別にいます。えっと、その怪我なんですが。この……テーブルのここ。角のとこに打ち付けた痕があるんです。血も付いていて……奥様の傷痕とも一致しました」

「……じゃあ、誰かが私を突き飛ばしたのよ」

「車掌さんと一緒に怪我をしたマデラス夫人を助けに駆けつけた時、ここには鍵がかかっていたんです。鍵は怪我をしたマデラス夫人が持っていたんですよね？」

「…………」

誰かがマデラス夫人に乱暴を働いて怪我をさせて逃げたなら、持っていた鍵がなくなっているはず。または、もし誰かがやったならもう一人の鍵を持っている人が犯人だと状況を説明すると、マデラス夫人は難しそうな顔をした。

「でも……私は転んだ記憶なんて……」

「頭を打って、前後の記憶が抜け落ちてしまったのかもしれません」

意識消失を伴う頭部外傷では、そう珍しい話ではない。

とりあえずこれで、強盗ではなく、起きたのは盗難事件一つという事になる。

「いや、怪我のせいだけじゃないかもしれない」

「フレドさん？」

通路から聞こえた言葉に、私は思わず聞き返していた。あの瓶から何か見つかったのだろうか？

「この部屋に零れてたお酒から、ちょっと覚えのある臭いがしたから気になってて。マデラス夫人……これ、毒が入ってます」

「ええ?!　毒?!」

「はい。この濃度なら……うーん、意識を朦朧とさせるくらいの力しかありませんが……立派な毒です。倒れて頭を打って怪我をしたのも、その前後の記憶が無いのもこれのせいでしょうね。このお酒を用意したのはどなたです？」

「……マルコよ。そう言えば、私にだけお酒を飲ませて自分は口を付けなかったわ……」

「なるほど」

フレドさんが「多分」と前置きして口にしたその名前は、自白剤として使われる事もある毒の名前だった。金庫をどうやって開けたのか、「同じ部屋で寝泊まりしているから番号を盗み見る機会もあっただろう」と思ったのだけど、この薬を盛って聞き出したのかな。正しい使い方をすれば麻酔や痛み止めにもなるのに、嫌な話だ。

テーブルに頭をぶつけた原因も、断言出来ないが……この薬物のせいでふらついたのでは、と思う。お酒と一緒に飲んだのなら、余計に体に負担があったはずだ。そう言えば、倒れていた夫人の脈が変に弱かったのも説明がつく。

これで、疑いはほぼ確定した。しかし、臭いから気付いてこうして毒の名前まで言い当てるフレドさん……すごいな。

「リアナちゃん、何か普通の飲み物持ってない？　舌がちょっと変な感じで……」

「え?!　もしかして、さっきの毒入りのお酒飲んだんですか?!　吐いて！　全部吐いてください！」

「いや、確認するためにほんのちょっと舐めただけだよ」

夫人の休んでいる部屋を出てきた所で。すごいフランクに毒見をした事を漏らしたフレドさんに、アンナと二人で「何かあったらどうするんですか!!」とひとしきりお説教をした。

「大丈夫だよ、ほんの数滴だし、俺大抵の毒や薬には耐性があるから……」

「だからってやって良い訳無いじゃないですか！　自分の体は大切にしてください。二度としないでくださいね」

「えーと、分かりました」

珍しく、私に常識を説かれる事になってしおしおしているフレドさんは素直に頷いてくれた。

気合を入れ直して、これから犯人を追及しないと。宝石もまだ見つかっていないし。

しかし、これで起こった事が分かった。まず、マルコは今日の昼食の時にマデラス夫人にお酒に混入した薬物を飲ませた。そこで意識が朦朧とした夫人から金庫の暗証番号を聞き出したのか、宝石を盗み出す。その後展望車でずっと機嫌良くお酒を飲んでいた。

ジュエルさんは、マルコと入れ替わりで昼食の片付けに訪れる。金庫になんて触れないので、その中から宝石が盗まれているのには気付かない。

ジュエルさんが退室した後にマデラス夫人は部屋に鍵をかけて……倒れて頭を打ち、意識を失う。

その後で列車の急停止が起こったのだ。

私達は乗務員に事情を話して、容疑者であるマルコを追い詰めるために協力をお願いする。

あと、肝心の、クロヴィスさん。

「いいよ。面白そうだから好きに名前使って。僕は何をすればいい？」

と快諾いただけたので、除雪で疲れている所に申し訳ないのだけど、一芝居打ってもらう事になった。

「申し訳ないけど、次の街で依頼が入っているから出発させてもらう」

「冒険者様。外は雪が降ってますよ……？」

「僕の連れてるドラゴンに乗って行くから問題ないよ」

食堂車に乗客が集まっている中、クロヴィスさんが車掌さんに話しかける形で声を上げる。他の人達もやり取りに注目したのを確認すると、見計らったように言葉を続けた。

「線路が雪崩で埋もれたのは連絡が行ってる。憲兵と軍も雪かきに駆り出されてるみたいだし、明日の夕方には復旧するだろうけど、僕はそれまでちょっと待てないんだよね」

困った困った、と見える表情を作ってクロヴィスさんは続ける。「明日には復旧するのか」とホッとする乗客達の中、「憲兵が……」そう一人だけ不安げに呟く小さな声が聞こえた。

「仲間達はせっかくの寝台列車をゆっくり楽しんでから追いつくって話になってるんだけど。他に急いでる人はいないかい？　身内が危篤だとか、のっぴきならない事情があるなら次の街まで乗せてあげるよ。ただし、雪の中を飛ぶからかなり寒い思いをするけど」

移動中も観光をするために作られたような、この豪華な寝台車に乗っている人達はその提案を魅力的には感じなかったようで、「まぁ明日動くなら」と誰も手を挙げようとしない。……いや、一人いた。

「あ、あの。それ、俺を乗せてもらえますか？」

「おや。貴方は確か……怪我をした同行者がいましたよね。置いて行って良いんですか？」

「ああ。い、いや。ちょっと、頼まれて届けなきゃいけないもんがありまして。そう、貴族様に頼まれてて！　一日でも遅れるのはまずいんですよ」

「ふうん」

予想通り、それはマデラス夫人の同室者の、マルコという男だった。

雪のせいで足止めされてずっとイライラしてたのは見ていたが、今はまるで何かに追われているかのように焦って、急いで次の街に移動しようとしている。

「そんな事情があるなら仕方ないね。じゃあ、この後すぐ出発するから、荷造りしてきてくれるかな」

「はい！　ありがとうございます、冒険者様。ははは、本当に助かりましたよ！」

軽薄な笑みを浮かべた男は、飛ぶように食堂車を出て行った。……うん。上手くいきそうだ。ざわめく食堂車の中、クロヴィスさんが私に視線を合わせてニヤッと笑っていた。


「お、お待たせしました！」

「そうか。マルコ、忘れ物は無い？　もうこの列車には戻れないけど」

「はい」

「なら良かった」

「へ？　わ、うわぁ、あああ?!」

マルコは少し時間を置いてから荷物を抱えて戻って来た。クロヴィスさんの問いかけに大仰に頷いて見せる。それを見て、クロヴィスさんは親しげな笑みを浮かべていた顔からすっと表情を抜くと、マルコの腕を摑んであっという間に床に組み伏せてしまった。

「ぼ、冒険者様、いきなり何をなさるんで……?!」

「ああ、うるさいからちょっと黙っててくれるかな」

「グエッ」

「兄さん、そっちはお願い」

「はいよ、任された」

クロヴィスさんに頼まれたフレドさんと、そのお手伝いにエディさんが、マルコが取り落とした荷物を漁り始めた。

「は……はぁ?!　何をして……やめろ!!　オイ、俺の荷物だぞ！」

「それが分かってるから漁ってるんだよ。高価な宝石がなくなったと言っても、さすがに乗客や乗務員全員の持ち物を全部調べるわけにはいかないだろ」

「何を……どうして！　何故俺が犯人だなんて！　い、言いがかりだ！　あの使用人の女がやったに決まってる！」

「状況を見る限りお前さんが一番怪しいんだよ。調べる事については、マデラス夫人にも承知してもらってる」

「は……え……」

そう、このために、雪崩の除去が終わったが発車させず、クロヴィスさんが先に次の街に移動するだなんて嘘を吐いてもらったのだ。

確実に、宝石を持っている状態で確保するために。

クロヴィスさんが聖銀級冒険者という立場を使って、強制的に捜査をするという考えもあった。

しかし、その場合誰かの持ち物や列車の中に隠して罪を逃れたり、窓から投げ捨てられて宝石自体が発見出来ないなんて可能性も無視出来ない。なのでこうして一芝居打ったのだ。

「奥様！　俺は本当に宝石なんて知りません！　ジュエルの荷物を先に調べてください！」

「うるさい。もし出て来なかったら、僕が迷惑料に好きな額を払ってやるさ」

「だからって……グエッ」

「何だ？　本当に盗んでないなら何も心配する事なんてないはずだろ？」

クロヴィスさんは私が見ててハラハラするくらい、マルコを乱暴に扱う。

マルコは無実を訴えるが、マデラス夫人は複雑そうな表情をして、目を合わせようとしなかった。

他の乗客が遠巻きに人垣を作る中で、荷物が改められていく。

「あれ……？　宝石がないな」

「鞄自体も……二重底になってたりなどは……特にないですね」

ひとつひとつ荷物の中身を改めていたフレドさん達が、中身を全部出して鞄の中が空っぽになってからふと手を止めて首を傾げた。

「は……ハハハ！　オイ！　こんな……人を疑って恥をかかせやがって！　どう落とし前付けてくれるんだ！　そうだ、俺は盗んでなんかいないんだから。荷物から宝石が出てくるはずがないんだよ！　ねぇ奥様、俺は盗んでないんですよ！　見たでしょう！」

「マルコ……」

途端、生き生きとして反論を始めるマルコ。マデラス夫人も、なんだか疑いが揺らいだような表情になってしまっている。

私は彼の反応をじっくり横から観察した上で、人垣の前に歩み出た。

「宝石を隠してるのは、ここですね？」

「あ……!!」

私は、男の荷物の中から出て来たジャムの瓶を手に取った。この列車内でお土産として売っているものだ。

このポメロスはジャム以外でもこの列車内のいたる所に見る。魔導冷蔵庫の中にサービスとしてジュースが入っていたし、同じくサービス用のお菓子にも使われていた。この魔導列車の路線を運営する国の名産なので、こうして強く推しているのだろう。

展望車や食堂車で提供するだけではなく、ジュースやお酒、ポメロスのジャムなどがお土産としても売っていたのだ。夫人が毒を盛られたのも、このポメロスのお酒だったけど……。

「ああ～……確かに。あの黄色っぽい色の宝石なら、その中に沈めちゃえば見えなくなるか」

フレドさんが納得したように頷く。もちろんそれもあるが、荷物を改められている最中のこの男の目線を見て確信したのだ。このジャムの瓶だけあんなに執拗に見つめていたら、さすがに怪しい。

「何でそんな、言いがかりを……開けるな！　開けるなよ。それは……そう、届け物を頼んできた貴族様に持っていくお土産だか……らぁあああ?!」

当然、開けるなよ、と言われて聞くわけにはいかない。

目の前でカパッと蓋を開けると、食堂車のお皿を借りて瓶の中身を全部ひっくり返した。

観客のように私達の動向を見守っていた他の乗客が、おお、と声を上げる。ポメロスの皮と果肉がゴロゴロ入った美味しそうなジャムの中から……見覚えのある、豪華な首飾りが出て来たのだ。

「おや、やっぱりありましたね。マルコ、お前の荷物の中から、マデラス夫人が盗まれた宝石が出て来たぞ」

「……う」

「もう言い逃れはお終いか？」

クロヴィスさんが、窃盗犯だと確定したマルコの腕をしっかり縛って床に転がした。いや、毒を盛って飲ませたので傷害罪も加わるか。いずれにせよ次の駅で警察に引き渡す事になるだろう。

「ごめんなさいね、ジュエル。疑っちゃって。貴女には嫌われてると思ってたから、つい」

「……いえ。大丈夫ですよ、奥様」

「世話してやってたのに、恩をあだで返された気分だわ」

「そうですね。あんな犯罪者を……ふふ」

「な、何よ」

雇い主であるマデラス夫人にああ言われては、大丈夫だと答えざるを得ないだろう。

しかし、ジュエルさんは不倫旅行に連れて来られた上に、その不倫相手が宝石を盗んで逮捕されて犯罪者になったという弱みも握った事になる。なにせ、しっかり事件の記録が残ってしまっているのだから。

何だか今後のあの二人、力関係が複雑なものになりそう。

「いやぁ、リアナ君。鮮やかな推理だったね。まるで名探偵キュールのようだったよ」

「ちょっとクロヴィスさん、拍手はやめてください」

名探偵キュールとは、有名な小説の主人公の名前だ。さすがにそんな存在と並べて褒められるのは居心地が悪い。

それに、何人かがつられて拍手を始めてしまったではないか。まったく、わざと目立たせるような行為は控えて欲しいのだが。

「そうですよリアナ様。何だか、推理小説を読んでるみたいでドキドキしちゃいましたよ」

「アンナまで、もう」

しかし、推理小説みたいに人が死んだりしなくて良かった。

急停止でも、すごくびっくりしたし怪我人も出たけど。その前に倒れていたマデラス夫人をはやくに発見出来たし。それに何事もなくあのまま駅に着いてたら、マルコは宝石を持って逃げおおせてしまっただろう。あの騒動がきっかけで犯罪が明るみに出たのは怪我の功名だったかもしれない。

「いやぁ本当。リアナちゃんの活躍、お芝居みたいだったたな。俺達が宝石を見つけられずにモタモタしてる所に、颯爽と前に進み出て……ここに隠してるんだろう！　お見通しだ！　ってババーンと突き付けたの格好良かったなぁ」

「?!　フレドさんまでそんな事……やめ……そんな事言ってませ……ク、クロヴィスさん！　あのですね、フレドさんの事なんですけど！」

はやし立てられて、恥ずかしさが限界突破した私はつい、怒りのままに声を上げていた。

「リ、リアナちゃん一体何を……」

「フレドさん。マデラス夫人に毒が盛られた可能性があるって、確かめるためにその毒の入ったお酒を口にしたんですよ！」

「……兄さん？」

「い、いや。ほんのちょっと舐めたくらいだよ。体はなんとも無……」

「嘘です。舌が変になったって言ってました」

「兄さん！」

「ひゃぁあ」

フレドさんは、クロヴィスさんにも説教を受けるはめになった。心から心配しているのが分かってるからこそ、無下に出来ないだろう。もう二度と同じ事をしないといいのだが。

「お主ら!! 遅いのじゃ！　琥珀を待たせて食堂車で一体何をしてたんじゃー?!」

「きゅきゅー!!」

「ご、ごめんなさい、琥珀」

「わぁ、ベルンも大分お冠だね」

あの犯人を追い詰める間……子供には見せたくない場面が起こりそうだったのもあって部屋で待っていてもらってたのだが。

一人と一匹は待ちくたびれていて、とってもご機嫌斜めになっていて。クロヴィスさんと私は目的地に着くまでの間、毎食後のデザートを御馳走する羽目になってしまったのだった。

ちなみに、マルコの犯行動機だが。夫人の「一番のお気に入りの従僕」の座が他の男に奪われそうになっており、まだ寵愛があるうちに立場を利用して「退職金」を手に入れて姿を消そうと思ったのだと、この事件について捜査をした警察から聞かされた。

やれやれ。

あとがき

この度は「無自覚な天才少女は気付かない」四巻をお買い上げいただき、ありがとうございます！　作者のまきぶろです。普段は「小説家になろう」で気の向くままに小説を書いています。

イラストを担当していただいた狂zip先生、今回もまた本当に素敵で素晴らしい表紙と挿絵を描いていただきありがとうございます！　ほんとかっこいい新キャラのクロヴィスの顔が描かれた良い表紙に仕上げていただきありがとうございます！

編集様、温かい感想をくださる読者の皆様。読んで応援してくださってる方達もいつもありがとうございます！　こうして本を手に取っていただけたおかげで四巻が出せました！

この作品はコミカライズ版もマンガParkさんで好評連載中で、そちらも大変素敵に仕上げていただいてるので是非読んでみてください！


今回はリアナちゃんの家族との対話第一ラウンドが終わり、フレドの過去に関わる話と弟が出てきてフレドの母国へ……という話になりました。

相変わらずリアナちゃん達は中々思った通りには動かなくて面白いです。

これからも、天才なのに自己評価がめちゃめちゃ低いリアナちゃんが周囲とたくさんすれ違ってる所を楽しく書かせていただきたいと思います。

自画自賛になりますが今後の展開、これからもたくさん面白い話を書く予定なので是非期待していてください。これからも「無自覚な天才少女は気付かない」をコミカライズ・原作ともによろしくお願いします！

あとがき

こちらの素敵な作品、とうとう4巻の発売になりました。
おめでとうございます、そしてありがとうございます！

新規キャラクターも追加もされましたが
個人的には表紙にもいましたドラゴンが
初めて描いたこともあり大変描きごたえがありました。
クロヴィスがドラゴンと一緒にいるシーンやリアナとフレドが共に
戦っているシーンなど、いつか描いてみたいなと思います。

少しでも、楽しんで頂けますように。

@kyo_zip

わいい!
無自覚な天才少女は気付かない
~あらゆる分野で努力しても家族が全く褒めてくれないので、家出して冒険者になりました~
辺境の貧乏伯爵に嫁ぐことになったので領地改革に励みます
~ドラゴンと公爵令嬢~
生贄第二皇女の困惑
敵国に人質として嫁いだら不思議と大歓迎されています
追放された聖女ですが、実は国中から愛されすぎてて怖いんですけど!?
毎月1日刊行!!!!!!!!

強くてか
無自覚聖女は今日も無意識に力を垂れ流す
今代の聖女は姉ではなく、妹の私だったみたいです
異世界転移して教師になったが、魔女と恐れられている件
～王族も貴族も関係ないから真面目に授業を聞け～
エルフさんの魔法料理店
妖精女王として転生したけれど、まずはのんびりお料理作りまくります！
転生料理研究家は今日もマイペースに料理を作る
あなたに興味はございません
最新情報はこちら！
EARTH STAR LUNA
アース・スタールナ

EARTH STAR
LUNA

無自覚な天才少女は気付かない④
～あらゆる分野で努力しても家族が全く褒めてくれないので、家出して冒険者になりました～

発行 ―――――― 2023年5月1日　初版第1刷発行

著者 ―――――― まきぶろ

イラストレーター ―――― 狂zip

装丁デザイン ―――― 冨永尚弘（木村デザイン・ラボ）

発行者 ―――――― 幕内和博

編集 ―――――― 児玉みなみ　佐藤大祐

発行所 ―――――― 株式会社アース・スター エンターテイメント
〒141-0021　東京都品川区上大崎3-1-1
目黒セントラルスクエア　7F
TEL：03-5561-7630
FAX：03-5561-7632
https://www.es-luna.jp

印刷・製本 ―――――― 中央精版印刷株式会社

ISBN 978-4-8030-1785-4